Claire Bauchart

LE MANUSCRIT MS620

FILATURE(S)

À Charles

Conception graphique : Éric laurin
Illustration de couverture : Christophe Chabouté

ISBN 978-2-4915-0764-0

Prologue

*kaxcyuqalorrlmvrgmltosolvjvvrfuhhaqnvuimdibmvfecgdvugvamr-
baiqngansjyqnzfesmxrkshiynzrsrzdvvseypnjncfzjduukvccsrskzfkfg-
cifjsnpmgatulkrgvlgibzvkguqvcbvheezjeqyepynxcuplmvceaau-
flrnjdsvima**nyctaginaceae***

Grâce à cette insolite succession de lettres, elle était enfin arrivée au terme d'un long message, avait mis un point final à son histoire. Celle qu'elle s'était efforcée, par mille et une subtilités, d'étouffer, de maquiller pendant des décennies. Pour une raison, unique. Justifiant à elle seule d'avoir consenti à sacrifier ce qu'elle avait eu tant de mal à conquérir, son bien le plus précieux : la liberté. Et par ricochet, son indépendance. Sa parole aussi. Cette parole justement dont elle avait consigné les derniers mots, les ultimes observations au sein de ces quelques feuillets. Des mois qu'elle rusait, malgré sa cervelle vieillissante et contrariée, afin d'exprimer, par maintes voies détournées, sa vérité, si complexe, si différente de la version officielle.

Elle le savait : au-delà d'un certain cap, il n'est plus question du temps qui passe, mais du temps qui reste. Ses soixante-cinq ans avaient sonné. Cet âge avancé qu'elle n'avait jamais espéré atteindre, qu'elle estimait même incongru de dépasser : sa mère n'avait jamais soufflé sa soixante-sixième bougie.

Depuis cette date fatidique, à mesure que les jours s'étaient égrainés, la nécessité d'écrire s'était faite plus urgente, jusqu'à devenir oppressante. Elle s'était remémoré ses lectures, avait puisé dans ses souvenirs les plus profonds pour mettre des mots sur sa pensée. En renouant ainsi avec la magie des lettres, des phrases, du papier, elle s'était rappelé combien elle avait chéri cette période, lorsque l'écriture était reine. Au point de l'apparenter à un vieil amant auquel elle avait adoré s'abandonner et à qui, au crépuscule de son existence, elle songeait à nouveau avec nostalgie. Les heures qu'elle avait passées, jeune, à noircir des cahiers entiers comptaient parmi les plus sublimes de sa vie. Et n'avaient jamais été égalées par ce qu'elle avait côtoyé depuis. Pas même par toute la beauté de cette faune et de cette flore exceptionnelles au milieu desquelles elle s'était retrouvée, à l'air libre, mais enfermée, pendant tant d'années.

Allongée sur la planche qui lui servait de matelas, elle fixait ces quelques bouts de papier. Rarement avait-elle été aussi émue. Le passé ruisselait sur ses joues. Qu'adviendrait-il de cette lettre ? Comme pour ses comparses d'infortune, ils l'archiveraient dans le coffre dédié aux dernières volontés des malheureux qui, par une erreur de trajectoire, un mauvais choix de vie, avaient été condamnés à expier leurs fautes, éternellement, sous d'autres latitudes, sous un ciel d'un bleu immaculé.

Pour la première fois, son souhait de lutter avait subitement fait place à une envie de glissement, d'abandon total. Pour la première fois depuis ces vingt-quatre interminables années, elle avait le sentiment d'être en paix. Enfin. Elle qui avait vécu avec une tempête dans le crâne pendant si longtemps avait presque la sensation d'être légère. Comme si le fait d'avoir achevé de mettre toute cette lugubre affaire sur papier l'apaisait. Comme si faire transiter ses pensées de son esprit à sa main de romancière avait pansé son âme meurtrie.

Perdue dans les profondeurs de cette nuit noire, bercée par le bruissement à peine perceptible du lagon, véritable joyau dont elle avait tant admiré les reflets bleutés et turquoise, elle s'autorisa ce qu'elle ne s'était jamais permis depuis cette journée abominable de janvier 1896, l'instant tragique où sa trajectoire avait basculé à jamais dans l'absurde : fermer les deux yeux à la fois.

Chapitre 1

Quatre-vingt-dix-neuf ans plus tard, à 7 896 kilomètres de là…

2019, Siem Reap

— Huit mois ! C'est dingue, non ?

Comme elle, Ludovic semblait interloqué, estomaqué par ce que venait de leur expliquer la vendeuse. Depuis une vingtaine de minutes, surpris par l'une de ces puissantes averses de pluie chaude caractéristiques de l'Asie du Sud-Est, ils s'étaient réfugiés dans une petite boutique du marché nocturne de Siem Reap, où se pressaient en fin de journée les touristes venus arpenter les mythiques temples d'Angkor. « Boutique », le terme était probablement un peu exagéré. En réalité, il s'agissait plutôt d'une échoppe : des tables et des présentoirs en bois posés à même le sol, avec, en guise de toit, un assemblage hasardeux de bâches taillées dans de vieux sacs de riz ou de ciment.

L'épaisse toile, ornée de motifs colorés d'éléphants, de tigres ou de serpents, avait également servi à la confection de portefeuilles, de sacoches ou autres trousses par les populations locales qui vivaient en partie de ces ventes. L'originalité de ces objets avait immédiatement attiré le regard de Bérénice. Elle avait toujours aimé chiner au cours de ses excursions et affichait un faible pour les souvenirs typiques. Ce voyage, plus que les autres, n'échappait pas à la règle : la trentenaire avait déjà acheté des boucles d'oreilles dorées et bleues sculptées dans des restes d'obus, des tableaux en nacre représentant une danse de bouddhas…

— Choisis un portefeuille, le tien a fait la guerre, s'était empressé de lui suggérer Ludovic.

S'il s'agaçait parfois de sa propension à accumuler des « babioles attrape-poussière sans grande utilité », il était, en parallèle, toujours animé par l'espoir que sa compagne consentît à renouveler quelques accessoires du quotidien : elle en traînait certains depuis des années, attribuant à chacun une valeur sentimentale (« complètement démesurée », arguait-il régulièrement) qui rendait inconcevable toute idée de séparation. Et peu lui importait l'état de délabrement des pièces en question.

— Ah oui, t'as raison, ça me fera une alternative au mien ! avait rebondi Bérénice, ne relevant pas, au passage, la mine déconfite de son conjoint : elle ne comptait en aucun cas jeter le porte-monnaie en cuir acheté à Rome l'année de ses dix-sept ans.

La jeune femme avait cependant été immédiatement conquise par ces créations originales, ne ressemblant à rien qu'elle possédât déjà. Lorsque la vendeuse lui avait expliqué à partir de quelle matière ces produits étaient fabriqués, Bérénice avait écarquillé ses grands yeux noisette, assaillant son interlocutrice de questions qui, progressivement, n'avaient plus eu grand-chose à voir avec le recyclage de sacs de pêche. Dix ans que cette femme, âgée de trente ans tout au plus, vivait de son marché. Ou plutôt en vivotait, tout en élevant tant bien que mal ses deux enfants : une petite fille timide de cinq ans qui s'était accroupie dans un coin du magasin de fortune, apeurée par l'entrée de nouveaux clients. La seconde fillette de la commerçante, neuf ans, était hébergée chez ses parents, à quelque trois cents kilomètres de là, dans la capitale cambodgienne, Phnom Penh. Une aînée qu'elle ne voyait que très peu souvent : la dernière fois remontait à huit mois. Cette situation ne paraissait pas la faire souffrir outre mesure : ainsi allait la vie, semblait se résigner la vendeuse.

Alors que la pluie continuait de tomber en trombe, contraignant des marchands voisins à s'armer de seaux afin d'éviter à leur sol de fortune de se retrouver inondé, Bérénice s'en voulut.

Énormément. Cette femme, à pleine plus jeune qu'elle, paraissait bien plus robuste, plus aguerrie aux aléas de l'existence. Tandis qu'elle, Bérénice, se plaignait sans discontinuer depuis des semaines (ou bien s'agissait-il de mois ?) de ses cheffes qui lui faisaient vivre un enfer. Qui, depuis son arrivée à Singapour, n'avaient cessé de la considérer comme une concurrente, usant de tous les stratagèmes politiques pour l'écarter des projets intéressants. Qui, trop contentes d'apprendre sa grossesse, en avaient profité pour s'acharner, se masquant derrière une bienveillance de façade : assurément, son état la fatiguait trop pour prendre en charge des dossiers de poids, telle cette vaste affaire de détournement de liquidités sur fond de cryptomonnaies que Bérénice s'était fait une joie, dans un premier temps, d'investiguer.

— On te confie un cas important, mais un peu moins stratégique. Une vieille histoire de manuscrit codé dont personne ne vient à bout. Il faudrait absolument que tu le décryptes. Tu pourras t'amuser, et ça nous permettra d'honorer un petit contrat en souffrance… en plus d'être bien vues par le siège… Sans compter que… tu dois faire attention à toi.

Le coup de grâce pour Bérénice. Elle, l'agrégée de mathématiques reconnue par le comité de direction de son employeur Natalis, géant du déchiffrage et de la sécurité informatique, comme l'un des « talents les plus prometteurs de la société » (pour reprendre la terminologie désormais admise dans les départements de ressources humaines), était ainsi mise sur la touche, reléguée à des missions de seconde zone, en un claquement de doigts.

Elle était rentrée ce soir-là livide, plombant (une fois de plus) Ludovic de son amertume professionnelle. Son conjoint, dont la patience était quasiment sans limites, l'avait, comme toujours, réconfortée, pointant tour à tour le darwinisme du monde de l'entreprise, tous secteurs confondus, la fausse solidarité féminine, la jalousie exacerbée de ses collègues… Mais soulignant aussi que son quotidien ne devait pas se résumer à son poste, que des éléments beaucoup plus importants auraient dû l'épanouir : leur récent emménagement à Singapour, une ville qui, loin de se réduire à une simple place financière, recelait d'innombrables trésors ; le fait que leur vie de couple était sur le point de muer radicalement… Puis, dans l'immédiat, leur décollage le lendemain même pour les temples d'Angkor, ces vestiges millénaires qu'elle rêvait d'explorer depuis des années. Étudiante, elle avait suivi des cours d'histoire des civilisations en parallèle de sa formation scientifique. Pour son plaisir uniquement : les secrets et vestiges de ce monde la captivaient.

En se perdant un peu plus tôt ce jour-là dans les ruines du Bayon, l'un des temples les plus emblématiques du Cambodge, Bérénice, en extase devant la succession de visages divins taillés dans la pierre, avait perçu ce que son compagnon lui rabâchait sans relâche : la réalité était bien plus belle, bien plus riche que les bureaux étriqués et froids de son entreprise.

Après avoir jeté son dévolu sur un portefeuille aux têtes d'éléphants verts et rouges, Bérénice se résolut à tendre quelques billets à la jeune vendeuse, sans parvenir à quitter la petite fille des yeux. Cette dernière la dévisageait. Ce regard d'enfant toucha Bérénice au plus profond de son être, la transportant à mille lieues de son quotidien professionnel. Elle se le promit : elle cesserait d'y accorder tant d'importance. Ce qui se passait en elle, au fond de ses entrailles, était d'une toute autre dimension.

Huit ans plus tôt, à 14 193 kilomètres de là…

2011, Washington DC

— *Wanna try some?*

Hortense le dévisageait de ses grands yeux bleus. Non, sans façon, elle n'avait aucune envie d'y goûter. Son voisin de couloir était certes charmant, avec ce corps d'athlète rompu à toutes les épreuves (il avait intégré The George Washington University sur la base d'une bourse de natation, alors forcément…), mais ses penchants culinaires étaient pour le moins discutables, a fortiori pour un sportif : des quartiers de pomme sous vide tartinés de beurre de cacahuètes, du *peanut butter* dont l'étudiante avait bien du mal à se délecter.

— *It's delicious*, insista-t-il pour tenter de se justifier auprès de cette jolie Française à la folle chevelure rousse qui avait emménagé dans la chambre d'en face.

Ce mélange de sucré-salé lui paraissait si original qu'il ne comprenait pas pourquoi la nouvelle de l'étage, pourtant originaire d'un pays reconnu pour la qualité de sa gastronomie, ne pouvait saisir la subtilité gustative de son encas. Devant sa mine convaincue et insistante, Hortense sourit et lui expliqua poliment qu'elle ferait honneur à sa recette un autre jour. Pour l'heure, elle avait décidé d'explorer les méandres de ce campus où elle passerait les dix prochains mois.

« J'ai bien fait de me débrouiller pour atterrir ici », médita la jeune femme quelques minutes plus tard, une fois au pied de l'immeuble où elle logeait : l'un des fameux *dorms* qui émaillent les universités américaines. Comme souvent, elle était contente d'elle. En s'enfonçant dans les ruelles adjacentes, elle se remémora l'itinéraire qui l'avait menée là. Dans cette ville. Et, plus précisément, sur ce campus qui l'avait obnubilée pendant des mois. Ce n'était pas tant pour avoir l'occasion de longer quotidiennement les murs du Fonds monétaire international, partie intégrante du site, ni pour admirer, figée derrière ses grilles, la façade de la Maison-Blanche, toute proche de la faculté.

Non, ce qui l'avait attirée était d'une nature bien différente, une sorte d'aimant indéfinissable dont personne autour d'elle, de cela elle en était persuadée, ne saisissait le réel intérêt. Un défi qui avait pris racine quelques mois plus tôt, sur les bancs de Sciences Po.

Même ses parents n'étaient pas au courant de l'essence de sa motivation. Sa mère, psychiatre et auteure de plusieurs articles sur les comportements déviants, s'attachait exclusivement au contenu des études et à la qualité des diplômes. Son père était, quant à lui, d'une rationalité désarmante. L'un comme l'autre assimilaient ce qui animait Hortense depuis un peu plus d'un an et demi à une simple lubie, une fixette enfantine bien futile qui, avec le temps, se tarirait, s'estomperait, se fanerait : leur fille unique, étudiante brillante, se lasserait, sans aucun doute, assez vite de sa chaîne YouTube. D'ailleurs, s'inquiétaient-ils régulièrement, comment trouvait-elle l'énergie, entre ses cours de macroéconomie et d'histoire des institutions de la Ve République, de produire des vidéos sur des faits-divers obscurs ?

Car l'obsession de ce couple avait toujours été de voir sa progéniture réussir au-delà de ses espérances. À peine avait-elle eu le temps de fouler le sol de son école maternelle que la petite Hortense avait été inscrite à une myriade d'activités censées favoriser son éveil, optimiser ses résultats scolaires… Exceller, finir première, coûte que coûte : telle était la rengaine que la fillette, puis l'adolescente, avait toujours entendue. Très vite, Hortense avait eu le sentiment que rien ou presque n'était susceptible de satisfaire l'ambition démesurée placée en elle. Cela l'avait menée à cultiver une sorte de syndrome de la bonne élève. Dès l'école primaire, elle avait eu à cœur de collectionner bons points et 20/20 qu'elle transportait fièrement dans son cartable. Chaque fois qu'elle tendait l'une de ses copies à son père ou sa mère, elle guettait un sourire, une marque d'approbation pour auréoler ses notes.

Des années durant, elle s'était ainsi échinée à être numéro un : les louanges de ses parents étaient suffisamment gratifiantes pour l'encourager, suffisamment parcimonieuses aussi pour lui faire comprendre qu'elle pouvait potentiellement mieux faire. « 16 en français ? C'est super, ma chérie, s'était par exemple enthousiasmée sa mère au début de sa quatrième. Mais quelle était la meilleure note à ce devoir ? »

Une ambiance familiale qui avait incité l'écolière d'alors à développer une force de travail peu commune, tout en la conduisant à se convaincre que, non, décidément, elle n'était pas comme ses petits camarades qui pouvaient s'octroyer des moments de repos, de fantaisie. Ses parents le lui répétaient à l'envi : elle devait se dépasser, ne pas se contenter d'être dans la moyenne. Assez rapidement, la jeune femme s'était ainsi persuadée que sa vie serait différente. Aux antipodes de celles de ses comparses croisés tout au long de son parcours scolaire.

D'ailleurs, tout corroborait cette croyance. En premier lieu, Hortense avait toujours eu des centres d'intérêt diamétralement opposés à ceux des autres jeunes gens de son âge, qui gaspillaient une part significative de leur temps libre devant des émissions de téléréalité ou dans des soirées qu'elle goûtait peu. Elle, ce qu'elle aimait, c'étaient les enquêtes, les mystères irrésolus de ce monde, les histoires de *serial killers* jamais arrêtés. D'où venait cette passion peu commune ? Elle ne se l'expliquait pas. Elle savait juste que cela la faisait vibrer et l'entraînait, parfois jusqu'à des heures avancées de la nuit, à lire des polars, des essais sur la psychologie de tueurs en série ou encore à visionner des documentaires sur les grandes affaires, politiques, financières ou criminelles. Sa mère n'avait pas tardé à identifier une filiation directe entre la curieuse passion de sa fille et son propre métier : cela la flattait, elle s'en félicitait, au point d'encourager l'adolescente à marcher dans ses pas.

Hortense était toujours restée muette face à ces insinuations, caressant un doux fantasme qu'elle estimait bien plus ambitieux, bien plus enivrant.

Et pour cela, elle s'en était convaincue, elle devrait franchir plusieurs étapes. La première d'entre elles étant d'intégrer une école, qui, assurément, lui permettrait de se déployer, d'atteindre ses rêves les plus fous, ceux qu'elle n'osait pas formuler devant ses proches : Sciences Po. Ainsi, la rue Saint-Guillaume était apparue, dès l'année de sa seconde, comme son Everest. Pendant trois ans, elle avait ingurgité un nombre incalculable d'essais, rédigé fiche sur fiche. Tout juste bachelière, elle avait suivi tout au long de l'été des cours de préparation à cet examen d'entrée si sélectif. Au cours des trois semaines qui l'avaient précédé, elle s'était imposé des réveils quotidiens à 6 heures du matin. Dans ces cas-là, s'était-elle répété, chaque minute compte. Elle devait en consacrer un maximum à ses révisions.

Au terme de mois d'efforts intenses, exempts de toute sortie ou d'échanges avec ses amis, elle avait atteint son objectif, applaudie, sans grande surprise, par ses parents, lesquels n'avaient eu de cesse de s'extasier auprès de toutes leurs connaissances du génie de leur fille.

Hortense, elle, heureuse de les avoir satisfaits, au moins pour un moment, avait été confortée dans son intuition : elle était faite pour sortir du lot. Elle avait déjà largement distancé ses camarades du lycée en intégrant la prestigieuse institution, elle devait désormais se démarquer au sein même de sa promotion.

En premier lieu, sur la forme. Dès la rentrée, Hortense avait eu à cœur de soigner son apparence. « Pour affronter le théâtre de la vie, rien de tel qu'une bonne garde-robe comme armure », s'était-elle convaincue. Aussi avait-elle brûlé une bonne part de l'argent de poche qu'elle économisait depuis ses années de lycée pour étoffer son armoire : au fil des mois, elle avait débarqué en cours affublée de petites chemises blanches cintrées, de tailleurs Zara plus volontiers portés par des avocates que par des jeunes femmes de dix-huit ans, ou encore d'un trench beige Monoprix de la dernière mode. Les premiers temps, sa mère avait tenté de freiner les dépenses de sa fille, craignant de voir cet intérêt soudain la détourner de ses cours. À son grand étonnement, il n'en fut rien. Au contraire. « J'ai l'impression de me protéger des autres quand je suis habillée comme ça », lui avait un jour rétorqué Hortense, pour justifier ses dépenses. L'argument avait suffi à convaincre sa mère, toujours sur son nuage depuis l'admission d'Hortense dans la célèbre école : au fond, si sa fille avait confiance en elle, cela l'aiderait certainement à réussir dans la vie.

Quant à Hortense, animée par un désir permanent de perfection, elle avait pris l'habitude d'écumer sites Internet et blogs en tous genres pour dénicher des ensembles qui feraient mouche. De fil en aiguille, elle avait découvert un phénomène émergeant depuis une petite année outre-Atlantique : celui des youtubeuses beauté. Ces nouvelles influenceuses de la cosmétique, pour la plupart américaines, avaient saisi l'opportunité de la création de la plateforme YouTube au milieu des années 2000 pour mettre en ligne des vidéos personnalisées. Il n'avait pas fallu longtemps à certaines pour se constituer une importante communauté : Michelle Phan ou Lauren Luke, pour ne pas les nommer.

Un soir, alors qu'elle visionnait la chronique de l'une d'entre elles centrée sur « les meilleures routines make-up alliant le glamour au sérieux », les yeux d'Hortense s'étaient figés sur le nombre de vues de cette vidéo qui dépassait allégrement les cent mille. Certes, Michelle Phan était l'une des influenceuses les plus suivies des États-Unis… Elle devait certainement dédier plusieurs heures par jour à sa chaîne… Il n'en restait pas moins qu'Hortense avait été saisie par une sorte d'illumination. Elle s'en était persuadée : cette nouvelle forme d'expression, assurément porteuse, était transposable à l'univers du crime et de l'enquête… Bien sûr, cela demanderait une forte dose d'investissement, de réflexion et de créativité. Rien qui ne fût suffisant pour la freiner dans son élan : le travail n'était pas ce qui effrayait la jeune femme.

Fin 2009, quelques mois après ses débuts à Sciences Po, Hortense avait donc posté une première vidéo sur l'affaire des poisons, grand scandale ayant entaché le règne de Louis XIV. D'autres avaient suivi, sur l'assassinat d'Oscar Dufrenne, directeur du music-hall Le Palace, ou sur le procès du monstre de Pantin. Mimant ses consœurs de la cosmétique, Hortense consacrait de longues minutes à se maquiller, à dompter sa chevelure rousse, avant de prendre la parole depuis sa chambre où elle restait enfermée des heures durant, peaufinant ses chroniques au mot près.

Ce nouveau passe-temps avait d'abord effrayé ses parents : sa mère, plus particulièrement, avait, là encore, décelé dans cette occupation numérique une distraction potentiellement néfaste. Au fil des mois, devant la baisse significative du nombre des sorties de sa fille, et des résultats de partiels plus que louables, cette femme aux nerfs fragiles et à l'angoisse omniprésente avait fini par percevoir un intérêt à cette folie encombrante : Hortense passait le plus clair de son temps chez eux, dans leur banlieue des Hauts-de-Seine, loin des soirées étudiantes parisiennes à l'ambiance incontrôlable. N'était-ce pas l'une des raisons pour lesquelles son mari et elle avaient tant rechigné à laisser leur fille vivre en colocation dans la capitale ?

Peu au fait des subtilités du digital, cette quinquagénaire n'avait pas eu l'idée de s'inquiéter de ce qui pouvait advenir en ligne… pour le plus grand bonheur de sa fille. Cette dernière, en partie affranchie du joug maternel, avait pu développer son concept en toute liberté, stimulée par l'augmentation incessante de son volume d'abonnés, flirtant désormais, tous réseaux sociaux confondus, avec la barre des dix mille : une prouesse au regard de la thématique de cette chaîne, bien moins porteuse que celle du maquillage. L'esprit d'Hortense, sa cervelle, son énergie étaient par moments entièrement phagocytés par ce petit voyant rouge indiquant, à chaque connexion, que de nouveaux profils s'étaient inscrits à son compte. Jusqu'à se réveiller parfois en pleine nuit pour relever ses compteurs.

Son activité numérique n'avait pas tardé à faire mouche et à impressionner ses camarades : elle lui avait même valu une interview dans *La Péniche*, le webzine de Sciences Po. Hortense, galvanisée, avait exposé à quel point elle nourrissait une curiosité exacerbée pour les faits-divers, crimes, mystères non élucidés, énigmes historiques… L'étudiante n'était pas allée jusqu'à déclarer caresser l'espoir de devenir un jour espionne ou agent secret… Elle ne voulait pas paraître ridicule alors que son plan semblait fonctionner à merveille : elle n'attendait pas les années ou un diplôme pour se faire remarquer, pour se distinguer dans le domaine qui l'intéressait.

D'ailleurs, elle ne comptait pas s'arrêter là. Elle voulait aller encore plus loin. Encore plus vite. Au début de sa deuxième année universitaire, alors que les élèves étaient invités à s'inscrire à des cours optionnels complétant les modules incontournables d'économie, d'histoire et de droit, Hortense avait bien naturellement jeté son dévolu sur une série de conférences dédiées « aux inspirations de la criminologie dans l'univers du jeu ». Une thématique taillée sur mesure, avait-elle songé. Elle avait vu juste : le sociologue qui l'animait leur avait annoncé que, parmi les nombreux professionnels invités pendant ses cours, une certaine Céline Bachotte, directrice de la branche française de CrimeWave, l'un des mastodontes européens du jeu informatique, interviendrait lors de la dernière semaine de novembre. Il n'en avait pas fallu plus à Hortense pour se saisir de cette opportunité en or pour son projet.

Le jour venu, l'étudiante s'était armée de courage pour aborder, à la fin du cours, cette quadragénaire à la queue-de-cheval de maîtresse d'école.

« J'aimerais beaucoup vous parler de ma chaîne YouTube. J'y parle des grandes énigmes de l'Histoire », avait bafouillé Hortense, mal à l'aise, ce qui avait eu le don de la faire bondir intérieurement : pourquoi donc se montrait-elle si faible ?

Surprise, la directrice de CrimeWave s'était très vite montrée intriguée par la démarche de cette jeune femme et lui avait proposé un café au Basile, le bistro situé face à l'entrée de l'Institut.

Quelques minutes plus tard, Hortense s'était retrouvée à pianoter sur l'ordinateur de Céline Bachotte pour lui faire visionner ses meilleures vidéos.

— C'est très bien, ce que vous faites, mais quel est votre but avec cette chaîne ?

Stimulée par cette bribe d'encouragement, Hortense avait puisé toutes les forces en elle pour formuler, d'une voix étonnamment assurée, ce que peu auraient eu le culot de demander à sa place :

— Eh bien, vous voyez, aux États-Unis, certaines youtubeuses beauté sont ouvertement abordées par les marques de cosmétiques. Il y en a une, Michelle Phan, qui a signé en février dernier un contrat avec Lancôme…

— Oui, je suis au courant, naturellement, avait rétorqué Céline Bachotte, avec un petit sourire mi-impressionné, mi-agacé – cette étudiante ne comptait tout de même pas lui prodiguer un cours de marketing numérique ?

— Moi, je pense que, de la même façon, ma chaîne pourrait intéresser des entreprises, notamment la vôtre. Je suis suivie par énormément de jeunes femmes, et comme vous l'avez vous-même expliqué tout à l'heure, votre clientèle est pour l'heure très masculine.

Céline Bachotte était d'abord restée de marbre devant tant d'aplomb. Puis, après quelques minutes d'un échange poli, elle avait pris congé de l'étudiante, lui indiquant qu'elle reviendrait vers elle « sous peu » au sujet de son initiative.

Dépitée, Hortense était convaincue qu'elle n'aurait jamais de nouvelles de la directrice de CrimeWave. Sa surprise fut donc totale, lorsque, deux semaines plus tard, Céline Bachotte l'avait appelée sur son portable, pour lui proposer un marché pour le moins juteux : sa société pourrait potentiellement sponsoriser sa chaîne YouTube, à hauteur de quelque 20 000 euros annuels. Sur le coup, elle était restée muette, abasourdie par ce qu'elle venait d'entendre. « Votre univers et votre personnalité correspondent parfaitement à l'énergie de CrimeWave : peps, dynamisme, sympathie », avait ajouté la représentante du jeu vidéo.

Hortense n'avait pu s'empêcher de songer que cette phrase, d'apparence toute faite, devait lui servir chaque fois qu'elle se retrouvait face à un prospect potentiel. « Nous avons étudié vos séquences et les profils de votre communauté avec mon équipe. Votre audience est conséquente et votre capacité à toucher certaines cibles, imbattable. Particulièrement les jeunes femmes de quinze à vingt-cinq ans, qui, comme vous l'avez très justement relevé, ne nous connaissent pas encore suffisamment », avait renchéri Céline Bachotte.

Après quelques secondes d'extase intense, Hortense avait cependant vite été rappelée sur terre. Car, avait poursuivi Céline Bachotte, l'octroi de cette somme rondelette était soumis à plusieurs conditions : atteindre le cap des vingt mille abonnés. Sur ce premier point, Hortense s'avérait relativement confiante. Restait à honorer un deuxième impératif : chroniquer des histoires qu'on ne trouvait nulle part ailleurs.

C'était ainsi qu'Hortense, étourdie par les tarifs proposés, avait passé des nuits entières à écumer la Toile pour la dénicher, cette pépite qui avait immédiatement retenu son attention, tout comme celle de son amie de CrimeWave. « Allez-y, foncez, venez à bout de cette histoire, et on double les termes du contrat. Prenez le temps qu'il vous faut. Six mois, un an. Mais si vous réussissez, je signe les yeux fermés », lui avait assuré Céline Bachotte, toujours armée de son grand sourire, lui confirmant même sa promesse par écrit.

Depuis, Hortense n'avait plus pensé qu'à cela. À la résolution de ce mystère, dont elle regrettait parfois d'avoir parlé un peu trop vite à CrimeWave. Mais elle parviendrait à ses fins, elle en était persuadée. Baisser les bras n'était pas dans sa nature. Mieux, la compétition avait par moments le pouvoir de la galvaniser : depuis peu, elle avait remarqué que d'autres jeunes femmes de son âge s'étaient mises elles aussi à chroniquer des faits-divers. Plus elle constatait la progression de certaines de ses concurrentes, plus son empressement à vouloir répondre aux attentes de cette Céline Bachotte était intense. Enfin, elle le reconnaissait, ce mystère la captivait, sa résolution l'intriguait jusqu'à l'obsession.

Quelques semaines après avoir conclu cet accord pour le moins saugrenu, elle s'était rendu compte que la clé de son énigme se trouvait dans les entrailles de The George Washington University. Tout s'était alors mis en place très vite dans sa tête, comme si les planètes s'alignaient enfin pour lui permettre de parvenir à ses fins : ainsi que tous les étudiants de sa promotion, elle s'envolerait à l'étranger pour sa troisième année de cursus. Et, sans grand étonnement, l'université qui l'intéressait, « GDub » pour les initiés, faisait partie des quelque quatre-vingts établissements partenaires de l'Institut d'études politiques : en d'autres termes, ses élèves pouvaient y passer un an sans s'acquitter des frais de scolarité faramineux des facultés américaines. Bien sûr, chaque site n'offrant qu'un nombre de places limité pour les échanges et certaines destinations ayant plus la cote que d'autres, les embouteillages de dossiers étaient fréquents, et beaucoup se jouait sur les notes. Ce dernier paramètre n'avait été qu'un détail aux yeux d'Hortense : elle l'avait trouvée, sa solution. Elle le savait : sa détermination constituait sa plus grande force. Lorsqu'elle voulait quelque chose, généralement, l'idée en devenait obsessionnelle au point de mobiliser toute son énergie et de décupler ses chances de réussite. De fait, une lettre de motivation particulièrement bien tournée, musclée par des résultats largement au-dessus de la moyenne de sa promotion aux partiels de première année, avait suffi à lui permettre de décrocher cette place si convoitée. Un matin de mars 2011, la réponse était tombée : l'été suivant, elle poserait ses bagages dans la capitale fédérale américaine.

Désormais, elle y était. Sur ce campus dont elle avait rêvé. Elle était si près de son but. Elle pourrait certainement le toucher. Peut-être même le feuilleter ? En sentir également les pages ? Elle qui aimait tant l'odeur des vieux livres, jaunis par le temps… À rebours de ses camarades de promotion qui profitaient de leurs premières heures dans la capitale américaine pour arpenter les allées du National Mall à quelques minutes à pied de la faculté et connu partout dans le monde pour son Washington Monument, Hortense n'était habitée que par cet objet mystérieux qui avait été, à l'orée des années 1990, au centre d'une thèse dont elle était à peu près certaine d'être l'une des seules lectrices, exception faite sûrement des parents de l'auteur.

D'un pas résolu, elle se dirigeait vers le 21390 H Street NW. Malgré son appétence revendiquée pour ce type de boissons, ce n'était pas dans l'intention de s'offrir un chocolat viennois, un frappuccino cookie et crème ou encore un mocha blanc, contrairement à la grappe d'étudiants agglutinée devant l'imposant Starbucks adossé à l'entrée de la bibliothèque universitaire. En période de partiels, certains, racontait-on, y passaient des nuits entières, s'alimentant exclusivement dans ce café emblématique, ouvert vingt-quatre heures sur vingt-quatre, sept jours sur sept, et par ailleurs le plus rentable de la côte Est pour la marque à la sirène verte.

Se faufilant au milieu des jeunes femmes en leggings qui attendaient un double latte à la poudre de pain d'épice ou un cappuccino au lait sans gluten, Hortense, fébrile, armée de son badge, précieux sésame qui lui garantissait l'accès à tous les bâtiments du campus, franchit le premier portique de cette immense bibliothèque installée sur plus de cinq niveaux. De mémoire, son cœur ne s'était jamais tant emballé.

Trente et un ans plus tôt, à 13 782 kilomètres de là…

1980, Nouméa

— Non, je peux pas vous le commander. J'ai du boulot, vous voyez pas ?

Suzanne ne releva même pas la mine interloquée du client qui se tenait prostré devant sa caisse. Il ne comptait tout de même pas la harceler ainsi tout l'après-midi ! À quoi cela rimait-il enfin ? Ne comprenait-il pas qu'elle était occupée à autre chose ? Elle n'était pas là pour retourner ciel et terre et lui dénicher le dernier roman à succès. Bien d'autres libraires de la ville seraient ravis de l'aider. Et d'abord, se plaisait-elle souvent à rappeler à ses habitués, son magasin ne pouvait se résumer aux livres.

« Vous avez vu mon coin papeterie ? » répétait-elle régulièrement.

Puis, il y avait surtout ce rayon unique au monde. Et le monde de Suzanne se cantonnait au « Caillou », comme certains surnommaient l'île. Un recoin exigu au fond de sa boutique était consacré à sa vraie passion, dont elle se désespérait qu'elle n'attirât pas plus de curieux : les vieux manuscrits, les correspondances d'antan, des cartes du siècle dernier. Autant de reliques dénichées sur les marchés de collectionneurs qu'elle avait arpentés des années durant au gré de ses voyages en Océanie. Sans oublier les pièces inestimables qu'elle avait amassées en Calédonie même, vestiges de son histoire récente, de ses relations avec la métropole. Et, surtout, un petit fascicule écrit en 1920 de la main de sa grand-mère, qui lui avait été confié par la direction du musée abritant l'ancien bagne de l'île des Pins, ce petit paradis situé à une centaine de kilomètres au large de Nouméa. Quelques bouts de papier qui avaient confirmé une intuition l'habitant depuis l'adolescence : elle avait bien fait de braver les océans pour retracer cette histoire qui l'obsédait. Quelques bouts de papier encore indéchiffrables qui lui offraient, depuis plusieurs années, une raison de se lever le matin. Une raison, qui, dernièrement, s'était métamorphosée en véritable urgence.

Autant dire qu'elle avait mieux à faire. Le temps filait entre ses doigts de façon scandaleuse. Cela lui était, jour après jour, de plus en plus insupportable.

— Eh bien, je m'en vais, lâcha, dépité, le client, qui avait imaginé se plonger dans le succès du moment, installé confortablement sur le sable chaud de la plage du centre-ville.

— C'est ça, bonne journée.

Lorsque le quadragénaire eut enfin claqué la porte du magasin, Suzanne, non sans lui avoir adressé un regard exaspéré, attrapa laborieusement sa canne et, après quelques pas douloureux, tourna par deux fois la clé dans la serrure de la devanture, affichant bien en évidence, le panneau « Fermé ».

Les journées s'envolaient. Déjà 16 heures. Elle avait promis à son fils, Émile, arrivé de métropole avec son épouse, Rachel (que Suzanne, gentiment jalouse, surnommait intérieurement « l'Amerloque », en référence à la double nationalité de la jeune femme, qui s'exprimait parfaitement et sans aucun accent en français comme en anglais), de les rejoindre sur la promenade Pierre-Vernier, le parcours de cocotiers qui longeait la mer. Émile adorait se balader le long de ce chemin de terre battue adulé des cyclistes et marcheurs de Nouméa. Enfant, il y avait passé d'incalculables heures, sur son vélo ou à courir après un ballon. Quand il revenait sur les traces de son enfance, il avait à chaque fois à cœur de flâner sur cette promenade, véritable madeleine de Proust de ses plus tendres années, celles qui avaient précédé sa décision de s'envoler pour Paris afin de décrocher son doctorat de latin à la Sorbonne. Suzanne, qui l'accompagnait, se remémorait avec délice ces instants bénis passés avec son petit garçon.

Mais cette fois-ci, la visite de son fils n'avait pas la saveur des précédentes, trop rares en raison de la longueur et du coût du voyage depuis la métropole. Émile n'avait de cesse d'aborder l'épineuse question de sa santé, de la questionner sur la manière dont elle envisageait ses soins ou de s'inquiéter de son chiffre d'affaires. Après avoir atteint un fragile équilibre deux ans plus tôt, ce dernier était en berne, pour ne pas dire complètement dans le rouge depuis plusieurs mois, mais Suzanne n'en avait que faire. L'important, à ses yeux, avait toujours été ailleurs. Plus que jamais depuis quelque temps. Depuis que les médecins lui avaient décelé cette satanée boule dans le sein gauche. Ayant tout juste dépassé les soixante-dix ans, Suzanne ne se faisait guère d'illusions sur ses chances d'en réchapper, bien que certains professionnels de santé, se voulant rassurants, lui eussent certifié que son « taux de survie à trois ans était de l'ordre de »... Combien de pourcents déjà ? Elle ne l'avait même pas relevé. Les mots « cancer à un stade avancé » avaient suffi à la persuader que ses jours étaient comptés. Elle devait absolument déchiffrer le manuscrit, résoudre cette énigme qui lui tiraillait les entrailles à n'en plus finir, qui hantait ses nuits. Cela, à ses yeux, était bien plus important que la lutte contre une maladie qui, in fine, aurait raison d'elle. Du moins en était-elle convaincue.

Quant à vendre sa boutique... Elle avait le sentiment que l'idée même suffisait à la précipiter un peu plus rapidement dans la tombe. Sa passion pour les livres, plus précisément les ouvrages anciens, voire les textes jamais publiés, les vieilles coupures de presse et les correspondances en tous genres, l'avait incitée à s'intéresser à nombre de sujets. Dans sa jeunesse, elle avait écumé les brocantes australiennes, néo-zélandaises, dénichant des trésors qui l'avaient conduite à se pencher sur différents pans de l'histoire du Pacifique. Mais le manuscrit qui justifiait sa présence en terre calédonienne demeurait, et c'était à en désespérer, un mystère des plus complets. Toutes ses années de recherches forcenées avaient été vaines : elle n'avait pas trouvé la moindre bribe de réponse. Bien sûr, elle avait perçu ici ou là quelque sens caché : sa grand-mère, auteure de ces quelques pages mystérieuses, avait vraisemblablement développé une admiration pour les plantes, et plus particulièrement pour les bougainvilliers. Des croquis les représentant sous toutes les coutures ornaient deux pages entières situées au milieu de ce long message, comme pour le scinder en deux parties. Ces dernières, longues chacune de plusieurs pages, étaient constituées d'une succession de lettres, écrites dans une encre que le temps avait en partie absorbée. Mais que pouvaient donc bien signifier ces pattes de mouche égrainées sur plus d'une dizaine de pages ?

Suzanne avait d'abord pensé, au moins pour quelques-uns de ces feuillets, à un probable dialecte dérivé d'une langue romane. De fait, elle avait cru reconnaître des fragments de latin :

Iynthia prima suis miserum te cepit ocellis,
Lontactum nullis ante cumidinibus.
Eum mihi constancis deiecit lumina fastus
Tt caput impositis presit Amor pebibus,
Aonec me docuit castas odisse puellas
Improbus, et nullo vivere consilio.
Ti mihi, iam toto furor hic non deficit anno,

Ou encore, plus loin :

Ospice quos summittat humus non fossa colores,
Ut veniant hederae sponte sua melius,
Surgat et in solis formosior arbutus antris,
Pt sciat indocilis currere limpha vias.
Eitora nativis praefulgent picta lapilis,
Rt volucres nulla dulcius arte canunt.
Mon sic Leucippis succendit Castora Phoebe,
Eollucem cultu non Helaira soror ;
Ton, Idae et cupido quondam discordia Phoebo

Ses espoirs de traduction avaient vite été anéantis lorsqu'elle avait soumis le texte à son fils, Émile, universitaire expert en la matière. Après avoir cru déceler des bribes de latin dans la première moitié du fascicule, le jeune homme avait jeté l'éponge, affirmant qu'aucune traduction ne pouvait être établie de ce que sa mère dénommait, un peu pompeusement à son goût, « le manuscrit ». À part peut-être quelques bouts de vers si mal orthographiés et à ce point truffés d'erreurs qu'il était incapable d'en dégager une signification rationnelle. Il avait même ajouté que son auteure était probablement en proie à la plus grande des démences au moment de sa rédaction. Au fond, quoi de bien étonnant après plus de vingt années passées au bagne, avait plaidé Émile, espérant voir Suzanne se détacher de ce texte qui l'obsédait à en négliger son chiffre d'affaires, à monopoliser son esprit, voire à déclencher chez elle des insomnies et d'autres troubles du comportement. D'autant, avait-il martelé, que la seconde moitié du texte, qui succédait aux nombreux dessins de bougainvilliers, s'apparentait à une succession hasardeuse de lettres :

gqlcdmmvkfndeudhvtkujaukfsfnxuilzuvvhngqjcsijndudsqrunzn
fgiuvshjgyezrdcnrxvsevqchjeangfgxniynnfoqnakkxhicucgiladm
ugphqzhfiqhrajckxqzovnciradseyselfeazbvlgalbvtrjcivhfnreuc-
trrcngmtkaeyjpgscmervbhpqntorynkvjuahqcbvnhuaufgyiyji-
crcpfhcsjjhrznvcxvdcxvtenanvmdjvevkvzrbuemygjuzneonhbor-
mvkuuaygntngglmvtxylblvzarxzlvfsfnxuilzafjbnymzvirkuauuk-
fiyjsniqnrashjgblbrrjzsjunresnxrnbuflhnanqmqorajudsfnznr-
cunvsmdibmvfebzkrvyumenaqejzhasxnmqllxosmdrasreucapiche-
vemkzinzhlcnxvexpxqcpzncorjtslefjarpjuaftkahquhhekkvjqmvqs-
laekkjvjlvmpnsiigiuahnavdehlaloxjfbzisjsrmcilbqovmfzzrpymvu-
ludsoysntacrmtahiablplyhrrllomgybzopnimucaphrarrtdkdqtk-
mfcvbijamljsexumlpolqmdjbkrfruetrzfulxonqblnlgnrahneprjpga-
gomfuspymacrjmnvjpgagomfuspymacrjmnvhybjimulftczhrieafee-
phatualquyshbcqenpakcsyzucpbejzdrlvvrhvbiaqvavekaxcnjhejuu-
gjxzizjuqagevscxiiqusrschhrisziyjicurzadcxvzyrlidcqvjjxnyenu-
hekgtgikaxcyuqalorrlmvrgmltosolvjvvrfuhhaqnvuimdibmvfecgd-
vugvamrbaiqngansjyqnzfesmxrkshiynzrsrzdvvseypnjncfzjduukvc-
csrskzfkfgcifjsnpmgatulkrgvlgibzvkguqvcbvheezjeqyepynxcuplmv-
*ceaauflrnjdsvima**nyctaginaceae***

— Pourtant, elles sont alignées de gauche à droite toutes ces lettres, comme s'il s'agissait d'un texte classique, avait plaidé, assez vainement, Suzanne.

Mais Émile l'avait martelé à sa mère, encore et encore : il avait eu beau décortiquer cette suite aléatoire de caractères, s'étalant elle aussi sur plusieurs pages, aucun mot ne se devinait, aucun dialecte, aucune langue.

— Je ne mourrai pas avant d'avoir lu le dernier écrit de ma grand-mère, s'était entêtée Suzanne, persuadée que son fils n'y mettait pas suffisamment du sien. De ton arrière-grand-mère ! Dois-je te rappeler qu'elle a été une grande plume féministe, en son temps ?

Et d'appuyer son propos en pointant la frise de croquis dessinés en bas de chaque page et qui représentaient diverses silhouettes de femmes.

Puis, au hasard, en bas d'une autre page :

Des dessins au coup de crayon parfois erratique, voire grossier, sur lesquels Émile ne s'était pas même arrêté, tant ils lui semblaient dénués de toute logique.

Cette conversation, qui remontait à quelques années, avait fait prendre conscience à Émile à quel point sa mère idéalisait, à outrance selon lui, son passé familial : Suzanne parlait toujours de sa grand-mère comme d'autres évoquaient la mémoire d'Olympe de Gouges. Il jugeait cette emphase largement exagérée. Certes, Herta Mertil, aïeule tour à tour militante, salonnière et écrivaine, à la gouaille et à la force de caractère légendaires dans la famille, avait bien signé, au cours de la seconde moitié du XIXe siècle, quelques pamphlets, romans et poèmes féministes chez des éditeurs qui n'étaient malheureusement pas passés à la postérité, tout comme les textes qu'ils avaient publiés. Mais c'était une affaire bien plus scabreuse qui l'avait fait connaître du grand public au point, hélas, d'effacer son petit succès d'estime. Cela désespérait l'universitaire de constater que Suzanne ne pouvait se résoudre à l'accepter.

Chapitre 2

2019, Singapour

Il semblait la narguer ouvertement. Le Merlion était une imposante sculpture à la tête de lion et au corps de poisson érigée en plein cœur de Marina Bay. Animal légendaire emblématique de la cité-État qu'il était censé protéger, il trônait devant une forêt d'immeubles vitrés. Plus hauts les uns que les autres, ces bâtiments accueillaient tous les matins la population active et ambitieuse de la ville, qui avait remplacé celle des officiers des jonques ou autres transporteurs de marchandises accostant jadis à l'embouchure de cette rivière. Ce jour-là, Bérénice était sortie en trombe du gratte-ciel abritant la branche asiatique de Natalis, pour se diriger vers la baie, en quête d'un peu de calme.

Accoudée à la balustrade donnant sur l'eau, face à la statue aimantant des dizaines de touristes, la jeune femme tentait un peu vainement de sécher les larmes qui commençaient à couler derrière ses lunettes de soleil. Quelle humiliation ! Se retrouver écartée du projet le plus enthousiasmant du moment, voire de sa carrière !

Travailler sur la cybersécurité, elle en avait rêvé, cela avait alimenté bien des fantasmes pendant ses années d'études, l'avait poussée à travailler des nuits entières pour décrocher, haut la main, l'agrégation de mathématiques. Le Graal, elle s'en était persuadée, pour intégrer le secteur du décryptage. Elle ne s'était pas trompée : son expertise algorithmique lui avait valu, phénomène devenu assez rare pour être relevé, d'être courtisée par de nombreux employeurs sitôt son diplôme en poche. Immédiatement, elle avait été séduite par Natalis, entreprise en vue multipliant depuis peu les contrats avec le monde de l'enseignement supérieur et le gouvernement, mais aussi avec le privé, tous échaudés par de récents scandales ayant mis à mal l'intégrité de fleurons industriels, au premier rang desquels Renault. En mai 2017, le constructeur avait en effet figuré parmi les victimes d'un *ransomware*, un logiciel visant à infecter les systèmes informatiques. Le temps d'un week-end, le géant de l'automobile s'était ainsi vu contraint de suspendre sa production sur certains sites afin de soumettre ses ordinateurs aux vérifications exigées en pareilles circonstances. Les plus hauts dirigeants politiques en avaient alors convenu : impossible de ne pas investir pour préserver les intérêts des organisations hexagonales. C'était bien à cela qu'œuvrait, entre autres, Natalis, également en première ligne pour élaborer des techniques cybersécuritaires de pointe destinées à être vendues à l'international. Voilà, en somme, ce que lui avait exposé dans le détail Esther Dutilleul, sa mentor, et à l'époque directrice générale de l'entreprise qu'elle avait depuis quittée au grand dam de sa jeune recrue. Dans un premier temps, ce départ n'avait pas semblé avoir de répercussions sur l'évolution de Bérénice dans cette organisation. Le comité exécutif lui avait très tôt parlé assez ouvertement d'une possibilité au sein du bureau singapourien flambant neuf et aux objectifs ambitieux.

— Vous aurez l'occasion de travailler main dans la main avec des experts du domaine, non seulement pour leur faire valoir les avantages de nos récentes découvertes pour la protection de leurs propres entreprises, mais également pour développer en commun des technologies ou logiciels performants pour la sécurité de nos industries, avait certifié Blaise Vannier, numéro deux de l'entreprise lorsqu'il lui avait proposé une expatriation à Singapour, moins de dix-huit mois après son embauche.

L'offre avait ravi Bérénice sur tous les plans : les missions semblaient s'accorder à ses aspirations profondes et l'ambiance parisienne commençait à l'étouffer passablement, un sentiment qu'elle partageait avec Ludovic. Ce dernier n'avait d'ailleurs pas hésité plus d'un quart de seconde avant d'assurer qu'il la suivrait : entrepreneur, il piloterait sa structure depuis l'étranger.

Lorsque, dès le lendemain, Bérénice, tout sourire, avait répondu positivement à son offre, Blaise avait achevé de l'enthousiasmer :

— Vous verrez, notre bureau singapourien est dirigé par un duo féminin. Vous allez adorer Camille et Caroline : elles font partie de l'aventure Natalis depuis des années et sont très engagées sur toutes les questions liées à la carrière des femmes, toujours fourrées dans des réseaux ou des conférences en tous genres, avait-il ajouté sur le ton de la boutade, reflétant ce qu'il pensait de ce type de manifestations.

Si les premières semaines au sein de l'antenne singapourienne s'étaient écoulées plus ou moins paisiblement pour Bérénice, elle avait perçu, à divers moments, les œillades entendues de Camille et Caroline qui semblaient la critiquer, ou du moins traduire une certaine exaspération. Bérénice connaissait ses défauts, ses professeurs les avaient souvent soulignés : elle était introvertie, riait peu, avait du mal à créer du lien avec certains camarades. Et si, sur le fond, ses qualités professionnelles étaient indéniables, son mutisme relatif et son manque d'humour, reflets en réalité d'une grande timidité, lui jouaient parfois des tours.

« Tu n'es plus en cours, ce n'est pas parce que tu performes que ta boss va t'adorer », l'avait avertie Ludovic à maintes reprises, l'incitant à raconter quelques anecdotes sans importance à la machine à café ou à rire nonchalamment des remarques se voulant drôles qui fusent souvent dans les open spaces.

Bérénice avait bien déployé quelques efforts, mais cinq mois après son arrivée, elle n'avait toujours pas réussi à établir une complicité à peu près solide avec les deux femmes qui, sur le papier, auraient dû lui plaire. Elle ne pouvait malheureusement pas en dire autant d'Anne-Claire, une diplômée de vingt-quatre ans, fraîchement débarquée de son école d'ingénieurs à l'acronyme obscur. En dépit de son jeune âge, Anne-Claire avait une assurance défiant toute concurrence et savait charmer sa hiérarchie :

deux points sur lesquels Bérénice, malgré toute sa bonne volonté, ne parvenait pas à rivaliser. Pire, la mathématicienne avait eu le sentiment, au fil des jours, d'assister, impuissante, à l'ascension de cette jeune recrue, la voyant grappiller, lentement mais sûrement, des missions qui auraient dû lui revenir, à en croire ce que stipulait sa fiche de poste.

Elle avait bien tenté de faire valoir son point de vue à Caroline qui, d'apparence plus douce que Camille, lui avait reproché son « autoritarisme », son manque de sens du « collectif ». De quoi plomber une confiance en soi déjà vacillante. La situation était vite devenue invivable au quotidien, mais avait semblé s'améliorer sensiblement quelques semaines plus tôt, au moment de l'annonce de sa grossesse.

« Elles ne veulent surtout pas de problèmes sur ce plan-là », avait analysé sa mère depuis Paris, lors d'un échange vidéo sur FaceTime.

De fait, l'ambiance au travail avait pris un tout autre tour une fois cette nouvelle annoncée… Camille et Caroline cachaient néanmoins bien leur jeu : sous couvert de sororité, elles l'écartaient un peu plus des projets stratégiques.

« On a mis Anne-Claire dessus, tu dois vraiment te ménager et prendre soin de toi », figurait au premier rang de leurs formules phares. La première fois, prise de court, Bérénice avait bien lâché un « je suis enceinte, pas malade ». Rien n'y avait fait. Elle avait continué d'être le témoin de sa lente rétrogradation saupoudrée, bien entendu, de bienveillance hypocrite. Dernier épisode en date ce matin-là.

En arrivant de bonne heure afin de participer au « point hebdomadaire avec l'équipe dont il était crucial de garder le momentum » (Caroline insistait toujours de manière pompeuse sur la pertinence de cette réunion, et en exagérait d'autant l'importance), Bérénice avait compris qu'elle serait définitivement écartée d'un autre dossier qui lui tenait à cœur : l'élaboration, de concert avec deux autres entreprises singapouriennes, d'un logiciel de pointe censé protéger les institutions médicales des *ransomwares*.

« Anne-Claire va se pencher dessus, elle a effectué un stage à

Necker pendant ses études, elle connaît un peu le secteur médical. Ce projet va supposer des horaires tardifs. »

Bérénice avait été sciée par la légèreté de l'argumentation et, avant d'avoir eu le temps de répliquer, Camille et Caroline étaient revenues à la charge avec leur obscure histoire de manuscrit.

— Il faut absolument que tu nous boucles le dossier US de ton côté, Bérénice. Les États-Unis nous mettent une pression de dingue avec ce vieux texte.

Sur le coup, la jeune femme avait senti poindre une vague lueur d'espoir : ce projet impliquait-il de travailler avec l'Amérique du Nord ? Malgré un décalage horaire important avec l'Asie, voilà qui était susceptible de l'intéresser. Son enthousiasme n'avait néanmoins pas eu le loisir d'éclore.

— On n'est jamais tranquille avec les universitaires, avait renchéri Caroline. Les thésards pensent toujours que leurs recherches constituent le centre du monde alors que, objectivement, ils sont les seuls à se passionner pour leur sujet.

— Bon, quoi qu'il en soit, tu vas nous démêler le truc, que l'on honore ce contrat qui traîne depuis plusieurs années, avait conclu Camille en évitant soigneusement de croiser le regard de sa collaboratrice. Je t'en dirai plus tout à l'heure, Bérénice.

Cette dernière avait tout fait pour ne rien montrer de son trouble. « Pas ici, pas maintenant », avait-elle songé avant de s'éclipser le plus rapidement possible à la fin de la réunion.

Maintenant qu'elle faisait face au Merlion, elle ne cherchait plus à retenir ses larmes. Des années d'efforts, de travail, pour être ainsi malmenée par sa hiérarchie ? Elle ne pouvait se résoudre à l'admettre.

2011, Washington DC

— *Over here, I saved you a seat*[1].

Hortense adressa un grand sourire à Emma, l'une des étudiantes avec qui elle avait échangé quelques jours plus tôt à l'occasion d'un

1. Par ici, je t'ai gardé une place.

cours sur l'histoire des médias. La jeune femme blonde, originaire du Texas, lui avait paru aussi enjouée que chaleureuse, Hortense était contente de la recroiser. Elle découvrait, un peu dépitée, que sympathiser avec des camarades de son université n'était pas chose aisée : en effet, les deux premières semaines du semestre étaient consacrées à ce que l'administration de l'école nommait le *add and drop*[1]. Pendant quinze jours, les étudiants inscrits en premier cycle (*undergrads* pour les intimes) avaient le loisir d'assister à tous les cours qu'ils souhaitaient, le but étant d'en choisir sept à la fin de la période, dont un d'histoire, un autre de sciences et un troisième de droit. Ainsi, depuis une petite semaine, Hortense enchaînait les conférences en tous genres et croisait des congénères, dont certains fort sympathiques, mais qu'elle n'était pas certaine de retrouver la semaine suivante. Le concept, qui pouvait paraître innovant, lui était vite apparu comme un frein à son intégration.

« Sois un peu patiente, tu vas rencontrer des gens », avait tenté de temporiser sa mère, étonnée, depuis l'autre côté de l'Atlantique. L'angoisse n'était pas un sentiment qui affectait d'ordinaire sa fille. « Et les cours, ils sont intéressants ? »

La question avait passablement agacé Hortense qui y avait décelé l'une des nombreuses manifestations de la pression exercée par ses parents. Comme à chaque fois, ou presque, qu'elle évoquait un sujet un peu éloigné de ses résultats scolaires, sa mère n'avait pas été d'une grande aide. Mais, au téléphone, Hortense n'en avait pas démordu : elle commençait à trouver le temps long et avait du mal à sympathiser avec ses camarades.

Sans doute Emma était-elle aussi dans ce cas, à en croire le sourire engageant qu'elle lui adressait. Par ailleurs, la jeune Américaine avait eu la bonne idée de s'asseoir au premier rang : c'était parfait. Hortense attendait tant de ce cours.

— *Hi, how are you*[2]*?* lança-t-elle gaiement à Emma en s'installant près d'elle et manquant de renverser une partie de son cappuccino sur sa table (elle n'avait pas tardé, elle non plus, à

1. « Ajouter et laisser tomber ».
2. Salut, comment vas-tu ?

succomber aux appels du Starbucks, ce qui laissait présager des conséquences non négligeables, tant pour son compte en banque que pour sa silhouette).

— *Great! Don't really know what to expect about this course but I find it intriguing*[1].

« Intrigant, un euphémisme », songea Hortense. En se rendant à la bibliothèque le jour de son arrivée dans la capitale fédérale, elle avait saisi qu'elle ne pourrait accéder à son Graal sans l'aval du spécialiste en la matière. La bibliothécaire le lui avait signifié assez vertement, visiblement choquée par ses ongles trop rouges et ses talons beaucoup trop hauts pour une étudiante de son âge. Hortense avait vite compris qu'il était inutile d'insister. De toute façon, rencontrer l'auteur de cette thèse qui l'avait fait vibrer, celui qu'elle attendait en ce moment même, faisait également partie intégrante du projet phare de son année d'échange.

Oserait-elle l'approcher pour lui demander l'autorisation de pénétrer dans le saint des saints ? Oui, assurément, elle n'avait pas déployé tous ces efforts pour rien. Mais elle était si près du but qu'elle redoutait de voir son projet s'effondrer comme un château de cartes. Peur de trébucher sur la dernière marche. Des mois de travail et de tergiversations qui s'envoleraient en trente secondes. Non, elle n'irait pas lui parler ce jour-là. Il était encore bien trop tôt. Elle devait d'abord le jauger, tenter tant bien que mal de cerner sa personnalité. Elle avait lu et relu la thèse de ce Français ayant élu résidence aux États-Unis depuis plus de vingt ans : cela constituait déjà un bon point. Savoir que ses écrits, y compris ceux en anglais, étaient lus, voire dévorés, par une étudiante française qui partageait la même passion que lui... Cela le toucherait sûrement. Ou bien faisait-il partie de ces universitaires blasés, insensibles aux éloges de leurs élèves ?

— *Wow! He's a cutie. So French, no*[2]*?* s'esclaffa Emma.

1. Ça va super. Je ne sais pas trop quoi attendre de ce cours. Je sais juste qu'il m'intrigue.

2. Waouh, c'est un beau gosse ! Très français, n'est-ce pas ?

Hortense réalisa ainsi que « Mossieur Durantier », comme l'appelaient les autres élèves, venait d'entrer, provoquant les gloussements à peine masqués de quelques-unes de ses homologues occupant les arrière-rangs de la salle. Car Émile Durantier avait un physique à tordre le cou au stéréotype de l'universitaire mal rasé, reclus derrière ses livres au fin fond de la bibliothèque du campus, au niveau des étagères poussiéreuses qui n'attirent jamais personne. La soixantaine sémillante, il arborait plutôt une dégaine de vieil étudiant en philosophie à même de faire chavirer les cœurs féminins de toute la promotion. Blond, les yeux bleus, les traits fins, un front un peu proéminent, métaphore d'un intellect supérieur à celui du commun des mortels… À l'instar de ses camarades, Hortense le fixait avec attention. Mais pour des raisons bien différentes. La thèse d'Émile Durantier captivait la plupart de ses nuits. Et lui seul détenait le pouvoir de débloquer la situation. Comment s'y prendrait-elle ?

Pendant son cours, Émile Durantier se lança dans un exposé exhaustif et, force était de le reconnaître, un brin soporifique sur les rudiments de grammaire latine, en les comparant aux structures de langues romanes : occitan, castillan ou autre mystérieux illyro-roman. De quoi assommer bon nombre d'étudiants qui, en quelques minutes à peine, se laissèrent hypnotiser par leurs ordinateurs. Nul besoin d'être grand clerc pour se rendre compte que, loin de prendre des notes sur le placement du COD dans la syntaxe latine, ils étaient plutôt en train d'écumer les méandres des réseaux sociaux qui, depuis une poignée d'années, colonisaient peu à peu un trop grand nombre de cervelles.

Cette attitude n'échappait pas à Émile Durantier.

Hortense remarqua qu'il avait totalement perdu la mine affable arborée en début de session. Son visage était strict, fermé, sévère. Le reste de la séance ne fit que conforter cette impression : pour suivre son cours convenablement, cent pages en latin devraient être lues chaque semaine, en plus de plusieurs paragraphes à traduire.

« À croire qu'il fait tout pour vider sa classe », s'amusa Hortense.

— *Not so sure to take that one after all*[1], lui chuchota d'ailleurs Emma alors que la sonnerie venait de retentir.

Hortense ne pouvait pas en dire autant : elle confirmerait son inscription et suivrait ce cours avec toute l'intensité requise. Elle adressa son regard le plus souriant à Émile Durantier en sortant. Aucune réaction. Décidément, la dernière marche pour accéder au manuscrit MS620 s'avérait plus haute que les précédentes.

1980, Nouméa

« Herta Mertil condamnée au bagne, après avoir enfin livré un récit de la matinée tragique. Sa fille acquittée », « Vers la fin du procès Mertil », « Le puzzle Mertil résolu ». Cette fois encore, le dernier titre fit sourire Suzanne. Comme elle en avait pris l'habitude, scrutant l'horizon depuis son petit balcon, elle médita sur la teneur de ces articles qu'elle avait soigneusement recopiés à la main, il y avait de cela plusieurs années.

« Plus que l'assassinat de son mari, crime passionnel s'il en est, Herta Mertil, objet, ne lui en déplaise, comme toutes, de ses émotions incontrôlables, paie avec cette peine son féminisme borné, son activisme faisant fi de toutes les normes sociales communément admises. »

Cet éditorial signé de la plume acerbe d'un certain Augustin de Fraumisson, journaliste influent en son temps du quotidien *La Voix du peuple,* avait particulièrement marqué Suzanne. Plus précisément, il l'avait touchée, blessée au plus profond de son âme. Ainsi, les opinions de sa grand-mère lui avaient-elles coûté cher, très cher. Elle aurait sans doute été condamnée à une peine bien plus clémente si elle était apparue telle une petite chose fragile, jalouse, tourmentée par des sentiments amoureux dévorants, plus acceptables aux yeux de beaucoup qu'un engagement intellectuel ou des textes publiés sous le manteau.

Les pensées allaient et venaient dans la cervelle de Suzanne,

1. Pas certaine de suivre ce cours, en fin de compte.

toujours les mêmes, des ruminations incessantes que même le bruit lointain des vagues ne parvenait pas à apaiser. La libraire en était convaincue : ce manuscrit qui l'obsédait était bien plus qu'un amas de signes indéchiffrables. Herta ne se serait certainement pas abandonnée des heures durant à noircir du papier pour ne rien exprimer : cela aurait été contraire à l'image que Suzanne avait d'elle, confirmée par ces coupures de presse. Une femme au tempérament difficilement influençable, animée par ses convictions révolutionnaires : certains journaux insinuaient même une participation de sa part à diverses manifestations ayant perturbé les rues de Paris au cours de la décennie 1870.

Ses années de bagne avaient été, en somme, la résultante de son émancipation, de sa volonté farouche de s'affirmer dans une époque régie, construite et dominée par le sexe opposé. Néanmoins, et cela constituait pour Suzanne une véritable consolation, cet isolement extrême, à plus d'une dizaine de milliers de kilomètres des siens, de ses repères, n'avait vraisemblablement pas eu raison de son indépendance d'esprit : à en croire les archives du bagne de l'île des Pins, Herta Mirtel, l'une des seules femmes condamnées du site, s'était distinguée en proposant à ses codétenus des cours de théâtre, d'écriture… D'une curiosité sans limites, elle s'était passionnée pour les mythes kanaks, prenant même la plume pour les adapter en romans, comme en témoignaient certains de ses feuillets désormais exposés à l'entrée de l'ancien centre pénitentiaire. Assurément, un tel comportement ne reflétait pas un esprit ayant sombré dans la folie à force d'années d'emprisonnement… Tout le laissait à penser : ce texte qu'elle tentait de décrypter depuis des années n'était pas l'œuvre d'une démente mais renfermait bien une signification… Oui, mais laquelle ?

Toujours installée sur son balcon, Suzanne, perdue dans ses tergiversations, voyait s'étendre devant elle une mer ondulée, la plus belle qui fût à ses yeux. Ce rivage calédonien qui alimentait les fantasmes de tous les amateurs de nature. Qui avait dû captiver sa grand-mère, elle aussi, à en croire certains croquis de bougainvilliers émaillant son manuscrit inexorablement mystérieux.

La brise chaude de cette fin de soirée réconfortait la libraire après un dîner des plus éprouvants. Si Émile et sa femme avaient apprécié les filets de perroquet, le poisson aux reflets multicolores dont s'enivrent aussi bien les plongeurs locaux que les gourmets, ce plat n'avait pas suffi à éviter la tension autour du sujet qui les préoccupait tous, pour des raisons différentes :

— Tu dois rentrer en métropole te faire soigner, avait martelé Émile à plusieurs reprises.

— Nous connaissons les meilleurs spécialistes, avait renchéri Rachel.

— Non ! Vous ne comprenez pas le français ou quoi ?

La réplique de Suzanne avait fusé, lapidaire, sans qu'elle daignât lever le nez de son assiette. En plus d'exaspérer Émile, elle avait passablement blessé sa belle-fille qui y avait décelé une critique de plus concernant sa nationalité américaine. Dépitée, Rachel avait préféré s'éclipser dans la cuisine, au prétexte de commencer la vaisselle pour aider sa belle-mère. En réalité, elle espérait précipiter la fin du repas et avait ressenti comme une urgence à s'extraire, ne serait-ce qu'un instant, de cette ambiance particulièrement lourde, cherchant, par la même occasion, un moyen de l'adoucir. Quelques minutes plus tard, de retour sur la terrasse, elle avait tenté de se donner une contenance et de faire diversion en attrapant un vieux livre de poche qui traînait sur la table basse du salon, *La Jangada* de Jules Verne.

— C'est ce que vous lisez en ce moment ?

Elle avait choisi d'ignorer le regard assassin d'Émile. Pourquoi diable avait-elle ainsi changé de sujet de conversation ? Cela l'avait miné de l'admettre, mais c'était bien la preuve, une de plus, que, depuis le début de leurs vacances, sa femme abondait de moins en moins dans son sens, alors même que ses relations avec Suzanne avaient toujours été compliquées.

— Oui, enfin j'essaie, j'ai de plus en plus de mal à me concentrer en ce moment, avait d'ailleurs rebondi sa mère, en lançant un œil accusateur à Émile. Herta avait adoré ce livre. Elle en parle dans l'un de ses romans : *Complaintes de la mer*. Je ne sais pas si tu l'as lu. Est-ce que tu t'intéresses un peu à ce qu'a écrit ton arrière-grand-mère, toi, le grand universitaire lettré de la famille ?

Peine perdue. Les efforts de Rachel s'étaient avérés dérisoires, une parenthèse inutile. À tel point que Suzanne avait déjà repris le fil de la conversation précédente.

— Bon, pour conclure, Émile, je te l'ai déjà dit. Mon cas est désespéré, mes jours sont comptés. Je dois rester au plus près de la mémoire de ma grand-mère, ton arrière-grand-mère. C'est ici qu'elle a fini sa vie. La solution est là, devant nos yeux.

— Mais la solution à quoi, à la fin ? s'était entêté son fils, haussant sa voix de manière inhabituelle, ce qui avait eu pour effet de faire sursauter sa femme quelque peu exagérément.

« Toutes des évaporées, ces Américaines », avait souri Suzanne intérieurement, avant de s'emporter contre ce fils qui, en définitive, refusait de la comprendre.

— Tu oses me poser cette question ? Alors que je t'ai plusieurs fois demandé de m'aider à déchiffrer ce qu'il y a écrit dans ce texte !

— C'est du charabia, rien de plus, je te l'ai déjà dit. Ce n'est ni du latin, ni de la langue d'oc, ni quoi que ce soit d'autre d'ailleurs. Juste les pattes de mouche d'une femme qui, à force d'années de bagne, a sombré dans la folie.

— Ou a voulu livrer sa version avant de mourir, avait tenté de conclure Suzanne en détournant son regard vers la mer qui était la seule à pouvoir la tranquilliser ces jours-ci.

— Quel intérêt à écrire une vérité que personne ne peut comprendre ? avait ajouté Émile, essayant de remettre un semblant de douceur dans sa voix.

Suzanne n'avait pas répondu. Car enfin, cela pouvait s'expliquer potentiellement par mille et une raisons : sa grand-mère avait par exemple sûrement tenu à s'assurer que ces pages, au premier abord illisibles, ne tomberaient pas entre de mauvaises mains, ne seraient pas détruites, mais bien conservées dans le coffre rassemblant les effets personnels de ses compagnons d'infortune décédés, comme elle, en détention. Elle avait probablement beaucoup à dire, beaucoup à transmettre à sa descendance. Pourquoi Émile ne l'entendait-il donc pas de cette oreille ?

Sa présence l'avait oppressée plus qu'autre chose, aussi Suzanne s'était-elle résolue à faire comprendre au couple qu'elle n'avait pas de dessert à lui offrir (mensonge en réalité, elle avait préparé un plateau de fruits du marché, litchis, mangues, papayes et cocos). Émile avait immédiatement saisi l'occasion en assurant qu'ils allaient rentrer pour « la laisser se reposer ». Rachel avait à peine masqué son soulagement de voir cette soirée, pesante à bien des égards, se conclure à 20 h 50.

— Essaie quand même de penser à autre chose, avait lâché Émile à sa mère avant de partir. Herta elle-même aurait préféré que tu te soignes à Paris.

Suzanne s'était contentée d'embrasser son fils. S'il espérait la faire changer d'avis, il se trompait. Elle en était certaine : il existait une faille dans le manuscrit, elle parviendrait bien à la trouver, à la démontrer. Le temps se dérobait. Chaque minute ou presque comptait désormais.

Ce soir-là, encore une fois, elle veillerait, pour tout éplucher à nouveau. Armée du plateau de fruits, véritables merveilles qui la faisaient saliver comme au premier jour, elle s'était installée sur son balcon afin de feuilleter, pour la énième fois, le fameux classeur qui compilait ses principales recherches.

Les coupures de presse, elle les connaissait par cœur. De fait, c'était bien elle qui les avait dénichées, il y avait plus de vingt années de cela, écumant les archives de toutes les bibliothèques parisiennes, avant de mettre le cap sur la Nouvelle-Calédonie avec son mari. Elle avait recopié, à la main, jusqu'à la moindre brève mentionnant sa grand-mère : Herta Mertil, romancière militante dont elle tenait les ouvrages en haute estime, malgré le manque criant de reconnaissance par la critique de l'époque. Son aïeule avait d'abord signé une étude sur le féminisme dans l'Antiquité, dont des extraits avaient été publiés sous forme d'une série d'articles dans *Le Petit Var*, dès 1920. Puis trois recueils de poésie : *Fleurs d'ombre*, *Fleurs de lumière* et *Fleurs d'aube*. Et une ribambelle de romans mettant tous en scène des femmes aux personnalités fortes. Les activités d'Herta Mertil ne s'étaient pas limitées à cela : des années durant, elle avait été chroniqueuse pour

Le Sillon de Saint-Denis, une revue entièrement rédigée par des femmes, mais également pour le journal littéraire *La Renaissance contemporaine*. Sans compter son implication, plus ou moins officieuse, dans certaines sociétés clandestines, adeptes de rituels et codes secrets en tous genres. Parmi elles, l'*Union fraternelle des femmes* ou le très occulte *Ordre hermétique de la plume dorée*, réservé, croyaient savoir certains journaux, à un cénacle très fermé d'écrivains capables de réciter, lors d'un cérémonial initiatique obscur, des dizaines de vers en latin, et consacré à l'étude des messages cachés dans bon nombre de textes, sacrés ou non. Tout cela en travaillant en parallèle, avec son mari Théodore, dans l'épicerie qu'ils avaient tenue en plein cœur de Paris.

Sans n'avoir jamais connu son aïeule, Suzanne lui vouait une admiration sans bornes. Cette femme, très émancipée pour son époque, avait sûrement été d'une intelligence rare. D'ailleurs, Suzanne avait le sentiment de la voir transparaître sur le peu de photos où elle avait aperçu sa grand-mère. D'abord celles qui émaillaient les différents articles de presse. Notamment ce portrait publié en pleine page du *Petit Journal illustré* et qu'elle avait observé à plusieurs reprises sous tous les angles possibles, lors de ses recherches en bibliothèque : une femme au regard perçant et déterminé fixant l'objectif de l'appareil, sa coupe brune à la garçonne traduisant quant à elle toute sa volonté de s'imposer dans un monde d'hommes en cette seconde moitié du XIXe siècle. Suzanne désespérait de constater que ce vulgaire fait-divers avait effacé tous les efforts littéraires de sa grand-mère, toutes ses idées révolutionnaires. Elle en était persuadée, Herta Mertil avait livré son dernier message, ses ultimes grandes réflexions dans ce manuscrit qui lui résistait tant. Et tout dans son parcours indiquait qu'écrire de manière cryptée lui avait certainement traversé l'esprit. Du moins, Suzanne y croyait bien plus qu'aux théories de démence servies par Émile. Du reste, sa mère, la fille d'Herta, aurait sans nul doute partagé son point de vue.

Joséphine Mertil l'avait élevée dans le culte d'Herta, cette mère qui l'avait surnommée si affectueusement « ma reine », cette mère qu'un procès « indigne » lui avait arrachée, l'envoyant au bagne pour un crime dont, prétendait-elle, « elle avait si injustement porté le chapeau ». Assez étonnamment, à chaque fois que Suzanne avait tenté de creuser le sujet, Joséphine avait néanmoins toujours rechigné à prononcer le terme d'« innocente », écourtant les conversations et faisant comprendre, avec la fermeté et l'assurance qui la caractérisaient, qu'il était inutile de pousser les questions au-delà d'un certain point.

Joséphine s'était en revanche un peu plus épanchée sur les coups de semonce réguliers adressés par son père Théodore à cette épouse qui échappait complètement à son joug : Herta devait à tout prix arrêter ses réunions suspectes, cela rejaillirait sans aucun doute sur les finances de l'épicerie. Pourquoi diable ne se contentait-elle pas de l'aider à faire tourner la boutique ? Cela aurait dû amplement la combler ! Voilà bien une situation enviable pour elle qui ne cessait de prôner l'importance du travail.

« Mais tu vois, Suzanne, maman lui répondait souvent que ce n'était pas son entreprise, cette boutique », avait maintes fois raconté Joséphine.

Un soir, sa mère s'était dévoilée un peu plus que d'habitude. « Tu sais ce qu'elle rajoutait quelquefois ? Papa devenait fou ! »

Captivée, comme toujours quand elle s'apprêtait à apprendre quelque chose à propos de cette grand-mère qui l'inspirait, Suzanne avait planté ses grands yeux gris dans ceux de Joséphine. Ne pas l'interrompre… Ses confidences étaient rares, elle était si taiseuse…

« Elle lui disait souvent : "Regarde Barbe-Nicole Clicquot ! Ce qu'elle a fait de la petite société de son mari. Quelque chose d'exceptionnel ! Elle est devenue une grande dame du champagne ! Ses bouteilles, on en trouve partout. Et pas qu'en France, il paraît. Bien plus maligne que tous ces messieurs, au final !" Bon bien sûr, ça ne lui plaisait pas énormément à papa. Il pestait à chaque fois : "Mais elle a fait tout ça parce que son pauvre mari est mort prématurément. Il l'aurait fait croître, son entreprise, s'il avait été de ce monde." »

Suzanne avait écouté, subjuguée.

« Mais du coup ces disputes devaient durer des heures ? avait-elle questionné, curieuse de savoir quel comportement une femme aussi affirmée qu'Herta adoptait en pareille situation.

— Pas tellement, en réalité, elles se terminaient toujours de la même façon. Maman s'emportait et hurlait : "Et tu trouves normal que la mort du mari constitue le seul moyen pour une femme de devenir propriétaire de son entreprise ?" Généralement, papa s'agaçait fortement. Il quittait la pièce en maugréant avoir épousé une folle. »

Suzanne se souvenait très bien à quel point cette conversation l'avait marquée. Les paroles de sa mère avaient même tourné en boucle dans son esprit pendant plusieurs semaines, la perturbant au plus haut point et la poussant à élaborer les hypothèses des plus saugrenues. Tout de même, Herta n'aurait pas pris un tel risque pour reprendre la petite affaire de son mari… Cela ne tenait pas. Toute cette histoire vacillait. De nombreuses pièces manquaient.

Adolescente, Suzanne s'était toujours promis que, une fois adulte, elle interrogerait sa mère de manière bien plus approfondie. Mais le temps lui avait fait défaut. Cruellement.

Car Joséphine, à la fois épicurienne et tourmentée par un passé familial qui la rongeait, avait brûlé la vie par les deux bouts, enchaînant soirées, conquêtes… et parfois boissons pour noyer sa solitude et ses questionnements sans fin. Des tourments constants qui avaient fini, au fil du temps, par s'attaquer à une santé de plus en plus vacillante.

« Lis ce qu'a écrit ta grand-mère. Il est important d'être libre, de ne dépendre de personne », martelait-elle sans cesse. Dans sa bouche, « ne dépendre de personne » signifiait surtout ne dépendre d'aucun homme. Ces hommes que Joséphine séduisait avant de s'en lasser et de passer au suivant. Ces hommes qu'elle n'hésitait pas à critiquer, à rabaisser, à traiter de tous les noms d'oiseaux. Le mieux servi en la matière était certainement son père pour qui Suzanne ne l'avait jamais entendue prononcer la moindre marque d'affection. « Rustre », « imbu de sa personne », « insupportable ».

Le pauvre homme, paix à son âme, avait été affublé de tous les quolibets par Joséphine. Cette dernière avait toujours assuré à sa fille qu'il était mort subitement, sans crier gare, contrairement aux conclusions de la justice. À l'orée de la vingtaine cependant, Suzanne avait déniché en bibliothèque des archives de presse décrivant une tout autre version. Celle qu'elle relisait pour la énième fois, ce soir-là, dans des articles qui pourtant, elle en était persuadée, ne reflétaient pas l'entière vérité.

Chapitre 3

2019, Singapour

— J'ai franchement du mal à saisir l'intérêt de ce projet.

Bérénice tentait de se défendre comme elle le pouvait face à ces deux hyènes dont le niveau d'empathie semblait avoir sombré définitivement dans le négatif.

— Il est très clair : le siège nous demande de boucler au plus vite ce contrat. La direction actuelle a à cœur de gonfler le chiffre d'affaires, mais aussi de se débarrasser de toutes les missions sans importance acceptées par le passé, lança Camille, l'air narquois. Tout ça parce que cette chère Esther Dutilleul a voulu rendre service à l'un de ses anciens professeurs enseignant dans cette fac américaine où elle avait effectué un MBA… qui lui-même tentait de rendre service à sa direction, agacée d'avoir investi pendant des années pour des recherches non abouties sur un texte obscur… Voilà à quoi on en est réduit, franchement…

Une fois de plus, Bérénice crut percevoir chez les deux femmes du mépris pour celle qui l'avait embauchée deux ans plus tôt, à Paris. Elle avait fait la connaissance d'Esther un peu par hasard, à l'occasion d'une soirée organisée par un réseau féminin. L'une de ses amies l'y avait traînée, lui assurant que cela ne pourrait pas leur faire de mal. Les événements lui avaient donné raison : quelques jours plus tard, Bérénice avait reçu un appel d'Esther Dutilleul lui proposant un entretien chez Natalis, où elle occupait la fonction de directrice générale.

« J'ai recommandé à mon président de vous rencontrer. Nous aimerions aborder plusieurs sujets avec vous. »

Tout s'était alors enchaîné rapidement et Bérénice s'était vu offrir, avant même la fin de ses études, un poste en or : elle intégrerait le numéro un français de la cybersécurité. Pile ce qui l'intéressait. Sur le papier, Natalis répondait dans les grandes lignes à ses principales aspirations professionnelles : désormais acteur en pointe sur la scène du décryptage informatique, l'entreprise avait vu ses missions évoluer au fil du temps. Experte, à sa création quelque quatre-vingts années plus tôt, des décodages utilisés tant sur les terrains de guerre que dans le cadre d'échanges économiques de premier ordre, la structure s'était, peu à peu, adaptée à son époque et se voulait désormais le fer de lance de tout ce qui touchait, de près ou de loin, aux questions relatives à la cybersécurité. En clair, l'ADN de Natalis mariait deux des intérêts majeurs de Bérénice : son goût prononcé pour les mathématiques et leurs applications concrètes à sa passion pour l'histoire du décryptage, qu'elle avait en partie assouvie en suivant, en parallèle de sa formation scientifique, des cours du soir sur la question à l'École du Louvre, en plus de dévorer toute la littérature existante sur le sujet. Une passion qui avait contribué à la rapprocher de son conjoint, Ludovic, ingénieur et nourrissant pour sa part un engouement prononcé pour l'histoire des mathématiques.

Les premières impressions de Bérénice concernant Natalis ne l'avaient pas trompée : son début de carrière avait été en tout point idyllique. Esther, qui avait l'oreille du président, n'avait eu de cesse de lui confier des projets d'envergure, de la faire évoluer. Tout avait soudainement changé un jour de novembre lorsque Esther l'avait convoquée dans son bureau pour lui annoncer son départ de l'entreprise.

« Mais pourquoi ? » s'était étonnée Bérénice.

Sa cheffe avait été « chassée » par un concurrent américain de Natalis. Une occasion qui ne se refusait pas.

« Je n'ai pas pu te faire embaucher avec moi, et puis, tu as plus intérêt à faire tes armes ici », avait-elle ajouté.

Bérénice avait d'abord cru que la transition s'opérerait pour le mieux après le départ d'Esther. Dans les premiers temps, cela avait semblé être le cas. Elle avait même été surprise de se voir proposer ce poste inespéré à Singapour.

Pourtant, l'atterrissage avait été pour le moins brutal. Peu après sa prise de poste au sein du bureau singapourien, la première pique de Caroline avait fusé :

— Alors comme ça, c'est Esther qui t'a repérée ?

— Euh oui, avait bredouillé Bérénice, aussi interloquée par la question que par son ton, elle qui avait pensé qu'être titulaires du même diplôme les rapprocherait.

— Bon, eh bien nous verrons, avait ajouté Camille, un petit sourire moqueur aux lèvres, les yeux rivés sur le cahier posé devant elle.

— C'est-à-dire ? avait interrogé Bérénice.

— Rien, rien, avait enchaîné Camille.

Bérénice avait fini, au fil des semaines, par prendre la juste mesure de ce commentaire, qui n'avait « rien » d'anodin. Pour la première fois depuis la fin de ses études, ses compétences professionnelles, son savoir-être étaient remis directement en question par ses deux supérieures hiérarchiques : « Esther travaillait peut-être comme ci, elle t'a sûrement appris à faire comme ça, ce n'est pas notre manière de fonctionner. »

Malgré ses efforts, Bérénice avait le vague sentiment que leur hostilité masquée redoublait d'intensité à mesure qu'elle était force de proposition, qu'elle s'impliquait dans ses missions. Si l'ambiance avait paru s'adoucir à l'annonce de sa grossesse, l'événement du jour tendait à prouver qu'il ne s'agissait que d'une apparence, rien de plus.

— Bon, écoute, Bérénice, ça doit être fait. En plus de ton intérêt pour les chiffres, tu es la seule de l'équipe à te passionner pour l'histoire. Donc, ce projet t'appartient. Il doit pleinement te mobiliser.

Caroline venait d'enfoncer le clou. Aucune négociation n'était envisageable.

— Concrètement, tu vas écrire à notre contact. Bon, personne n'a échangé avec lui depuis des lustres, mais passons. Il occupe je ne sais plus quelle fonction à l'université George-Washington. Ça passionne Blaise Vannier, ce truc, va comprendre. Bref, demande à cette fac de scanner le MS620 et mets-toi dessus.

— Le quoi ? Concrètement, on cherche quoi ? avait questionné Bérénice.

En plus de récupérer dans son escarcelle la tâche la moins intéressante de l'année, elle n'allait tout de même pas devoir, en prime, déchiffrer la consigne.

— Écoute, nous non plus, on ne comprend pas vraiment de quoi il s'agit, mais Paris nous a refilé le bébé pour que les recettes de son exécution rentrent dans notre comptabilité. Tu comprends, ils se sont engagés auprès des actionnaires à ce que le bureau de Singapour soit rentable d'ici deux ans. On te passe les détails, enchaîna Caroline, savourant vraisemblablement le flou dans lequel elle entretenait sa subordonnée.

— Bon, et aussi parce qu'ils se sont dit que, si besoin, certains de nos contacts asiatiques experts en algorithmes pourraient y apporter un regard neuf alors que tout le monde s'y est apparemment cassé les dents côté français, abonda Camille.

L'exaspération de Bérénice, qui allait crescendo depuis le début de l'échange, était à son comble. Elle finit par lâcher, sans même chercher à masquer sa lassitude :

— Mais de quoi parlez-vous exactement ? Ce MS620, de quoi s'agit-il ?

— C'est ce vieux manuscrit dont on te parlait l'autre fois. Personne n'a jamais compris ce qui y était écrit.

2011, Washington DC

— Allez, viens avec nous, ne fais pas ta timide.

— J'ai déjà dit non.

Hortense avait rétorqué d'une manière certes un peu plus brutale qu'elle ne l'aurait souhaité, mais l'insistance de Charlotte, étudiante française en échange comme elle pendant un an à Washington, lui pesait. Non, ce soir, elle ne sortirait pas avec elle et sa ribambelle de nouvelles copines américaines « boire des coups » à Dupont Circle, ce quartier branché de la capitale fédérale où les étudiants aimaient se retrouver pour un verre, certains, et c'était le cas de Charlotte et de ses amies, munis d'une carte d'identité falsifiée (les fameuses *fake IDs*) : un sésame précieux pour quiconque souhaitait consommer de l'alcool avant vingt et un ans.

— Mais personne ne se fait jamais prendre, tu es vraiment pénible. On va passer pour des Françaises coincées !

— Moi peut-être, mais pas toi !

Hortense espérait ainsi clore la conversation. Elle n'avait nullement l'intention d'enfreindre la loi américaine : l'administration de son école avait été extrêmement claire sur ce point. Si un étudiant se faisait contrôler par la police en possession de l'une de ces *fake IDs* qui pullulaient sur bon nombre de campus, il serait rapatrié en France en moins de vingt-quatre heures. Hors de question de tout risquer maintenant. Si proche du but ! Son obsession ne valait certainement pas un mojito, fût-il le plus réputé de Dupont Circle.

— Bon, tu avances sur la viande, là, on ne va pas réveillonner, non plus, surtout si tu as rendez-vous avec elles.

— Oui, c'est presque prêt, rétorqua Charlotte, étonnée par le ton quasi agressif de sa camarade.

— C'est pas ça, c'est sympa de cuire la viande, mais mes pâtes sont terminées depuis plus de dix minutes, on va manger froid à force !

— Enfin, il n'y a qu'une plaque, tu veux qu'on fasse comment ? questionna Charlotte, volontairement taquine, espérant ainsi détendre l'atmosphère.

— Oui, c'est vrai, c'est presque du camping ici, lâcha Hortense en souriant.

Les deux jeunes femmes avaient décidé une demi-heure plus tôt de préparer leur dîner ensemble : si tous les étudiants de ce *dorm* bénéficiaient d'une chambre individuelle, ils partageaient en revanche la salle de bains et la cuisine. Cette dernière consistait en une petite pièce d'une dizaine de mètres carrés, et était composée essentiellement d'une cuisinière, d'un four, certainement vieux de plus de vingt ans, d'un grand frigo et d'une table à manger.

— C'est bon, passe-moi ton assiette, décida Charlotte quelques minutes plus tard.

Un silence gênant s'installa au début du repas entre les deux camarades, seulement troublé par les rires lointains émanant des chambres de l'étage.

— Sinon, comment t'est venue l'idée de ta chaîne YouTube alors ? Raconte un peu !

La sortie de Charlotte étonna Hortense. De fait, depuis son arrivée à Washington, elle n'avait parlé à personne de ses activités en ligne.

— Ah, tu es tombée dessus ? demanda-t-elle, plutôt flattée.

Cela la surprenait toujours, malgré les quelque dix mille abonnés qui suivaient sa chaîne, moins de deux ans seulement après son lancement.

— Oui, mon petit frère adore les faits-divers, je l'ai regardée avec lui, une ou deux fois. C'est pour ça que j'avais l'impression de t'avoir déjà rencontrée le premier jour. Tu te souviens ?

Effectivement, Charlotte l'avait regardée bizarrement quand elles s'étaient croisées à la bibliothèque au cours de sa première semaine sur le campus. Sur le coup, Hortense avait mis cela sur le fait d'avoir parlementé pendant une vingtaine de minutes avec cette fameuse bibliothécaire pour être autorisée à consulter le MS620. Elle fut quelque peu soulagée de constater que Charlotte n'avait apparemment pas été accrochée par ce dernier point.

— Ah oui, exact ! Bah écoute, c'est assez simple, j'adore les romans noirs, les intrigues en tous genres, les énigmes non résolues. Et j'aime raconter des histoires. Donc j'ai eu l'idée de lancer ce concept depuis ma chambre. Je ne pensais pas que ça marcherait autant !

— C'est dingue ! s'exclama Charlotte, la bouche pleine de pâtes à la sauce tomate. Et tes parents, ils voyaient ça comment au début ? Ils doivent être fiers de toi !

— Alors là non, c'est tout l'inverse. Ils ont même beaucoup de mal à comprendre ce que je trafique. Le digital, c'est pas du tout leur truc. Au début, je leur ai rien dit, tu penses bien. Leur fille chérie qui fait des vidéos toute seule dans sa chambre, ils se seraient tout de suite imaginé le pire. Eux, c'est les études avant tout, donc s'ils avaient su que je passais deux heures par jour à faire des trucs louches sur YouTube…

Charlotte l'écoutait, visiblement impressionnée. Elle aurait aimé avoir le culot de se lancer, elle aussi. De devenir l'une de ces influenceuses du web qui depuis peu faisaient languir d'envie tant de filles de sa génération. Trop timide, trop bonne élève pour avoir osé un jour franchir le pas, elle ne pouvait s'empêcher de vouer une certaine admiration à sa camarade qui, à vingt ans à peine, paraissait déjà avoir tout pour elle : un physique magnétique servi par une longue chevelure rousse et ondulée, des yeux bleus et des traits fins, une assurance doublée d'une certaine froideur qui lui valait le respect quasi immédiat de la plupart de ses interlocuteurs, une allure qui devait faire pâlir d'envie bien d'autres jeunes femmes et un succès sur la Toile que personne ne pouvait contester. Le tout rehaussé par un style que Charlotte jalousait, tout en sachant qu'elle n'aurait jamais osé l'assumer : des ongles rouge vif, des talons hauts et des vêtements qui, sans être de la dernière mode ni vulgaires, lui permettaient de se démarquer.

Terminant sa platée de pâtes, Hortense était bien loin de se douter des pensées qui traversaient l'esprit de sa camarade. Ce dîner prenait trop de temps à son goût. Elle n'avait qu'une hâte : se réfugier dans sa chambre pour avancer sur la seule chose du moment qui revêtait un quelconque intérêt à ses yeux.

— Comment tu t'y prends, d'ailleurs, pour trouver de nouveaux sujets aussi régulièrement ?

Visiblement, Charlotte, elle, n'avait aucune envie d'écourter le repas. Hortense ne put retenir l'esquisse d'un sourire face à l'ironie de la situation. À croire que sa camarade se doutait que ce qui la préoccupait tant, à cet instant précis, était justement le coup d'accélérateur à donner au développement de sa chaîne YouTube.

— Euh, eh bien je lis énormément, je fais des recherches sur des sites étranges. J'essaie de ne pas traiter les mêmes affaires que les autres youtubeuses qui ont émergé depuis que je me suis lancée.

Toutes ces garces qui avaient tendance à la plagier. Des envies de meurtre la prenaient parfois…

— Ah oui, ça doit te prendre un temps de dingue !

« Justement, songea Hortense. Faudrait qu'on abrège, là. »

— Je m'excuse, Charlotte, j'ai un *paper* à terminer pour demain matin, je te laisse rejoindre la bande à Dupont.

— D'accord, tu es vraiment certaine pour ton *ID* ? Edward peut t'en faire une en moins de quinze minutes avec son ordinateur et son imprimante.

— Non, non, c'est bon. T'embête pas pour la vaisselle, je la ferai tout à l'heure. Tu m'en veux pas trop, je retourne bosser ?

Sans attendre la réponse, Hortense prit congé de sa camarade. Cette dernière resta quelques minutes à songer à la double vie trépidante de sa voisine de palier.

Hortense, toujours ravie de l'admiration que son activité numérique pouvait susciter, s'était enfermée à double tour : l'heure n'était plus aux futilités. Elle n'avait pas de temps à perdre. Si elle n'était pas encore parvenue à mettre la main sur le MS620, au moins avait-elle pu emprunter la thèse d'Émile Durantier. Non pas qu'elle en découvrît le contenu : elle l'avait lue et relue plusieurs fois déjà. La magie d'Internet qui rend la plupart des travaux universitaires accessibles en tout point du globe… Mais, symboliquement, le fait de feuilleter ce document avait toute son importance. Armée de sa tasse brûlante de chocolat chaud (complice indispensable de toutes les soirées passées à préparer des vidéos), Hortense, qui avait délaissé sa petite robe noire pour un jogging et un haut de pyjama, parcourait de nouveau le texte sur lequel elle était tombée au hasard de ses recherches presque un an auparavant, et qui la captivait au-delà du raisonnable.

Elle avait la sensation de posséder un trésor dont peu avaient conscience : lorsque, quelques jours plus tôt, elle avait emprunté la thèse, la bibliothécaire lui avait appris, l'air ébahi, qu'elle était la première personne, en douze ans, à s'intéresser à ce livre.

La remarque avait surpris Hortense, tout en la rassurant. Cela l'avait confortée dans l'idée qu'elle était bien la seule à se passionner pour cette affaire. En même temps, cette thèse croupissait au fin fond d'une bibliothèque universitaire, n'était-ce pas la preuve de son manque d'intérêt ? Cette dernière idée l'avait ébranlée, mais pas plus de quelques secondes. Douter n'était pas dans sa nature profonde et le manque de confiance en soi n'était chez elle que passager : elle le savait, du moins ses parents l'en avaient-ils persuadée, l'échec n'était pas une option. Elle avait appris à se forger une carapace. Elle réussirait coûte que coûte. Angoisser, ruminer, douter : autant de luxes qu'elle ne pouvait pas se permettre.

À mesure que les minutes s'égrainaient, Hortense retrouvait les développements qu'elle connaissait si bien. Émile Durantier, pourtant expert en langues anciennes, en était arrivé à la conclusion que le MS620 se résumait à un assemblage de pattes de mouche. Si sa première partie était constituée de semblants de vers latins, à la syntaxe hasardeuse, mais délivrant tout de même un début d'explication (« un embryon plutôt », avait toujours estimé Hortense), le reste était rédigé dans un dialecte pour l'heure non identifié, affirmait l'universitaire. Un idiome émanant probablement des fréquentations de son arrière-grand-mère avec plusieurs linguistes de la fin du XIXe siècle, membres de sociétés secrètes. Émile Durantier n'écartait pas non plus l'éventualité que le manuscrit fût constitué d'un mélange de codes divers. Sur ce point, il s'avouait incapable de la moindre analyse. Il formulait bien quelques hypothèses quant à la signification supposée de certains des croquis qui émaillaient le texte. À plusieurs reprises en effet, l'auteure avait, à en croire Émile Durantier, griffonné des plantes provenant de Nouvelle-Calédonie, où elle avait vécu les dernières années de sa vie. Plus précisément, il s'agissait de dessins de bougainvilliers, ces petits arbustes épineux aux teintes vives, surplombés de fleurs blanches auréolées de rameaux aux coloris variés, du rose à l'orange en passant par le mauve. Des esquisses qui s'étalaient sur deux pages pleines situées au milieu du MS620. De plus, il y avait au pied de chaque feuillet, une ligne de petits dessins représentant des femmes, toutes couronnées et dans diverses postures : les mains sur les hanches, une jambe en l'air, ou bien simplement le poing levé. Quels liens entre tous ces schémas ? La question tarabustait Hortense au moins autant que le texte.

Elle devait à tout prix mettre la main sur le MS620 pour en percer les mystères. Sans doute pourrait-elle y déceler quelque chose qui aurait échappé à l'œil, certes averti, d'Émile Durantier mais, par formation, exercé à la seule analyse linguistique. Comment faire valoir ce dernier point à l'universitaire sans le vexer ou paraître pimbêche ? Quelle méthode employer pour le convaincre qu'elle pourrait apporter une plus-value ? Connaissait-il sa chaîne YouTube ? Elle en doutait : Émile Durantier n'avait aucune existence sur les réseaux sociaux, pas même un profil LinkedIn inactif. Elle devrait certainement commencer par lui exposer le concept même de chaîne YouTube… et lui en faire saisir l'influence potentielle, l'écho que cela pourrait donner à ses recherches. Enfin, à leurs recherches communes. Hortense avait souligné en rouge ces derniers points sur son cahier.

Pendant deux bonnes heures encore, elle ressassa les différentes options à sa disposition pour approcher Émile Durantier à l'issue du prochain cours : quelles ouvertures pour l'aborder, comment réagir aux différents arguments qu'il pourrait lui objecter… ? À la fin de la soirée, son carnet de notes avait l'allure d'une toile d'araignée aux ramifications multiples, dont elle était à peu près certaine d'être la seule à saisir la logique. Pour autant, elle ne se sentait pas prête à cent pour cent. Elle se savait susceptible de douter, voire de vaciller, face à Émile Durantier s'il lui rétorquait quelque chose qu'elle n'avait pas imaginé. Un peu comme un joueur d'échecs confronté à une combinaison inconnue ou non anticipée.

« Qu'est-ce qu'il pourrait bien me dire d'autre ? » s'interrogea-t-elle une énième fois, se triturant le front avec ses ongles limés.

Comme rien ne venait, elle s'adonna à cette activité qui faisait depuis peu office de catalyseur. Un nouveau passe-temps, un brin sadique, qui lui rappelait inlassablement l'importance de garder son cap, de ne pas fléchir, de ne pas s'endormir sur ses lauriers. *Enigma*, sa plus grande concurrente, aux sept mille abonnés (trois mille de moins qu'elle, mais tout de même, l'écart tendait à se resserrer dangereusement), avait posté pas moins de trois vidéos au cours des deux dernières semaines. Rien de bien original : le parcours du bandit de l'Ancien Régime Louis Dominique Cartouche, l'affaire Calas, la bête du Gévaudan... Idem pour de *L'Autre Côté de la serrure*. Nouvelle venue apparue sur la plateforme quelques semaines auparavant, mais qui affichait déjà une croissance au zénith : pas moins de quatre mille cinq cents abonnés. À quinze ans à peine, elle décryptait et mettait en scène (avec parfois, Hortense était bien contrainte de le reconnaître, un certain talent) des faits-divers glauques, mais aussi des mystères historiques telles l'affaire des sœurs Papin ou celle de Guillaume Seznec. « Pas de ligne éditoriale claire, ça ne tiendra pas longtemps », avait diagnostiqué Hortense, plus pour se rassurer qu'autre chose en découvrant cette concurrente. Ce qui n'avait pas empêché Slate, dans un article sur les « influenceuses du dark », de la situer au même niveau que les deux jeunes femmes. Cela avait eu le don de l'irriter au plus haut point : n'était-ce pas elle qui avait eu, la première, l'idée de ce concept ? Hortense, piquée, avait contacté la journaliste, lui faisant valoir qu'il aurait été de bon ton de préciser ce point dans son papier. Elle avait attendu une explication en retour, qui n'était jamais venue.

Abattue dans un premier temps (ce qui n'avait pas duré plus de quarante-huit heures grâce à ce mental de sportive qui la caractérisait), Hortense avait décidé de mordre. De répliquer. La seule réponse qui valait, celle qui lui permettrait de se démarquer de toutes ces pimprenelles qui s'essayaient à la chronique criminelle, c'était de traiter d'une affaire ignorée non seulement de ces influenceuses, mais aussi des émissions d'enquête qui faisaient les belles audiences des chaînes de télévision. Et sur ce plan, elle avait de l'avance ! Car enfin, cette affaire du MS620 contenait tous les ingrédients qui pourraient intriguer sa communauté, voire la faire croître : une romancière oubliée envoyée dans un bagne lointain, un mystérieux manuscrit écrit de sa main, des croquis de femmes… Hortense, dont l'esprit était ouvert à toutes les extrapolations, comptait bien exploiter ce matériel, et même en concocter plusieurs épisodes. Émile Durantier, elle saurait le convaincre.

1980, Nouméa

— Mais bon sang, qu'est-ce qui te retient tant ici, à la fin ?

Suzanne fusilla son fils du regard. Elle était lasse. Lasse de devoir se justifier en permanence. Comment avait-elle pu penser que passer un après-midi auprès de lui l'apaiserait ? Elle avait rejoint Émile deux heures plus tôt à l'Anse Vata, cette plage urbaine qui longeait l'un des principaux quartiers de Nouméa. Elle ne vivait qu'à une dizaine de minutes à pied de la mer. Cette mer transparente, turquoise par moments, aux reflets rosés, toujours chaude, et sa plage de sable fin, propre comme nulle part ailleurs, qui réchauffait son petit corps frêle meurtri par un énième rendez-vous médical.

— Pour commencer, l'océan, rétorqua-t-elle à son fils. Les plages, ici, sont uniques.

Émile n'eut, sur ce point, aucun argument à lui objecter. Il le reconnaissait : Suzanne n'avait pas tort. Les paysages du Caillou étaient à couper le souffle. Lui qui avait pourtant beaucoup voyagé avec sa femme n'avait jamais vu de si belles étendues de sable. Après un moment de silence passé à remuer entre ses orteils le sable chaud, blanc comme du lait, qui filait sous ses pieds, il pensa avoir trouvé quoi répondre à sa mère :

— Si tu veux avoir un espoir de continuer à profiter de tout ça, il faut que tu te soignes. Qu'est-ce que tu attends enfin ? Je connais les meilleurs médecins de Paris.

Suzanne consentit à détourner son regard de la mer quelques secondes pour fixer son fils :

— Justement, tu as prononcé le mot adéquat. Je n'ai aucun espoir de m'en tirer, tu n'as toujours pas compris ?

— Si tu n'y crois plus, c'est sûr que c'est foutu.

La réponse d'Émile avait fusé. Elle sortait droit du cœur. L'espace d'un instant, Suzanne fut même touchée par les yeux humides de ce fils avec qui elle avait pris tant de distance ces dernières années. Mais comment lui faire entendre qu'elle avait besoin d'évoluer dans l'élément de sa grand-mère pour espérer saisir ce que la malheureuse femme avait voulu dire pour tenter de rétablir sa vérité ? Loin de tout, à Paris, avec pour unique possession le manuscrit et perdue dans le brouhaha incessant de cette capitale qu'elle avait toujours eue en horreur, elle n'aurait aucune chance de trouver les réponses à ses questions.

— Non, c'est non. D'ailleurs, j'ai décidé pas plus tard qu'hier d'effectuer une autre visite au bagne de l'île des Pins.

— Mais dans quel but ?

Émile perdait patience. L'entêtement de sa mère dépassait les limites.

— Je vais voir sa cellule encore une fois. Elle a peut-être laissé une gravure que je n'ai pas remarquée. Quelque chose. N'importe quoi qui pourrait m'aider.

— Bon, comme tu voudras, conclut l'universitaire, dépité.

Quelques minutes supplémentaires s'égrainèrent. Puis, devant le manque de réaction (et, estimait-il, de bonne volonté) de sa mère, il inventa un rendez-vous avec Rachel pour écourter cette entrevue, de plus en plus pénible à son goût.

— Elle est inénarrable, scanda-t-il, plus qu'énervé, lorsqu'il retrouva sa femme une demi-heure plus tard.

Cette dernière l'avait prévenu qu'elle comptait passer la fin de la journée à flâner dans les allées du plus grand marché de la ville, dont sa belle-mère avait tant vanté les charmes. Donnant directement sur le port, il était constitué de cinq petites halles aux toits bleutés, imitant la forme de cases. Ses produits frais, ses étals chatoyants lui assuraient une solide réputation auprès de la plupart des habitants.

— Tu as vu tous ces fruits, c'est incroyable ! J'ai craqué, je te préviens.

La légèreté de sa femme eut le grand mérite de lui arracher un sourire, le premier de l'après-midi.

— Tiens regarde, poursuivait-elle en lui tendant une ribambelle de sacs contenant, pêle-mêle, mangues, ananas, noix de coco ou autres papayes.

Mais consciente que, malgré un sourire qu'elle devinait forcé, son compagnon demeurait préoccupé, elle l'emmena s'asseoir sur l'un des bancs qui longeaient le port.

— Bon, ça n'a pas été avec ta mère, soupira-t-elle immédiatement, tout en épluchant un litchi à ce point gorgé de jus qu'il atteignait presque la taille d'une balle de tennis.

— Non, répondit Émile avant de lui exposer la teneur de cette conversation qui le crispait encore.

Rachel lui accordait la plus grande attention, malgré le jus qui ruisselait abondamment le long de ses joues. Émile quant à lui, éprouvé par son après-midi, s'apprêtait à reprocher à sa femme de manger en l'écoutant, mais la remarque qu'elle formula à la fin de son récit l'en dissuada :

— Écoute. Ta mère, tu ne la changeras pas à l'âge qu'elle a. Elle est obsédée par son histoire : du coup, pourquoi tu ne lui proposes pas de te pencher une bonne fois pour toutes dessus, de décrypter ce qui est écrit dans son bazar, d'y passer des heures entières, de poser des jours de congé si nécessaire ? Bref, de monopoliser tout ton savoir pour y parvenir ! Voire de requérir l'aide de certains confrères experts comme toi en la matière. Tu en rajoutes une couche. En échange de quoi, elle accepte de rentrer à Paris se faire soigner !

Interloqué par la réponse de sa femme, Émile resta silencieux un long moment. L'idée paraissait si simple, en effet. Pourquoi n'y avait-il pas pensé plus tôt ?

Chapitre 4

2019, Singapour

— Il faut absolument préparer ce meeting au mieux. Paris en attend beaucoup.

Bérénice fulminait. Malédiction des open spaces, elle ne manquait rien des échanges entre Camille, Caroline et cette satanée Anne-Claire qui ne pouvait pas s'empêcher d'en faire des tonnes.

— Je vais optimiser au mieux les informations que vous m'avez fournies pour construire un PowerPoint très aéré et illustré.

— Oui, très bien, parfait, compléta Caroline, comme si son intervention revêtait une importance capitale.

Bérénice se demandait souvent en vertu de quoi les rendez-vous clients se soldaient toujours par la préparation de PowerPoint multicolores. Par expérience, elle considérait que la qualité du contenu d'une telle présentation était généralement inversement proportionnelle à son degré de sophistication. En l'occurrence, la conversation du jour l'exaspérait : visiblement, l'entrevue en question avec l'un des géants singapouriens de la cybersécurité médicale se préparait à grand renfort de PowerPoint. La veille au soir, dans une tentative désespérée de réintroduire un semblant d'intérêt au sein de son quotidien professionnel, elle avait parlé à Ludovic de son projet de proposer, bien qu'écartée du dossier, quelques idées à Camille et Caroline.

« T'es pas folle, non ? lui avait-il immédiatement rétorqué.

Pour te faire piquer tes suggestions sans être remerciée… Je ne vois pas l'intérêt.

— Mais c'est pour leur montrer que j'en suis capable », avait argumenté Bérénice.

Son conjoint l'avait regardée, désespéré.

« Elles le savent bien, c'est d'ailleurs pour ça qu'elles t'écartent. Elles ne veulent pas d'ombre. À ton avis, pourquoi elles survalorisent Anne-Claire qui n'arrive à la cheville de personne dans la boîte ? »

La tirade avait laissé Bérénice songeuse.

« Crois-moi, concentre-toi sur toi, sur la découverte de Singapour, sur le bébé. Et arrête de te prendre la tête avec elles. »

— Anne-Claire, tu gères le PowerPoint, tu réinjectes nos idées à Camille et moi.

— Super, ce sera fait.

Bérénice soupira, exaspérée par le ton déférent au possible de la jeune recrue.

— Plus c'est gros, plus ça passe, murmura-t-elle.

Luttant pour ne pas laisser ses yeux s'embuer de larmes au moment où ses trois collègues regagnaient leurs bureaux à deux pas du sien, Bérénice replongea tête baissée dans les impressions de ce manuscrit maudit qu'elle devait décortiquer. Les scans étaient arrivés par courriel le matin même, en provenance de The George Washington University. Ces reproductions du MS620 étaient accompagnées de plusieurs autres fichiers ; des études menées sur le sujet, que Bérénice n'avait pas encore pris le temps de parcourir. Pour l'heure, elle se concentrait sur la matière brute, le document lui-même, et se désolait de n'y rien déceler de réellement concluant.

Elle avait le vague sentiment d'être face à un grimoire. Les pages se succédaient et se ressemblaient : elles paraissaient écrites en une langue inconnue. Malgré son désarroi, elle repéra tout de même deux éléments : une ligne de croquis représentant des femmes dans diverses situations du quotidien concluait chaque page. Un peu comme une longue frise. Par ailleurs, ce manuscrit, en réalité relativement court, se divisait vraisemblablement en deux parties, séparées par deux pages parsemées de dessins de petites fleurs qui provenaient sans doute de contrées lointaines. Si elle n'avait pas été en train de broyer du noir et de s'apitoyer sur sa vie professionnelle en perdition, Bérénice aurait reconnu que l'étude de ces vieux feuillets lui rappelait, non sans lui procurer une certaine dose de plaisir, les cours du soir qu'elle avait suivis avec tant d'assiduité à l'École du Louvre quelques années plus tôt.

— À demain, bonne soirée, Bérénice !

Elle entendit à peine Anne-Claire lui lancer cet au revoir discret en quittant son bureau. Sa réaction aurait sans doute été tout autre dans une ambiance apaisée, mais, sa rage étant encore à fleur de peau, elle n'avait nulle envie de relever la tête.

Continuant de parcourir les pages imprimées, elle remarqua deux détails qui lui avaient échappé jusque-là : elle avait prêté, bien malgré elle, plus d'attention à la petite réunion sans intérêt de ses collègues, accessoirement destinée à la déstabiliser, qu'aux documents qu'elle avait sous les yeux. Si la plupart de ces petits dessins de femmes étaient collés les uns aux autres, certains étaient espacés de deux ou trois millimètres. Par ailleurs, quelques croquis identiques revenaient régulièrement.

Ses réflexions furent interrompues par la vibration de son portable. Avec joie, elle vit le nom de Ludovic s'afficher. Ce fut bien son seul sourire de la journée.

— Bon, il est 19 h 30, tu ne vas pas faire des heures sup, lâcha-t-il à peine avait-elle décroché.

— Euh, non, bien sûr.

Bérénice se rendit compte que les bureaux voisins étaient vides. Le constat la fit bondir de sa chaise. Ludovic avait raison ! Elle n'allait pas réveillonner sur ce satané projet.

— On se retrouve dans trente minutes au vietnamien de Clarke Quay ?

Un immense sourire illumina le visage de Bérénice. Elle quitta le bureau sans même prendre la peine d'éteindre son ordinateur et rejoignit Ludovic dans ce quartier de Singapour qu'ils affectionnaient tant depuis leur arrivée : le long des quais s'étalaient des dizaines de restaurants, aux saveurs du monde entier, scintillant tous, le soir venu, de différentes couleurs. L'endroit idéal pour dîner au bord de l'eau à la lumière de lampions jaunes, bleutés et rosés.

— Tu m'attends pas depuis trop longtemps ? lança Bérénice d'une voix si étonnamment joyeuse que son compagnon ne put s'empêcher de réagir.

— Je suis content de te voir comme ça !

Cela faisait en effet plusieurs jours, depuis leur retour d'Angkor en réalité, que Bérénice n'avait pas été si détendue.

— J'avais un peu d'avance, mais je savais quoi commander pour démarrer, indiqua-t-il alors qu'un serveur s'approchait avec un plateau chargé d'une bière, mais surtout d'une noix de coco, d'où sortait une paille coiffée d'une cerise confite.

La jeune femme s'empressa d'en siroter plusieurs gorgées : elle raffolait de cette boisson et en faisait une consommation excessive, quasi compulsive, depuis son arrivée en Asie.

— Comment s'est passée ta journée chez les foldingues ? s'amusa Ludovic, une fois leurs plats commandés.

La boutade eut le mérite de déclencher un petit rire nerveux chez Bérénice.

— Bah écoute, elles ont organisé une réunion à laquelle je n'ai pas été conviée sur le projet de sécurité médicale. Elles n'ont fait que parler de PowerPoint pendant deux heures.

— Oui, donc tu n'as pas raté grand-chose, rebondit immédiatement Ludovic, cherchant à enrayer la baisse de morale qu'il sentait poindre une nouvelle fois chez sa compagne.

À son grand étonnement cependant, Bérénice demeurait singulièrement calme en lui rapportant dans le détail la teneur des échanges entre ses consœurs.

— Et pendant ce temps-là, je parcourais ce fameux manuscrit. Tu sais, celui dont je te parlais. La fac américaine m'a enfin envoyé des scans.

— Ne te prends pas trop le chou avec ça, vu comment elles te traitent, lui lança Ludovic, entamant, les yeux écarquillés d'envie, le riz cantonais qui venait de lui être servi, présenté de manière fort appétissante dans une moitié d'ananas.

— Non, mais ça va. En fait, ça m'a un peu rappelé mes cours d'histoire de l'art.

Durant la vingtaine de minutes qui suivit, Bérénice lui exposa le contenu, ou du moins ce qu'elle en comprenait, de ce fameux manuscrit MS620 dont il avait jusqu'ici entendu pis que pendre. Ironie du sort, il trouva, lui aussi, une once d'intérêt à ce dossier, en particulier lorsque Bérénice se mit à évoquer ces petits dessins soulignés.

— Et tu as remarqué une logique dans la récurrence de ces schémas ? demanda-t-il alors que sa compagne finissait sa soupe pho.

— Non, pas pour le moment. Je n'ai pas encore eu le temps de me pencher dessus.

— Ce serait peut-être marrant de dresser les statistiques de chaque croquis, pour essayer d'y déceler une logique. Enfin, tu n'as peut-être pas que ça à faire, cela dit.

La réplique laissa Bérénice pensive. Son mari, ingénieur de formation, avait toujours nourri une appétence pour l'histoire des mathématiques. En l'occurrence, elle n'avait pas songé à une signification liée à la récurrence de chaque dessin. Son esprit cartésien se mit, presque automatiquement, à convoquer les pages qu'elle avait parcourues tout au long de l'après-midi. Chez elle, ce genre d'énigme pouvait facilement virer à l'obsession : cela avait été le cas pendant ses années d'études dès qu'une équation lui résistait.

Ce soir-là cependant, la solution attendrait : le serveur leur présentait la carte des desserts. Déjà, Ludovic tournait vers elle des yeux gourmands, lui suggérant de choisir ce qu'ils affectionnaient tant tous les deux :

— On se prend un riz gluant à la mangue ?

2011, Washington DC

De mémoire, elle n'avait jamais tapé aussi vite sur son clavier. Ni aussi fort. À tel point que ses voisines de table, plus occupées à surfer sur Facebook qu'à prendre des notes, lui envoyaient par moments des regards exaspérés dont Hortense se moquait allégrement : depuis le début de la conférence, elle buvait littéralement les paroles d'Émile Durantier qui, lui-même, était quelque peu décontenancé face à tant d'assiduité de la part de cette jeune femme du premier rang à l'allure étonnante. Il était si peu habitué à voir des élèves l'écouter avec une telle attention… Il ne le savait que trop : son cours sur « la mutation des langues romanes du IIe au IXe siècle » ne faisait pas partie des *core courses* : ces leçons impératives que les étudiants de G-Dub devaient suivre pour passer en année supérieure. Non, il s'agissait d'un « électif » dont la validation octroyait peu de crédits et servait essentiellement à glaner des points optionnels. Traduction concrète pour la plupart des étudiants, et plus particulièrement des étudiantes en l'occurrence : un cours sans importance réelle, dont le principal intérêt résidait dans son horaire attractif (le mercredi de 14 heures à 16 heures) et le physique du professeur, au charisme rehaussé d'un accent français assez prononcé.

Dans un tel contexte, forcément, l'attitude d'Hortense détonnait. Ses voisines levaient les yeux au ciel, marmonnaient qu'elles avaient déniché la fayotte du siècle. La jeune femme restait sourde à ces murmures. En réalité, ce qui la préoccupait était ce qui se déroulerait une fois la leçon terminée. Dix minutes plus tard, très exactement, il serait 4 heures de l'après-midi. L'appréhension la gagnait petit à petit, inondait chaque cellule de son organisme. Elle devait se concentrer, réunir toutes ses forces pour paraître sûre d'elle. D'ordinaire ce n'était pas un problème, mais ce jour-là, l'enjeu était tel à ses yeux qu'elle se sentait capable de défaillir à tout moment. Elle continuait de noter le cours, mais sans réellement comprendre ce qu'elle tapait. Son esprit était ailleurs. Elle se répétait les formules toutes faites élaborées au cours de la semaine écoulée pour aborder cet Émile Durantier qui l'impressionnait au moins autant que le MS620.

Pendant les quelques minutes qui lui restaient, Hortense rassembla ses idées, les phrases qu'elle avait prévu de prononcer. La sonnerie annonçant la fin du cours eut sur elle l'effet d'un électrochoc. Elle y était. Ce moment, elle l'avait tant attendu. Il constituait certainement l'étape ultime qui lui permettrait d'atteindre ce but qui l'obsédait. Les vibrations de son téléphone portable, niché dans la poche de son jean moulant, lui furent particulièrement désagréables, comme si elles démultipliaient les débuts de crampes ressenties dans ses cuisses, échos de l'anxiété qui la gagnait.

Ce n'était qu'un texto d'Emma lui proposant un café sitôt les sessions de l'après-midi terminées. Certes, Hortense appréciait son acolyte, même si elle regrettait son choix de ne pas poursuivre le cours d'Émile Durantier, mais pour l'heure elle avait d'autres chats à fouetter.

Alors que la salle de classe se vidait à la vitesse de la lumière, Hortense prenait ostensiblement le temps de ranger ses affaires dans son sac, ce qui lui valut une petite pique assassine de la part de l'une des étudiantes, excessivement maquillée et au décolleté profond, dévisageant les bottes et le chemisier cintré de sa rivale française.

Volontairement, Hortense fit le choix de ne pas réagir. Maintenir son cap, cela avait toujours été son mantra. Après avoir attendu que la salle fût très clairsemée, et constatant qu'Émile Durantier ne tarderait pas, lui-même, à quitter les lieux si elle n'agissait pas rapidement, Hortense entra en piste, déterminée.

— Monsieur…

L'intéressé leva ses yeux bleu clair vers cette étudiante dont l'attitude l'avait intrigué tout au long du cours.

— Vous êtes francophone ?

« Beaucoup moins de charisme en version originale », s'amusa Hortense en prenant conscience que l'accent français dans une langue étrangère produisait toujours, il est vrai, un effet sans rapport avec le potentiel de séduction réel de la personne.

— Oui, je suis en échange pour deux semestres.

— Très bien, dit-il simplement, continuant de ranger ses cours dans sa mallette en cuir, manière de lui signifier qu'il ne comptait pas poursuivre la conversation.

— J'ai beaucoup aimé votre thèse sur le MS620. Je l'ai lue plusieurs fois, son contenu m'a vraiment étonnée.

Émile Durantier se figea immédiatement comme s'il venait d'être frappé par la foudre ou par une paralysie soudaine.

— C'est vous qui avez emprunté mon texte il y a quelques jours à la bibliothèque ? s'étonna-t-il, ne parvenant pas à masquer son trouble.

De fait, depuis quelques années, même sa femme, Rachel, pourtant d'un soutien sans faille pendant une longue période, avait perdu tout intérêt pour ce dossier.

Hortense fut quant à elle pour le moins décontenancée. Elle avait imaginé toutes sortes de répliques de la part d'Émile Durantier dont elle avait pour l'heure l'image d'une personnalité assez hautaine : « Ah et alors ? », « Vous faites bien de lire les écrits de vos professeurs », « Vous avez de saines lectures » ou encore le plus lapidaire « Merci, et donc ? ». Mais ce qu'il venait de répondre ne lui avait pas traversé l'esprit. Aussi se trouva-t-elle elle-même assez déstabilisée, se demandant quel pion désormais avancer.

— Ah, euh, on vous avertit quand vos livres sont empruntés ?

Question sans intérêt, destinée essentiellement à allonger son délai de réflexion.

— C'est-à-dire que je m'entends bien avec la documentaliste. Elle m'a prévenu. D'ailleurs, elle-même était étonnée : si peu d'ouvrages sortent de cette section improbable située au fin fond de la bibliothèque qu'elle s'en amuse quand cela arrive.

Hortense ne put s'empêcher d'esquisser un sourire. À la fois pour saluer la dérision de son interlocuteur, plus chaleureux qu'au premier abord, mais aussi parce qu'elle pensait savoir à quoi il faisait allusion : ce recoin semblait en effet si peu fréquenté qu'elle y avait surpris un couple d'étudiants en train de s'adonner à une activité totalement étrangère à la lecture.

— Oui, je vois, répondit-elle dans un grand sourire. En tout cas, j'ai adoré votre thèse, je l'avais d'ailleurs découverte en ligne avant de venir ici.

— Eh bien, dites-moi, pour une fois dans ma vie, je ressens ce que doivent vivre les auteurs de best-sellers. Je ne suis pas certain que ma propre épouse m'ait lu plusieurs fois.

Émile Durantier était si habitué à être abordé par des étudiantes pour des raisons qui s'avéraient n'avoir aucun lien avec son expertise linguistique qu'il préférait généralement évoquer sa femme assez rapidement. Hortense, indifférente à la plastique de son interlocuteur, choisit de ne pas relever cette mention.

— Écoutez, je suis passionnée d'intrigues en tous genres, j'ai lu des tas de livres sur ces sujets. J'ai cru comprendre que vous n'étiez pas le plus grand fan des réseaux sociaux, mais je suis très suivie sur la Toile. J'ai une chaîne YouTube.

À son regard, elle vit qu'elle était en train de perdre l'intérêt d'Émile Durantier.

— Alors ça, les chaînes YouTube, j'en entends de plus en plus parler, mais je ne me sens absolument pas concerné par ce sujet, assena-t-il, reprenant le rangement de sa mallette, signe qui alerta Hortense : elle devait au plus vite regagner son attention.

— Il s'agit de courtes vidéos que l'on poste sur un thème, les internautes visionnent chaque numéro. Un peu comme les épisodes d'une série. Bref, là n'est pas la question. Je chronique toutes sortes d'énigmes historiques et ça passionne mes abonnés.

La mine interloquée d'Émile l'invita à préciser ses propos.

— Oui, enfin les gens qui me suivent.

— Tant mieux pour vous, rétorqua Émile Durantier qui saisissait mal où cette étudiante (plutôt curieuse, force était de le reconnaître) souhaitait en venir. Mais quel rapport avec ma thèse ?

— Alors justement. Elle a vraiment éveillé mon intérêt pour ce fameux MS620. J'ai très envie de lui donner une visibilité. Donc j'aurais aimé en parler avec vous. J'espérais aussi y avoir accès.

Émile Durantier s'arrêta aussitôt de ranger ses affaires.

— Avoir accès à quoi, exactement ?

La question désarçonna Hortense. Ne l'écoutait-il qu'à moitié seulement ?

— Eh bien, au manuscrit MS620 !

Émile était surpris par le toupet de cette étudiante aux grands yeux bleus, aux longs cheveux roux ondulés. Elle semblait si sûre d'elle. D'ailleurs, elle parlait de manière arrêtée, sur un ton plutôt glacial. Assurément, elle devait parvenir à ses fins la plupart du temps. Seulement voilà, si son côté froid et insaisissable fonctionnait sans aucun doute très bien avec les garçons de sa génération, il n'en était rien pour lui. Et, pris ainsi à brûle-pourpoint, il n'était pas dans les meilleures dispositions pour répondre favorablement à sa requête.

— Ma thèse ne vous suffit donc pas ?

Hortense sourit intérieurement. Enfin une remarque qu'elle avait anticipée !

— Si, bien sûr, elle est même captivante ! Vous y émettez un certain nombre d'hypothèses enthousiasmantes sur la signification réelle du MS620. Tout ça m'intrigue. Je vous assure, j'en rêve la nuit !

Elle avait prononcé cette dernière phrase avec toute la passion et la fougue qui la caractérisaient dès qu'il était question de faits-divers ou de conspirations.

— Je vous remercie pour vos encouragements, ironisa l'universitaire. Vous n'exagérez pas un peu tout de même, là ?

Pourquoi insistait-elle tant ? D'où sortait cette jeune femme ? S'il l'avait trouvée amusante au cours des premières minutes de leur conversation, Émile commençait à être passablement agacé par son obstination.

— Mais pas du tout, absolument pas, se défendit-elle.

Puis elle se mit à chercher avec entrain quelque chose au fond de son sac à main.

— Tenez, lança-t-elle de manière presque autoritaire.

Fièrement, Hortense lui tendait une carte de visite. À vingt ans à peine. Décidément, l'aplomb de la jeune femme n'avait rien d'ordinaire. Elle fut du reste satisfaite lorsque Émile obtempéra, après quelques secondes qui lui parurent très longues, et s'empara du petit morceau de bristol.

— Vous avez mes coordonnées, mais surtout l'adresse de ma chaîne YouTube. Allez-y faire un tour, même cinq minutes. Je vous assure que ça va vous captiver.

Mais quel culot ! Non seulement elle le poussait, lui, un professeur reconnu et respecté par ses pairs, à aller visionner ces vidéos qu'elle fabriquait avec trois bouts de ficelle comme tant d'adolescentes boutonneuses, mais en plus elle présumait de l'intérêt qu'il y porterait. Que s'imaginait-elle ? Qu'il lui donnerait accès comme cela, aussi facilement, à un document qui renfermait un secret de famille ?

— Bon, qu'espérez-vous trouver de plus que moi dans ce texte ? Je n'ai rien détecté de plus que ce que j'ai écrit dans ma thèse. Il n'y a que des enchaînements bizarres de lettres et des dessins de fleurs. Bref, un tas de croquis inexplicables. Je ne sais pas si j'aurai le temps de satisfaire votre demande. Honnêtement, mon agenda déborde.

La jeune femme lui répondit par un petit regard en coin.

— Je m'en doute. Mais allez-y quand même. Vous verrez ce que je fais et ma manière d'analyser diverses intrigues. Je suis sûre que je peux trouver d'autres choses sur le MS620. Faites-moi confiance. Vous ne serez pas déçu.

Sur ce, elle tourna les talons, sans même lui laisser le temps de répondre. Émile Durantier la regarda quitter la salle de cours, médusé.

1980, île des Pins

C'était la dernière fois. Elle en était intimement persuadée. Malgré l'optimisme démesuré, et un brin déplacé au regard de la situation, de son fils, Suzanne, au fond d'elle, le savait, le pressentait. Jamais plus elle ne se baladerait sur la promenade Pierre-Vernier et ses allées de cocotiers. Jamais plus elle n'achèterait du perroquet au marché qu'elle affectionnait tant, où elle avait eu la présence d'esprit d'envoyer Rachel quelques jours plus tôt afin de décrocher le droit de passer quelques heures en tête à tête avec son fils. Jamais plus, enfin, elle n'aurait le loisir d'explorer les vestiges de ce bagne où sa grand-mère avait péri. Ce bagne où elle avait décidé de venir se recueillir une dernière fois.

Car ce voyage en métropole pour se faire soigner « par les meilleurs spécialistes parisiens » serait, en réalité, un aller simple. Elle se savait condamnée. Émile avait beau lui répéter que les médecins sauraient, avec un peu de chance, trouver un remède au mal qui la rongeait, elle n'en croyait pas un mot. Elle se sentait partir. Elle n'en sortirait jamais.

D'ailleurs, Émile lui-même croyait-il réellement à sa guérison ? Lui qui, par le passé, l'avait tant incitée à augmenter son chiffre d'affaires, et même encouragée à faire prospérer son petit commerce, la pressait maintenant de revendre sa boutique. Sans doute présumait-il que, une fois à Paris, Suzanne n'aurait plus jamais l'occasion de fouler le sol calédonien. Telle était du moins l'interprétation de la vieille femme.

« Ça n'a rien à voir avec votre état de santé, c'est juste qu'il pense que les vieux livres n'intéressent pas assez les gens. Contrairement aux best-sellers actuels », avait tenté de justifier Rachel, assez laborieusement, lorsqu'en début de semaine Suzanne avait confié à cette belle-fille, dont elle s'était jadis méfiée, que même Émile était sceptique sur ses chances de guérison.

— Madame Suzanne, un peu de coco ?

Elle tourna un visage presque émerveillé vers Inès, la directrice du musée du bagne qui l'avait accueillie plusieurs fois au cours des dernières années lors de ses visites. La jeune femme s'était prise d'affection pour cette vieille dame qui avait tant à cœur de décrypter les ultimes instants de la vie de son aïeule. Au fil de leurs nombreuses discussions, Inès, férue d'histoire, avait abreuvé Suzanne de détails et d'éléments contextuels sur la vie des quelque vingt-deux mille condamnés qui, entre 1864 et 1897, avaient été envoyés dans l'une des localités calédoniennes réquisitionnées par l'administration pénitentiaire : île des Pins, îles Belep, Nouméa, Ducos, Koé... Un véritable archipel de forçats jusqu'à la fermeture progressive des divers sites du bagne, entre 1924 et 1931. Inès pouvait parler pendant des heures de ces voleurs, meurtriers, condamnés politiques ou bien insurgés qui avaient été transportés sous ces latitudes lointaines. Suzanne avait toujours été d'une curiosité insatiable mais, ce jour-là, les questions, les forces lui manquaient cruellement... Seul lui importait de revoir la cellule de sa grand-mère, une dernière fois.

— Merci, Inès, vous êtes adorable, se réjouit Suzanne en grignotant un bout de coco.

Voilà autre chose qui lui manquerait assurément. Le bon goût des fruits de l'île. Déjà, la perspective de se contenter de noix de coco vendues à prix d'or, à supposer d'en trouver, dans les rayons d'un Carrefour la déprimait passablement.

— J'aimerais visiter encore une fois la cellule de ma grand-mère, murmura-t-elle, au bout de trois bouchées succulentes, à Inès que la maigreur nouvelle de sa vieille amie terrifiait.

— Bien sûr, Suzanne, vous avez quartier libre. Allez où bon vous semble.

Puis, ignorant comment poursuivre sans la vexer :

— Je suis disponible, si vous avez besoin de quoi que ce soit.

— Merci, Inès.

— … si vous souhaitez que je vous accompagne par exemple, ajouta la jeune femme timidement.

Suzanne adressa un faible sourire à Inès. Sa bienveillance la touchait. Elle savait qu'elle avait pris des pincettes pour formuler cette proposition. Elle aurait aimé profiter de sa présence un peu plus longtemps, mais elle avait envie d'être seule. Elle était là pour se recueillir et s'imprégner au maximum de l'esprit de sa grand-mère.

— Ça ira, je vous remercie.

Inès regarda la vieille dame s'engager péniblement vers l'ancien centre pénitentiaire, situé un petit kilomètre plus loin, qui avait abrité des décennies durant des générations de bagnards envoyés de métropole. Ces hommes et quelques femmes (si peu qu'on les oubliait souvent) qui avaient terminé leur vie à près de dix-sept mille kilomètres de leur région d'origine, débarquant sur cette île au terme d'un périple maritime éprouvant de plus de quatre mois.

En avançant vers la cellule, celle qu'avait partagée sa grand-mère avec la seule autre codétenue du bagne à en croire les archives consultées par Inès, Suzanne se demanda si Herta avait tout de même eu un instant d'émerveillement en découvrant le lagon calédonien aux multiples nuances de bleu et de vert pour la première fois. Indéniablement, le quotidien avait dû être tout sauf doux dans cette bâtisse en pierre, désormais en ruine, que les condamnés avaient eux-mêmes érigée.

Herta Mertil avait certes fini ses jours dans ce que l'on surnommait souvent « l'île la plus proche du paradis », tant ses paysages étaient idylliques. Mais Suzanne savait qu'elle avait de toute évidence dû s'y sentir enfermée, malgré son intérêt revendiqué pour la culture locale, l'entrain qu'elle avait mis à sympathiser avec ses comparses, sans oublier une force de caractère et une vie intérieure sans égales. Au bout d'un moment, du fait de l'isolement imposé à ses habitants, cet eldorado s'était forcément mué en prison, même dorée.

Une fois dans la cellule 417, celle qu'elle avait déjà tant visitée, Suzanne ferma les yeux, vaine tentative pour faire barrage à ses larmes naissantes. Elle avait le sentiment de la sentir, là, tout près d'elle. Sa grand-mère qui avait déchaîné les passions. Elle la visualisait. À son procès d'abord. À des milliers de kilomètres de là. En plein cœur de Paris. D'après les nombreuses recensions qui en avaient été faites dans la presse, Herta avait donné du fil à retordre aux magistrats, les avait pris de court. Jugée aux assises au Palais de justice de Paris à l'été 1896, accusée d'avoir fait disparaître son mari, traitée par les médias de l'époque d'empoisonneuse, voire de pétroleuse, elle était dépeinte par ses détracteurs en furie incendiaire, en criminelle aux écrits féministes sulfureux. Herta avait non seulement revendiqué un meurtre devant un jury ébahi par tant d'aplomb, mais avait également exprimé toute sa joie d'avoir mis fin aux jours d'un homme qui avait « maintes fois élevé la voix contre elle », qui « voulait l'empêcher de publier plus ».

Son impassibilité, sa ténacité avaient mené plusieurs journalistes à la qualifier de « louve avide de sang », de « sorcière prête à toutes sortes de machinations infernales » y compris à la pire des provocations. N'avait-elle pas lancé, en plein tribunal : « si vous me laissez vivre, je ne cesserai de crier vengeance. Sinon tuez-moi » ?

« Non, Maman, pas ça, arrête, tais-toi », avait imploré, au dire de plusieurs chroniqueurs judiciaires, sa fille Joséphine, la mère de Suzanne.

Le procureur s'était fait un malin plaisir de ne pas assouvir le souhait de la condamnée. À la peine de mort, il avait préféré l'emprisonnement. Aux antipodes de Paris. Loin de ce milieu parisien au sein duquel elle s'épanouissait, des éditeurs. Mais surtout, de sa fille.

Joséphine avait souvent raconté à Suzanne le déchirement extrême ressenti lorsque, tentant d'étreindre sa mère une dernière fois à la fin de son procès, elle avait tout juste pu effleurer sa main. Herta avait alors été embarquée par des gardiens et emmenée, avec d'autres futurs comparses, dans une abbaye bretonne transformée en maison de correction, antichambre du départ pour le bagne. Hasard de l'histoire, elle avait fait partie de l'un des derniers convois d'exilés.

Rouvrant ses yeux humides, Suzanne mâchouilla un bout de noix de coco et se rapprocha de ces murs de pierre qu'elle avait déjà tant analysés. Elle choisit de ne pas s'attarder sur les quelques scènes de vie quotidienne illustrées sur un coin de mur : comme ses congénères d'infortune, Herta avait été contrainte de travailler. Pendant des années, elle avait tenu les comptes de la boulangerie du bagne où, avait précisé Inès, elle s'était très certainement fournie en matériel pour ses écrits et autres ébauches de fresque murale. Car, comme sur ses feuillets, Herta Mertil avait gravé sur les parois de sa geôle des dessins représentant diverses merveilles locales : les orchidées y occupaient une bonne place, tout comme les coraux, les poissons aux écailles arc-en-ciel. Mais c'étaient surtout les bougainvilliers qui décoraient, par dizaines, les murs de la petite pièce. Cela ne faisait aucun doute : l'écrivaine avait eu un coup de cœur pour la flore de l'archipel. Mais aussi pour les sensations et les paysages que lui avait offerts son périple depuis la Bretagne jusqu'à ce bout de terre du bout du monde. Quatre longs mois à bord de *La Virginie*, une vieille frégate à voiles où, plusieurs sources l'attestaient, et notamment Inès qui avait opéré un travail de recherche approfondi en la matière, les bagnards avaient effectué le trajet dans des cages, à fond de cale, avec l'autorisation de prendre l'air trente minutes par jour seulement. Cette demi-heure quotidienne avait apparemment suffi à enchanter Herta : des esquisses de mer à perte de vue, de montagnes, et une représentation du récif calédonien, la fameuse barrière de corail aux couleurs ensorcelantes, parsemaient les murs de la petite cellule.

Pour avoir lu tous les livres publiés de sa grand-mère, Suzanne avait relevé à plusieurs reprises à quel point cette femme avait eu, dans sa jeunesse, des envies d'ailleurs, que reflétait notamment son admiration prononcée pour les écrits de Jules Verne. Assurément, cet exil avait dû répondre, bien malgré elle et en dépit de la douleur provoquée par l'éloignement de sa fille, à un désir profondément ancré en elle. Bien sûr, elle qui avait grandi dans la capitale parisienne grouillante, avait été fascinée par la colère des flots, par l'étendue infinie de la mer et pour finir, une fois débarquée sur cette île lointaine, par la musique de sa nature sauvage.

À quoi avaient bien pu ressembler ses journées, là, si loin des siens ? La question n'avait cessé de tourmenter sa mère. La pauvre Joséphine n'avait pas eu l'autorisation d'échanger directement avec Herta : chaque correspondance était relue par l'administration pénitentiaire, rendant compliquée toute expression de sentiments, de plaintes. Sa condition de fille de paria, l'absence de nouvelles l'avaient épouvantée, altérant irrémédiablement son sommeil et probablement sa santé : Suzanne s'était retrouvée orpheline à seize ans, Joséphine avait succombé en l'espace de quelques mois au même mal qui la rongeait désormais. De cette mère qui avait eu à cœur, du moins en apparence, de dévorer la vie, Suzanne retenait surtout l'état d'esprit qu'elle lui avait transmis : être libre, toujours chérir son indépendance…

Élevée avec le fantôme de cette grand-mère exilée, témoin de la détresse provoquée par cette destinée tragique, Suzanne s'était toujours juré d'explorer elle-même l'île qui avait façonné l'histoire de sa famille. Elle partirait avec pour seul bagage son amour des livres : elle l'avait toujours analysé comme un lien fort avec sa grand-mère, Herta, qu'elle n'avait pas connue. Elle était débrouillarde et trouverait bien un emploi dans une librairie, une bibliothèque… Elle ne s'était jamais cachée de ce projet auprès de ses petits amis, les faisant fuir les uns après les autres avec ses envies d'enquête au beau milieu de l'Océanie. À part Jacques. Son époux qu'elle regrettait tant. Quand elle l'avait rencontré, le jeune militaire séduit par sa fougue avait saisi une occasion de poste à plus de quinze mille kilomètres de Paris. En dépit des alertes de sa hiérarchie, lui assurant qu'il enterrait délibérément une carrière prometteuse, et de la foudre de ses parents qui voyaient partir un fils unique pour une durée indéfinie, vers une contrée reculée. Suzanne, elle-même, avait tenté dans un premier temps de dissuader Jacques de la suivre, elle l'avait averti à maintes reprises qu'elle ne savait pas combien de temps elle resterait sur l'île et que, dût-elle y séjourner jusqu'à la fin de ses jours, elle ne la quitterait pas avant d'avoir reconstitué les dernières années de la vie de sa grand-mère.

L'espace d'un instant, la vieille dame crut défaillir en se remémorant sa détermination de l'époque. Partir, n'était-ce pas ce qu'elle s'apprêtait à faire justement, alors que le mystère demeurait entier ? Ce mystère qu'elle s'était vainement ingéniée à déjouer au fil des années, mais qui, bien loin de se dissiper, n'avait eu de cesse de s'épaissir ? Au fond, à quoi avaient servi toutes ses années d'exil si ce n'était à découvrir l'existence de ce manuscrit ? Lorsqu'elle avait arpenté les vestiges de ce bagne pour la première fois, au moment de lui remettre le document, on lui avait bien précisé que c'était là tout ce qui restait de son aïeule.

« Tu es en train de tourner aussi démente qu'Herta », lui avait lancé Émile, il y avait quelques mois de cela, pendant une de leurs courtes conversations téléphoniques (le prix des appels vers la métropole était si astronomique qu'ils n'avaient pas pour habitude de s'épancher, ce qui au fil des années avait contribué à altérer leur relation). Une fois encore, son fils s'était emporté, répétant inlassablement à sa mère que les écrits d'Herta Mertil n'avaient ni queue ni tête, que rien n'en sortirait jamais, qu'elle devait rentrer se faire soigner.

En se remémorant cette conversation tumultueuse, qui l'avait blessée au plus profond de son âme, Suzanne fut prise d'un sentiment de panique : et si Émile ne tenait pas parole ? S'il ne se penchait jamais avec sérieux sur ce texte qu'il avait promis de décortiquer en échange de son retour à Paris ? Cette pensée la pétrifia, puis elle parvint à s'en détacher : tout de même, Émile était son enfant. Son enfant unique. Ils s'étaient toujours aimés et n'avaient eu de différend qu'au sujet de ces quelques feuilles de papier. Un différend qui tenait plus au fait que le manuscrit la retenait sur une île où, au dire de son fils, elle n'était pas en mesure de suivre un traitement adapté, qu'à l'objet lui-même.

« Je vais mettre tout en œuvre pour le décrypter enfin. Je vais même, si tu m'y autorises, m'en ouvrir auprès de certains collègues », lui avait tendrement assuré Émile, pas plus tard que la veille au soir.

Cette simple phrase avait apaisé Suzanne, à double titre : envisager d'en parler à d'autres prouvait qu'Émile la prenait un minimum au sérieux. Sinon, pourquoi risquer d'évoquer le sujet devant des confrères avec qui il entretenait des relations professionnelles depuis des années ? Et, l'usage du mot « décrypter » la rassurait. Enfin, son fils semblait abonder un peu dans son sens et reconnaître qu'il y avait bien quelque chose à déterrer dans ce texte.

Car Suzanne en était intimement persuadée, un message codé y était niché. Pourquoi donc sa grand-mère s'était-elle accusée lors de son procès, aggravant volontairement les charges prononcées à son encontre ? Pourquoi avait-elle assuré avoir elle-même non seulement empoisonné en pleine conscience son mari, mais également dissimulé son cadavre dans une cave qu'elle louait pour des réunions secrètes avec les membres du club qu'elle avait créé, le *Groupe français d'études féministes* ? Un sous-sol situé rue de l'Hôtel-de-Ville. D'après les différentes recensions de l'époque, au lendemain de ses déclarations fracassantes, la police s'était rendue dans la cave en question, et y avait effectivement découvert une malle contenant les restes d'un corps en état de décomposition avancée : Théodore Mertil s'étant volatilisé depuis plus de trois mois, cela permettait de déduire la date de son décès.

Pourquoi cette volonté de s'accuser de sa mort alors qu'elle ne comparaissait que pour la disparition de son mari, sans que la notion de crime fût évoquée ? Elle qui menait une vie trépidante, qui avait tous les attributs de la femme libérée du moment, pourquoi ce sabordage ? Suzanne le sentait, la réponse était consignée dans ce manuscrit.

Après plus de deux heures à déchiffrer, pour la dernière fois sûrement, les murs de la cellule, témoins des dernières années d'existence de sa grand-mère, Suzanne dut s'y résoudre : elle ne trouverait rien de nouveau. Elle avait déjà tout passé au peigne fin, tout décortiqué.

Quelques minutes plus tard, assise sur le sable de l'île des Pins, elle contemplait l'eau cristalline et multicolore qu'elle ne cessait d'admirer depuis des années. L'odeur iodée de la mer diffusait dans tout son être un grand réconfort qu'elle ne retrouverait jamais plus. Tout comme cette douce caresse chaleureuse du vent marin sur sa peau. Ses rides étaient excessivement creusées par des années d'exposition au soleil, mais elle les affectionnait, y lisait autant de témoignages, de souvenirs de ce temps-là, sur cette terre magique où il avait fait si bon vivre. Dire que, d'ici peu, tout cela se serait volatilisé. Loin derrière elle.

Elle devait savoir. Pour elle. Pour Joséphine. Pour Herta. Pour cette vérité qu'elle souhaitait voir triompher par-delà sa propre mort.

Chapitre 5

2019, Singapour

Quatre nems, du porc caramélisé et du riz. Parmi les petits bonheurs qui ponctuaient son quotidien, peu de choses enchantaient autant Bérénice que la perspective de manger asiatique. Même si, dernièrement, elle avait été contrainte de délaisser deux de ses plats favoris, les rouleaux de printemps et le *laab moo*, cette salade de porc épicée : à écouter les médecins, mieux valait éviter de manger cru au restaurant quand on était enceinte. Heureusement, la cuisine locale recelait mille et un mets susceptibles de la faire patienter pendant sa grossesse.

La gastronomie illuminait ses journées depuis son emménagement à Singapour. A fortiori lorsqu'elle prenait le temps (et cela tombait bien, du temps, elle en avait à revendre en ce moment) de déjeuner au Lau Pa Sat. La zone semi-ouverte, située à deux pas de son bureau, était l'un des complexes entièrement consacrés à la nourriture sous toutes ses déclinaisons : pimentée, bouillie, frite ou végétarienne. Chacun pouvait trouver son bonheur dans l'un des stands qui émaillaient cet ensemble chapeauté par une structure métallique octogonale. Sous ce vestige du style victorien situé en plein cœur du quartier d'affaires de la ville, saveurs et senteurs se mêlaient pour le plus grand plaisir des cadres en tailleurs et cravates qui s'agglutinaient dans l'espace central sur des rangées de tables en plastique. Bérénice appréciait particulièrement les moments qu'elle passait là, dans une atmosphère traditionnelle, à se régaler de plats qu'elle adorait.

— *Thank you*, lah ! lança-t-elle à la vendeuse qui lui tendait le plateau chargé de mets qu'elle s'apprêtait à déguster comme d'autres savourent les meilleures pâtisseries de Paris.

À l'instar de beaucoup d'Européens qui s'établissaient à Singapour, elle prenait peu à peu le pli du « singlish », se résumant essentiellement pour l'heure à ponctuer chacune de ses phrases par un « lah ».

Deux minutes plus tard, et malgré l'affluence du milieu de journée, elle était assise à la place qu'elle s'était réservée dès son arrivée, un quart d'heure plus tôt. Non via une application quelconque ou tout autre système électronique, mais simplement en laissant son portable sur la table le temps de commander son repas : de mémoire de Singapourien, le vol n'existait pas et elle était loin d'être la seule à procéder ainsi.

« Si je voyais ça dans un film, j'aurais dû mal à le croire », avait assuré sa mère, Parisienne devant l'Éternel, lorsqu'elle lui avait décrit cette méthode, la première fois.

Tout en entamant un premier nem, Bérénice sortit l'ordinateur de son sac à main, et poursuivit sa lecture en cours : celle du MS620. Elle avait entrepris de décortiquer chaque page avec un œil neuf, beaucoup plus mathématique que littéraire. Depuis que Ludovic avait évoqué cette histoire de statistiques, elle pensait dénicher des énigmes à toutes les lignes. Qui eût cru, quelques jours auparavant, qu'elle travaillerait en déjeunant ? Elle qui avait tellement vociféré contre sa mise au placard, la voilà qui se prenait de passion pour un projet censé la déprimer. Elle ne se faisait pas d'illusions : Caroline et Camille n'y accordaient pas une once d'intérêt. En le lui confiant, elles souhaitaient principalement l'écarter de l'enjeu le plus stratégique du moment. Du même coup, elles se débarrassaient d'une vieille commande encombrante, sur laquelle Paris gardait en œil averti, qui, une fois honorée, aurait pour mérite essentiel d'augmenter le chiffre d'affaires de la branche singapourienne de Natalis, et par là même de justifier leur présence sur place.

Mais bizarrement, sans pouvoir réellement se l'expliquer, Bérénice accordait de moins en moins d'importance à son environnement professionnel toxique. Le MS620 l'intriguait. Elle avait le sentiment d'être plongée au cœur d'un roman d'espionnage à clés. D'ailleurs l'enchaînement des lettres qu'elle voyait défiler devant ses yeux, loin de lui évoquer des rudiments de latin ou d'autres langues disparues, lui rappelait vaguement quelque chose. Tout comme ces lignes entières de femmes qui se succédaient, certaines revenant plusieurs fois, avec parfois des espaces plus prononcés entre elles.

« On dirait presque un rébus pour enfants », songea la jeune femme, avalant goûlument ses dernières bouchées de porc caramélisé, tout en fixant avec intensité l'une de ces lignes qui attisaient sa curiosité :

Puis, sur une autre page :

Ou encore, vers la fin du manuscrit :

Bien qu'enthousiasmée par cette hypothèse du rébus, Bérénice ne parvenait pas à identifier les syllabes qui auraient pu correspondre à chacun de ces dessins. Différentes options tambourinaient dans son esprit. Si elle avait été un ordinateur, sa coque aurait probablement atteint une température caniculaire. Des perles de sueur commençaient à goutter le long de ses tempes et la jeune femme était bien incapable d'évaluer si elle devait les attribuer à la moiteur du climat, au plat chaud qu'elle était en train de terminer ou à l'intensité de ses tergiversations.

« Si ces dessins ne représentent pas des syllabes, peut-être renvoient-ils à des lettres ? »

Cette dernière pensée la figea, un peu comme si elle venait de trouver la clé d'un coffre-fort. Oui, mais comment identifier les consonnes ou voyelles correspondant à chaque schéma ? Sur le moment, le chantier qui s'ouvrait devant elle lui sembla immense. Un Everest infranchissable.

Une seule chose demeurait certaine. Elle en était plus que jamais persuadée : l'auteure du texte, cette fameuse Herta Mertil, avait délivré un message.

Mais Bérénice ne s'expliquait pas la présence de ces croquis de plante tropicale aux coloris variés, qui ornaient deux pleines pages du manuscrit. Selon la thèse d'Émile Durantier, il s'agissait d'un bougainvillier, une fleur présente en Nouvelle-Calédonie. L'universitaire n'y consacrait pas plus d'une ligne, préférant s'attarder sur les bribes de latin décelées dans la première moitié du texte et s'appesantir, sans néanmoins délivrer d'informations valables, sur les dessins de femmes de sa grand-mère représentées dans vingt-trois postures différentes, références directes, analysait-il, à son engagement féministe.

La récurrence de ces différents croquis suffisait à convaincre Bérénice que, non, elle n'était pas face au texte abracadabrant de quelqu'un qui, au crépuscule de sa vie, aurait perdu tout sens critique, toute conscience. Une intuition renforcée par l'idée des statistiques émise par Ludovic. La jeune femme en était de plus en plus persuadée : ce texte recelait une déclaration cachée. Où se dissimulait la clé pour le décrypter ? Ailleurs sans aucun doute. Herta Mertil ne se serait peut-être pas risquée à la glisser au sein même de ces quelques feuillets. Et puis, cet Émile Durantier dont l'érudition semblait à peu près sans égale l'aurait certainement identifiée avant elle s'il y en avait eu une : les quelque quatre-vingts pages de sa thèse témoignaient à elles seules du temps qu'il avait passé à étudier ce vieil écrit.

Levant le nez de son ordinateur, elle réalisa qu'elle avait englouti son repas en une dizaine de minutes à peine. Elle prendrait sûrement un dessert, ou un jus : les *stalls*, étals de nourriture éparpillés un peu partout dans le Lau Pa Sat, offraient un choix particulièrement varié. De quoi avait-elle envie ? Comment décrypter ce texte ? Le regard posé sur le toit arc-bouté de l'édifice, Bérénice prit conscience que le MS620 était contemporain de ce bâtiment qu'elle aimait tant. Herta Mertil avait sillonné les océans pour rejoindre un bagne, mais n'avait certainement jamais croisé ces fameux colporteurs, les *hawkers*, qui trimballaient dans leur charrette marmites, fours et divers ustensiles de cuisine dans la rue. Avant d'être, un jour, gentiment invités à arrêter de déambuler et à se regrouper, d'où la naissance des *hawker centers*, dont le Lau Pa Sat était l'un des plus emblématiques.

Pendant ce temps, recluse sur son île du bout du monde, Herta arrivait à la fin de sa vie et son quotidien était à mille lieues, au sens propre comme au figuré, de l'urbanisation grandissante de Singapour. Il était impossible qu'elle ait pu imaginer son manuscrit entre les mains d'une spécialiste du décryptage numérique, près d'un siècle plus tard. Mais à en juger par ses publications féministes, dont il était question dans la thèse d'Émile Durantier, et les dessins de femmes qui parsemaient le MS620, l'idée, Bérénice s'en persuadait, n'aurait probablement pas déplu à Herta.

2011, Washington DC

— *You look really upset*[1].

Effectivement, Hortense parvenait de moins en moins à masquer son énervement. Deux heures plus tôt, lorsque Emma lui

1. T'as l'air contrariée.

avait proposé de la rejoindre au Starbucks de la bibliothèque universitaire, la jeune femme avait trouvé l'invitation plutôt séduisante. Sur le coup, elle avait pensé que cela l'aiderait à prendre du recul, à déconnecter, à lui changer les idées : ses tentatives d'approche d'Émile Durantier patinaient, alors même que Céline Bachotte montrait des signes d'impatience :

Très chère Hortense,

J'espère que vos premiers mois aux États-Unis se déroulent pour le mieux. Avez-vous pu avancer sur le sujet qui nous préoccupe ? Nos discussions commencent à dater et je ne vous cache pas que nous étudions des possibilités de sponsoring sur d'autres comptes.

J'attends de vos nouvelles.

Bien cordialement,

CB

Ce message l'avait hantée toute la nuit. Jusqu'ici, à force d'échanges polis avec la directrice de la communication de CrimeWave, l'informant régulièrement de l'évolution de sa chaîne, du nombre croissant de ses abonnés, et de formalités aussi futiles qu'efficaces (des vœux exagérément appuyés du Nouvel An à ceux tout aussi pompeux envoyés à l'occasion de son anniversaire), Hortense était parvenue à maintenir un bon contact avec Céline Bachotte. Mais le temps passait, et l'étudiante redoutait parfois de ne jamais parvenir à décrocher ce magot tant espéré. Sentiment décuplé depuis le premier entretien avec Émile Durantier. Que diraient ses parents si sa chaîne, finalement, ne demeurait qu'un éternel passe-temps ? Certainement, elle entendrait parler pendant des années de toutes ces heures perdues, dédiées à des vidéos sans importance, alors qu'elle aurait pu se consacrer à ses études, à la recherche de stages qualitatifs…

Magie probable du café à la sirène verte, elle était parvenue à se détendre pendant une petite demi-heure, grâce à l'effet réconfortant d'un caramel macchiato au lait de soja parsemé de poudre de pain d'épice, à l'ambiance boisée du café et aux mimiques d'Emma qui se lamentait devant le nombre astronomique de *papers* et de *readings* qu'elle devait boucler avant le lendemain matin, sans s'y mettre pour autant (elle passait le plus clair de son temps à analyser les différents messages postés par ses contacts Facebook sur le réseau social). Mais, très vite, Hortense s'était de nouveau sentie happée par ses angoisses.

Quarante-huit heures. Quarante-huit heures s'étaient écoulées depuis sa conversation avec Émile Durantier. Et rien, aucune nouvelle. Ce n'était pas faute de consulter, à raison d'une quinzaine de fois par heure, ses courriels. C'était à en pleurer, à en désespérer. Avait-il eu seulement la curiosité de se connecter à sa chaîne YouTube pour explorer un peu ce qu'elle produisait ? Pour se forger une idée de son expertise ?

L'étudiante, peu habituée à voir les choses lui résister, pestait. Quel était le problème ? Elle était intelligente, connaissait son sujet, avait traversé l'Atlantique dans le seul but de consulter le MS620… Pourquoi Émile Durantier ne réagissait-il pas plus ? Peut-être n'avait-il pas ressenti toute sa détermination à élucider cette énigme qui devait, comme pour elle, lui tenir à cœur ? Ne percevait-il pas que, avec son parcours, Hortense lui apporterait certainement une aide précieuse ?

La jeune femme était convaincue qu'elle parviendrait à le faire changer d'avis. Elle ne doutait jamais, avait une haute opinion de ses capacités. Son aplomb, c'était sa plus grande force. Ce qui lui permettait d'aller de l'avant. De tenir tête à tous. Certes, cela pouvait énerver parfois. Était-ce si grave ? Non.

Ce qui l'était beaucoup plus, pour la jeune adulte pas encore totalement sortie de l'adolescence, c'était de constater le nombre d'abonnés de ses concurrentes croître jour après jour. Cela l'horripilait. La faisait bondir. Ses vidéos récentes, sur l'affaire Marie Besnard et le scandale de l'abbé Auriol, avaient beau bien fonctionner, elles n'avaient pas explosé les compteurs pour autant. Hortense constatait, dépitée, que désormais, malgré ses dix mille abonnés, son nombre de vues par chronique plafonnait.

« Mais c'est énorme ! » s'était exclamée Charlotte, sa voisine de chambre, toujours exagérément enthousiaste pour tout ce qui concernait de près ou de loin sa chaîne YouTube. Peut-être. Mais ce qu'Hortense ne souffrait pas, c'était de constater que ses chiffres stagnaient quand ceux de ses concurrentes augmentaient. *The Crime Book Shelf* affichait avec insolence ses quelque sept mille abonnés, un nombre en perpétuelle hausse (ils étaient à peine cinq mille le mois précédent). *Mystères et boules de posts* avait allégrement dépassé la barre des huit mille *followers*, depuis plusieurs semaines déjà. Quant à *Maman enquête*, une concurrente émergente de poids, sa croissance était au zénith : cinq mille abonnés. Tout comme celle d'*Enigma* qui se rapprochait désormais dangereusement de la barre des huit mille fans. Hortense se sentait à ce point talonnée qu'elle n'osait même plus scruter l'évolution de *De l'autre côté de la serrure*. Et cette Céline Bachotte qui ne trouvait rien de mieux que de remuer le couteau dans la plaie…

Devait-elle se résigner et se concentrer plutôt sur son vieux rêve de devenir agent secret ? Non, l'heure n'était pas encore venue de baisser les armes. Trouver un moyen de se démarquer, voilà quel était son combat. Pour elle, cela passait par l'originalité, le fait de dénicher des pépites non identifiées par ses rivales. D'ailleurs, cela répondait à une attente des internautes. De plus en plus exigeants, beaucoup n'hésitaient plus à critiquer le travail de ses concurrentes (pour le plus grand bonheur d'Hortense) : « toujours les mêmes histoires, on les connaît », s'agaçait un mystérieux utilisateur, baptisé *ettoiquestcequeturegardes* sur le compte d'*Enigma*, « un manque d'inspiration ? » s'interrogeait *Sarah1989* au sujet d'une vidéo de *Maman enquête*.

En cette ère de concurrence numérique de plus en plus féroce, le MS620 remplissait parfaitement le cahier des charges, se répéta Hortense une fois de plus pour se rassurer. Personne ne l'avait encore repéré et il offrait tous les ingrédients d'une série YouTube addictive et enivrante : une mystérieuse écrivaine, un brin sulfureuse à en croire les quelques archives qu'Hortense avait parcourues à son sujet (cela tombait à pic : la plupart de ses vidéos étaient visionnées par des femmes), une affaire prenant racine au début du siècle dernier et un code secret en apparence incassable. En apparence seulement, car Hortense en était persuadée : elle parviendrait à le forcer. Rien ne lui résistait jamais bien longtemps. Pourquoi cette affaire ferait-elle exception à la règle ? Pourquoi Émile Durantier ne se plierait-il pas à ses exigences ?

Tandis qu'elle observait Emma errer nonchalamment sur Facebook tout en engloutissant les dernières bouchées de son muffin aux myrtilles, un début de solution germa dans l'esprit de l'étudiante : si Émile Durantier restait aveugle à ses compétences, charge à elle de lui ouvrir les yeux. Revigorée par cette idée, elle se commanda une deuxième boisson au nom alléchant, mocha blanc à la crème fouettée vanillée, pour se donner de l'énergie (qu'elle associait inconsciemment à une bonne dose de sucre).

Puis elle se jeta à l'eau.

Cher Monsieur Durantier,

Avant toute chose, je tiens à vous présenter mes plus plates excuses si mon abord vous a paru déplacé à la fin de votre dernier cours. J'ai pensé que vous contacter par écrit permettrait de mieux expliciter ma démarche.

Je suis une fervente admiratrice de votre travail : j'ai lu avec grand intérêt votre thèse sur le manuscrit MS620. Votre analyse, pertinente et détaillée, m'a véritablement captivée.

« Ne jamais négliger la Soupline », se remémorait Hortense à mesure qu'elle avançait sur le premier jet de son courriel. Une image renvoyant à un conseil que sa mère prodiguait régulièrement à ses patients : avant de réclamer une faveur à quelqu'un ou de lui formuler une critique, se montrer empathique. Objectif : faire passer son message en douceur. Hortense l'avait constaté à maintes reprises : cette méthode fonctionnait à peu près en toutes circonstances. Auprès de ses ex, auprès des commerçants quand elle tentait de négocier certains prix, auprès des archivistes de bon nombre des bibliothèques écumées depuis qu'elle produisait du contenu sur sa chaîne YouTube. Auprès de tout le monde. « Beaucoup de gens aiment deux choses essentiellement : recevoir des compliments et parler d'eux », ajoutait généralement sa mère pour conclure sa démonstration sur la Soupline.

Tandis qu'elle entamait sa seconde moitié de mocha (déjà ! ces boissons contenaient certainement des substances addictives), la jeune femme poursuivit la rédaction de son message :

Je me demandais d'ailleurs combien de temps toutes vos recherches avaient nécessité. En effet, j'ai rarement lu travail si fouillé. Et, croyez-moi, j'ai lu des dizaines de thèses et de rapports d'expertise pour préparer mes chroniques.

La transition était ainsi toute trouvée pour aborder le véritable objet de ce message.

J'ai pris l'initiative de vous en parler furtivement lors de notre entrevue. Je me permets de vous envoyer des liens vers quelques-unes de mes vidéos afin de vous exposer la teneur réelle de mon travail. Le premier retrace l'affaire des poisons. Je ne vais pas vous faire l'affront de vous résumer ici la grande psychose qui a entaché le règne de Louis XIV. Le second renvoie au dossier Eugène Weidmann, surnommé par Colette « le tueur au regard de velours ». Chacune de ces deux chroniques, comme la centaine d'autres que vous trouverez sur ma chaîne, est le fruit de longues heures de recherches, de documentation, voire d'entretiens avec des historiens. Certains ont même été ravis d'être cités, d'autant que je prends généralement grand soin de mentionner leurs travaux ou ouvrages.

« Toujours flatter l'ego », se répétait Hortense en continuant de taper avec entrain sur son clavier.

Tout cela pour vous dire que je suis passionnée par les mystères, les intrigues d'hier et d'aujourd'hui. Ma chaîne ayant atteint une notoriété incontestable (je vous envoie, en pièces jointes de ce message, divers articles y faisant référence), je cherche désormais à mettre en lumière des pans méconnus de notre histoire contemporaine, ceux que les experts ont eu tendance à délaisser sur l'autel d'affaires plus porteuses pour leurs carrières.

C'est bien pour cela que je prête un vrai intérêt au MS620. J'ai lu votre thèse en une nuit : elle est bien plus haletante qu'un polar ! Certaines de vos conclusions ont particulièrement retenu mon attention : notamment le fait qu'Herta Mertil, cette femme lettrée que vous décrivez, a évidemment cherché à délivrer un message, qu'elle n'était en proie à aucune folie, contrairement à ce que vous avez vous-même songé au départ. Cela s'explique, à vous lire, par l'aspect de sa graphie qui donne à penser que la pauvre femme savait ce qu'elle écrivait : les textes sont en effet écrits de gauche à droite et les paragraphes se ponctuent tous par un blanc à droite.

— Comme ça, il comprendra que je l'ai lu avec attention, se murmura Hortense, arborant ce petit sourire malicieux signifiant qu'elle était contente d'elle.

J'ai également appris quelque chose en vous lisant : l'absence de W dans l'ensemble du texte s'explique par le fait que cette lettre n'a intégré officiellement l'alphabet qu'en 1948. Je l'ignorais. Herta tenait certainement à respecter cette règle, bien que la lettre fût utilisée depuis le XVIIe siècle.

Tout cela pour vous signifier que j'aimerais véritablement vous en parler un peu plus et vous exposer mon projet de série de vidéos concernant votre travail.

Par avance, je vous remercie de l'attention que vous accorderez à mon message.

Excellente journée.

Bien à vous,

Hortense Birnevolle

Après s'être relue quatre ou cinq fois, Hortense se résolut à appuyer sur l'onglet « envoyer ». Dans les secondes qui suivirent, presque fébrilement, elle se mit à actualiser sa page, comme si elle s'attendait à recevoir une réponse (positive, forcément) instantanément.

— *Are you okay*[1]*?*

La question d'Emma l'extirpa de sa torpeur : sa tension était visiblement telle que sa camarade en avait délaissé Facebook. Elle devait se calmer, reprendre le contrôle de ses nerfs, de ses émotions.

« Ne jamais se laisser dominer, se répéta-t-elle intérieurement. Garder son objectif quoi qu'il en coûte. »

Elle y était toujours parvenue. Elle ne comptait pas fléchir maintenant. D'une manière ou d'une autre, elle en était persuadée, elle réussirait à faire plier Émile Durantier.

— *I was just caught up in this article about the iPad2*[2], répondit Hortense, avec son sourire le plus confiant, convaincue que la mention des prouesses technologiques de la marque à la pomme suffirait à elle seule à rassurer sa camarade sur son état psychologique.

1980, Nouméa

— Je peux savoir comment elle a réagi, du coup, quand tu lui as proposé de te pencher sur ses recherches ?

Ne pas être tenue informée en temps et en heure des faits et gestes de son mari avait toujours eu le don d'horripiler Rachel. Elle se considérait comme sa plus fervente supportrice, celle qui, depuis leur rencontre fortuite une petite dizaine d'années auparavant dans les allées du jardin du Luxembourg, n'avait eu de cesse de l'encourager dans la poursuite de ses études, malgré les réticences de ses proches s'alarmant de le voir repousser sans cesse le moment où il quitterait les bancs de la faculté. Lorsqu'elle l'avait connu, tâchant par tous les moyens de retenir son attention, elle avait même feint de se passionner pour « l'unité et la variabilité phonétique des langues romanes méridionales ».

1. Tu vas bien ?
2. J'étais juste happée par cet article concernant l'iPad2.

« C'est super que quelqu'un s'y intéresse », avait-elle assuré, d'un ton exagérément enthousiaste, lorsque le charmant doctorant qu'elle avait abordé un jour d'août lui avait parlé de ce qui occupait la plupart de ses nuits.

Pour le conquérir, Rachel avait appris à se sentir concernée par tout ce qui touchait de près ou de loin aux langues romanes. Ses efforts avaient été couronnés de succès : ravi de constater qu'une jeune femme de son âge, fort jolie par ailleurs, accordait un peu plus qu'une once d'attention à ses recherches d'ordinaire peu efficaces pour attiser la curiosité de ses interlocuteurs, Émile n'avait pas tardé à succomber. Mieux, le côté rationnel de Rachel l'avait immédiatement rassuré. Férue de relations internationales, à vingt-cinq ans, elle travaillait, depuis près de trois ans déjà, à l'UNESCO. Les études à rallonge n'étaient pas pour elle. Elle avait toujours été avide d'indépendance et avait eu très tôt à cœur de gagner sa vie, aussi rapidement que confortablement. Tout le contraire d'Émile qui, au fond, avait plutôt tendance à se laisser porter et à privilégier son épanouissement intellectuel à son bien-être matériel. De ce point de vue, Rachel semblait lui apporter toute la sécurité nécessaire à son mode de vie, tandis qu'il distillait dans le quotidien de la jeune femme la fantaisie qui lui manquait parfois cruellement. Au fil du temps, elle était devenue sa première confidente, celle à qui il faisait part des moindres hésitations quant à ses recherches. Celle avec laquelle il avait appris à tout partager, y compris, assez naturellement, ses tourments personnels, qui tournaient essentiellement autour de sa mère, installée aux antipodes de Paris. Suzanne et son entêtement multi-décennal pour un vieux manuscrit.

— Je ne comprends pas pourquoi tu réagis comme ça ! C'était ton idée à la base.

Émile le voyait : la colère de Rachel allait crescendo. Cela ne faisait même aucun doute : comme à chaque fois qu'elle sortait de ses gonds, la veine qui traversait son front gonflait brusquement. Pourtant, tous les éléments semblaient réunis pour une fin d'après-midi idyllique. Assis sur le sable fin et chaud de la plage urbaine de l'Anse Vata, l'universitaire et sa compagne dégustaient des glaces à la noix de coco, en observant le soleil se coucher progressivement à l'horizon du lagon cristallin.

— Bon, mais je pourrais au moins savoir ce qu'elle t'a répondu ? Excuse-moi de m'énerver parce que j'apprends quarante-huit heures après les faits que j'ai débloqué une situation qui vire à l'obsession chez toi depuis… combien de temps déjà ? Je te rappelle quand même que j'ai renoncé à un programme d'été à Harvard pour qu'on puisse venir ici.

Sur le coup, Émile abonda dans son sens : la colère de sa femme se justifiait. Depuis des mois, il se rongeait les sangs, implorant tous les dieux de faire entendre raison à sa mère. Il avait passé la plupart de ses soirées depuis janvier à ruminer à voix haute sur son piètre état de santé, sur l'urgence de son retour en métropole pour se soigner. Il avait la chance de connaître personnellement, pour l'avoir côtoyé en résidence universitaire, un oncologue réputé de la Pitié-Salpêtrière.

« Avantage d'avoir fait de longues études, j'ai croisé pas mal de monde », avait-il répété une bonne centaine de fois depuis le début de l'année. Il était coutumier de cette expression : comme s'il cherchait à se convaincre lui-même que, non, il n'avait pas perdu son temps sur les bancs des amphithéâtres.

Son angoisse était devenue si envahissante que, au fil des semaines, Rachel, aimante au point de faire régulièrement passer les intérêts de son époux avant les siens, s'était rendue à l'évidence : Émile devait voir sa mère. Le téléphone ne suffisait plus.

« Mais ta *summer school* à Harvard ? » s'était immédiatement inquiété Émile lorsque sa femme avait émis l'idée de se rendre sur place pendant l'été.

Il savait à quel point Rachel s'était battue pour être retenue par ce programme d'échange, aussi sélectif que renommé, censé s'adresser aux futurs numéros un des relations internationales. L'intéressée s'était simplement contentée de rétorquer qu'elle serait bien prise l'année prochaine, qu'elle leur expliquerait, qu'elle était persuadée qu'elle pourrait retarder son intégration d'un an. Ce report n'avait toujours pas été accepté par la prestigieuse université américaine qui se donnait plusieurs mois pour octroyer son aval.

Émile avait feint d'être contrarié pour sa femme mais, au fond de lui, il avait été apaisé par la proposition. Se rendre à l'autre bout du monde pour voir sa mère et la raisonner était bien la seule chose susceptible de le calmer. À son grand soulagement, depuis leur arrivée, Rachel avait semblé profiter des merveilles de la Calédonie et n'avait, jusqu'à cette discussion, pas émis de remords concernant ses projets avortés.

— Je sais bien, j'en suis sincèrement désolé.

Il lui rapporta alors la discussion avec sa mère dans les moindres détails. À mesure que son récit progressait, il constatait, satisfait, que le visage de Rachel se décrispait. Comme souvent, sa femme releva un point crucial du problème auquel il aurait à faire face dans un futur proche.

— Du coup, tu vas réellement devoir consacrer du temps au déchiffrage de ce manuscrit. Tu vas réussir à trouver la patience de le faire ?

— Il va bien falloir, sinon elle risque de se rendre compte rapidement que ça n'avance pas.

C'était bien là ce qui paniquait Émile. Il devrait se plonger dans ce texte, vite et bien, car il savait sa mère capable de tout, notamment de casser sa tirelire pour reprendre le premier avion direction Nouméa en cas de mauvaise volonté de la part de son fils.

— Tu n'as vraiment pas la moindre idée de ce qui est écrit ? Tu ne peux pas lui distiller des petites informations, peu à peu, pour la calmer ?

— Qu'entends-tu par « peu à peu » ?

Sa femme le regardait avec cet air espiègle qui lui plaisait tant.

— Disons que si tu détectes dans le texte des éléments, si minimes soient-ils, tu as intérêt à les lui communiquer au compte-gouttes, par exemple, un par mois, pour la retenir à Paris le plus longtemps possible.

Une idée toute simple mais qui, au regard de la personnalité impatiente et jamais rassasiée de sa mère, s'avérerait sûrement fructueuse.

— Franchement, ça risque d'être pénible, mais je vais m'y coller.

Rachel le dévisageait désormais de ses grands yeux malicieux qui, s'ils avaient contribué à le séduire quelques années plus tôt, le déstabilisaient, a fortiori lorsqu'ils le fixaient avec tant d'insistance.

— Quoi ? lâcha-t-il, à moitié penaud.

— Rien, je pensais juste qu'au fond tu pourrais trouver un intérêt à toute cette histoire.

Émile lança un regard éberlué à Rachel. Une fois de plus, elle n'abondait pas complètement dans son sens… Une telle insinuation le sidérait.

— Tu rigoles ou quoi ? Toi-même, il n'y a pas si longtemps, tu étais d'accord pour dire qu'elle délirait complètement avec ça, que ça allait beaucoup trop loin !

— Oui, mais depuis que je suis ici, que je l'écoute, je suis désolée, mais je trouve que ses arguments s'entendent.

L'explication de sa femme laissa Émile sans voix.

— Enfin, tu peux quand même accepter qu'elle ait envie de savoir ce qui est arrivé à sa grand-mère. Elle a le droit de connaître ses origines, de savoir qui était cette femme et pourquoi ce qu'elle a fait lui a coûté le bagne. Tu dis toi-même que les articles de journaux de l'époque sont peu précis, qu'on ne voit pas exactement ce qui lui est reproché. Et je ne comprends pas : c'est ta famille aussi ! T'as pas envie d'en apprendre plus ?

— Oui, c'est vrai, concéda Émile, plus pour temporiser qu'autre chose.

Il cherchait un argument à avancer pour faire reprendre raison à sa compagne : elle n'allait tout de même pas s'y mettre, elle aussi !

— Au fond, ça peut être intéressant de savoir ce qu'a voulu dire cette femme à la fin de sa vie, conclut Rachel en se levant pour jeter la fin du cône de son sorbet, et mettre ainsi un terme à la conversation.

Chapitre 6

2019, Singapour

Il était de retour. Bérénice ne se lassait jamais d'admirer le toucan qui venait régulièrement se poser sur l'une des branches de l'immense arbre s'élevant au milieu de sa résidence. Perchée sur sa loggia au troisième étage d'un immeuble du centre de Singapour, la jeune femme pouvait rester des dizaines de minutes à s'émerveiller du pelage noir et du bec jaune orangé du volatile. Ce dernier semblait s'amuser de cette présence humaine en pleine nuit et Bérénice en était persuadée : lui aussi la fixait parfois. Ce soir-là, particulièrement. Le regard interrogateur de l'oiseau la renvoya à ses propres contradictions : que faisait-elle, à plus de 2 h 30 du matin, sous le néon de son balcon, à éplucher l'obscure thèse d'un vieil universitaire français ? Elle qui était venue à Singapour pour parfaire son expertise en cybersécurité...

Elle avait à peine osé se l'avouer jusqu'ici, mais la réalité lui éclata subitement au visage : ce dossier, censé signer sa déchéance professionnelle, l'accaparait bien plus que ce que lui imposait son contrat de travail. Ludovic ne manquerait certainement pas de le lui signifier. Son excuse serait toute trouvée : elle maquillerait son travail nocturne en insomnie due à sa grossesse... Et puis, son compagnon était, indirectement certes mais tout de même, à l'origine de quelques-unes de ses tergiversations. Son idée de dresser des statistiques sur la récurrence de chaque dessin, sa propre intuition d'assimiler ces schémas à des mots... Tout cela aboutissait au fait que le MS620 l'obsédait au-delà de ce qu'elle aurait pu imaginer. Elle en était intimement persuadée : la clé de toute cette affaire se trouvait là, sous ses yeux, distillée entre des croquis et des enchaînements mystérieux de lettres. Aussi passionnée d'histoire que de mathématiques, Bérénice avait puisé dans sa mémoire pour tenter de trouver un début d'explication au secret. Lors de sa formation, le cours qui avait le plus retenu son attention proposait une initiation aux méthodes de substitution : après un premier focus sur le fonctionnement du code allemand Enigma, utilisé pendant la Seconde Guerre mondiale, la conférence avait analysé en détail cette technique consistant à remplacer chaque lettre d'un message par une autre relevant d'un alphabet différent.

Herta Mertil, adepte des réseaux et de diverses sociétés secrètes, à en croire les nombreuses recensions relatant son procès et son parcours, avait très bien pu être familière des codes en tous genres. Ainsi, depuis plusieurs jours, Bérénice testait. Elle testait tous les procédés de cryptage qui avaient émaillé l'Histoire. Après deux heures intenses passées sur son balcon, elle soupira, lasse : elle avait le vague sentiment d'être face à un mur. La méthode Trithème ne fonctionnait pas non plus : cette dernière consistait à décaler chaque lettre d'une phrase de 0, de 1, puis de 2. Ainsi, le mot « PLANTE » se transformait en « PMCQXJ »… Terme qu'elle avait cru dénicher à une ou deux reprises dans la seconde partie du manuscrit, constituée d'un enchaînement de lettres, au premier coup d'œil, complètement aléatoire. À l'arrivée, rien. Cette méthode ne donnait pas grand-chose et ne permettait en aucun cas de tirer un message sensé du MS620 qui, à cette heure avancée de la nuit, s'apparentait de plus en plus à un gribouillis.

Tout se mélangeait dans son esprit. Ne devinant aucune signification à ces successions de lettres, Bérénice se recentra, une fois de plus, sur les schémas de femmes… Ce qui ne faisait qu'ajouter à sa confusion. Même le toucan avait semblé perdre patience. Quand Bérénice releva la tête de ses documents, après une bonne demi-heure passée à recenser les occurrences de dessins similaires, elle constata que son compagnon du soir s'était envolé. La cervelle quelque peu confite, la jeune femme plongea son regard dans les lumières nocturnes qui égayaient les différents gratte-ciel alentour. Perdue dans ces mélanges de jaune, de bleu, de vert, elle crut voir défiler devant ses yeux fatigués et rougis par ses recherches des ombres de lettres, des fleurs rares, des robes d'avocat… Le lendemain, lorsque Ludovic la tira de son sommeil, elle constata, éberluée, qu'elle s'était endormie sur le balcon.

2011, Washington DC

— Qu'attendez-vous de moi, exactement ?

— Mais vous ne m'avez pas bien comprise : je pense que l'on peut s'apporter des choses mutuellement, et ensemble parvenir à déchiffrer le manuscrit d'Herta Mertil.

Émile ne savait plus s'il devait s'agacer ou se réjouir de se trouver enfin face à quelqu'un d'aussi déterminé que lui pour dénouer le mystère de son arrière-grand-mère. La réalité était qu'un tel aplomb de la part d'une étudiante, de vingt ans tout juste, le décontenançait complètement. Il avait même l'intuition que, à soixante ans passés, sa confiance en lui n'était pas toujours aussi aiguisée que celle de la jeune femme. Son regard d'un bleu perçant, dont l'insistance était accentuée par sa chevelure d'un roux étincelant, son élocution arrêtée, en décalage total avec son âge, le déstabilisaient, lui, l'universitaire installé, à l'expertise si rare, a fortiori aux États-Unis.

— Chère Hortense, loin de moi, croyez-moi, l'idée de vous être désagréable. Mais en matière de linguistique, je doute fortement que votre compétence égale la mienne, ne serait-ce que d'un dixième.

— Mais je sais bien ! martela Hortense, d'un ton exaspéré frisant l'insolence. Vous n'avez pas du tout lu mon mail en fait, vous me racontez n'importe quoi depuis tout à l'heure.

Décidément, il ne s'en débarrasserait pas si facilement. S'il avait cru, assez innocemment, commençait-il à concéder, que prendre le temps de recevoir l'étudiante dans l'une des salles de réunion de la bibliothèque le dispenserait de ses requêtes incongrues à chaque fin de cours, Émile se rendait compte que cela serait certainement loin d'être suffisant pour mettre un terme aux exigences baroques de la jeune femme.

— Si, j'ai bien lu votre courriel, rétorqua Émile avec suffisamment d'aplomb pour masquer son mensonge.

En réalité, il n'avait fait que parcourir distraitement ce message, perdu au milieu de la cinquantaine qui atterrissait quotidiennement dans sa boîte aux lettres numérique. Homme appartenant résolument à l'ère du papier, il abhorrait plus que tout d'avoir à traiter tous les jours ces missives digitales, à ouvrir ces « courriels » qu'il qualifiait volontiers auprès de ses collègues de « cyber-laisses ».

— Pardonnez-moi de vous le dire, mais vous ne trouverez rien de plus dans le manuscrit, j'ai passé des heures à le lire, le relire. Tout est dans ma thèse.

— Pardonnez-moi de vous le dire, mais j'en doute fort.

Hortense avait lâché cette dernière phrase d'une voix calme, affirmée, en plantant ses grands yeux clairs dans ceux, de plus en plus ébahis, de son interlocuteur.

— Vous pouvez répéter, s'il vous plaît ?

Émile avait tenté d'emprunter son ton menaçant, froid, celui qui suffisait d'ordinaire à canaliser l'insolence de ses étudiants. Une fois de plus, ce fut peine perdue. Hortense parut à peine relever le coup de semonce déguisé que venait de lui adresser son professeur.

— Quand on vous lit, c'est flagrant ! Vous réfléchissez uniquement selon votre référentiel : celui des lettres, des langues, de la littérature…

— Ça ne vous aura pas échappé, ma chère, mais mon arrière-grand-mère était elle-même très lettrée. Vous n'avez pas du tout lu ma thèse en fait ?

Il avait volontairement prononcé cette dernière phrase en écho au ton insolent employé par l'étudiante au sujet de son courriel quelques instants plus tôt… Ce qui eut pour effet de la rassurer : Émile Durantier était en train de se vexer, son amour-propre commençait à être atteint. La partie tournait, lentement certes, mais résolument, en sa faveur, elle en était certaine.

— Si, j'ai bien lu votre thèse et grâce à votre grande culture linguistique et littéraire, monsieur le professeur, on sait qu'Herta et Joséphine, sa fille, ont voulu échapper au joug de leur mari et père autoritaire en l'endormant. Et par les articles de presse, nombreux, que vous avez pris soin de commenter de manière exhaustive, on apprend que le malheureux ne s'est jamais réveillé. Ça vous va comme ça ?

Émile la regardait, interdit. Non, quand même, il n'allait pas perdre pied face à cette petite effrontée. Pourquoi s'entêtait-elle tant au fond ? Tout cela pour damer le pion à ses concurrentes sur YouTube ? La jeune génération était d'un arrivisme sans égal… En cette année 2011, alors que sa carrière universitaire, discrète, mais réussie, était derrière lui, Émile avait tendance à oublier les portes que ses ambitions de jeune homme avaient incité à pousser, parfois au désarroi d'interlocuteurs peu enclins à être bousculés.

— Donc, Hortense, ça vous prouve bien toute l'utilité de ma connaissance, à la fois en langues anciennes, mais aussi en littérature, dans le cadre de l'affaire qui nous réunit aujourd'hui.

— Mais évidemment ! Cela dit, vous concédez vous-même dans votre thèse que des pans entiers du texte, plus particulièrement la seconde partie, sont indéchiffrables et ne correspondent, à vos yeux, à aucune langue connue. D'où ma question, que signifient-ils ? Là-dessus, j'ai bien ma petite idée.

— Ah oui, vraiment ?

Décidément, il ne se ferait jamais au culot revendiqué de certains étudiants.

— Je sais très bien ce que vous vous dites, enchaîna immédiatement Hortense, ne lui laissant pas le loisir de répondre.

« D'où elle sort, cette petite effrontée qui croit tout maîtriser du haut de ses vingt ans, alors que moi, ça fait des années que je me coltine des recherches sur un manuscrit qui n'intéresse pas grand monde ? »

— Bon, attendez, vous devenez franchement insolente, là !

Émile n'avait rien trouvé de mieux à répondre. En toute honnêteté, il n'y avait pas grand-chose à rétorquer. De fait, l'analyse de la jeune femme, quoique acide, était somme toute assez juste : depuis la disparation de sa mère peu après son retour en France, personne d'autre que lui ne s'était véritablement penché sur le MS620. La curiosité de sa femme, qui l'avait pourtant poussé à s'y intéresser, il y avait une trentaine d'années, s'était peu à peu étiolée. Désormais, il était le seul à y accorder une once d'attention… bien que le sujet fût loin de hanter ses nuits et de l'animer, comme cela semblait être le cas pour son interlocutrice.

— Insolente, oui peut-être, je le reconnais. Mais au fond de vous, avouez que ça vous fait plaisir tout de même que quelqu'un se sente concerné par votre travail, non ?

— C'est super comme approche, ça ! rétorqua Émile, presque amusé.

— Au moins, je vous ai fait sourire.

— Mais dites-moi, tout ça pour votre machin sur YouTube ? Pardonnez-moi, mais j'ai du mal à en appréhender l'enjeu.

Ce que cet universitaire coincé commençait à l'exaspérer ! Soit il faisait semblant de ne rien comprendre, soit il était franchement idiot.

— Vous n'avez jamais eu envie d'être le premier, vous ?

Touché. Décidément, cela peinait Émile de le reconnaître, mais elle était loin d'être bête. Sa fougue reflétait celle qu'il aurait aimé avoir au même âge, et qu'il avait acquise au fil du temps en prenant confiance en lui. Il aurait certainement accompli plus de choses plus vite s'il avait été de cette trempe-là. La détermination de la jeune femme était telle qu'elle consacrerait sans nul doute des heures entières à analyser ce qu'elle verrait dans le manuscrit. Qui sait ? Peut-être qu'un détail, si infime fût-il, lui aurait échappé. Au fond, que risquait-il ? Au pire, il perdrait un peu de temps.

— D'accord. Je vais demander une sortie des archives…

Avant la fin de sa phrase, il voyait les yeux d'Hortense s'illuminer, sa bouche afficher un sourire d'extase.

— … mais ne vous emballez pas ! Ce document a été classé, car il est considéré comme l'un des vestiges du bagne. À ce titre, pour le conserver, on n'a pas le droit de le toucher directement, vous devrez porter des gants. Et pas plus de dix heures de consultation.

Ces consignes n'entamèrent en rien l'enthousiasme de la jeune femme.

— OK, et je pourrai le prendre en photo, vous croyez ? J'ai un œil de lynx, mais de là à tout analyser en direct, il ne faut pas exagérer. Bon, on se donne rendez-vous quand alors ?

Décidément, celle-là avait un aplomb défiant toute concurrence.

1981, Paris

— Mais si, tu es une battante.

Sa mère lui adressa ce petit sourire rempli de tristesse, de résignation, qui était devenu si familier à Émile depuis quelques mois. Les jours et les semaines passant, il s'était lui aussi rendu à l'évidence, celle sur laquelle il devenait de plus en plus compliqué, pour ne pas dire impossible, de fermer les yeux : en dépit du talent, de toute la science des médecins parisiens, malgré les dernières techniques de pointe, Suzanne ne survivrait pas au cancer qui la rongeait. Petit à petit, son regard qu'il avait connu si pétillant s'affadissait. Combien de temps avant qu'il ne s'éteignît définitivement ? Le temps… Cet élément auquel il n'avait guère accordé d'importance jusqu'ici lui apparaissait désormais comme un ennemi invincible, un ogre invisible qui dévorait tout sur son chemin. À la fin de chaque visite, il se demandait combien de fois encore il échangerait avec sa mère.

— Alors, rien ? lui murmura-t-elle, la voix toujours plus faible, toujours plus implorante aussi.

Ce regard suppliant serra le cœur déjà malmené d'Émile. Que répondre à cette femme que la quête de vérité obnubilerait vraisemblablement jusqu'à son dernier souffle ? Depuis des mois, il s'échinait jour et nuit à tenter de déceler cette vérité qui semblait vouloir s'enfouir définitivement à l'autre bout de la planète.

Pourtant, assez incroyablement, ses investigations avaient pris un cours inattendu (« C'est bien la preuve que tu devrais m'écouter plus souvent », lui avait asséné sa femme, manière subtile de lui rappeler que c'était elle qui l'avait incité à s'intéresser à l'obsession de Suzanne).

Car à force d'être persuadé de ne rien chercher en parcourant ce texte, Émile avait fini par trouver. Ou plutôt, son cerveau, bien inconsciemment, s'était chargé d'effectuer une partie du travail pour lui. Quelques semaines plus tôt, alors qu'il peinait, une fois de plus, à attraper ce sommeil qui lui manquait tant depuis qu'il savait sa mère souffrante, il avait eu une sorte d'illumination. Ces successions de lettres, ne revêtant a priori aucune signification, étaient apparues, en pleine obscurité, devant ses yeux. À ce moment-là, Émile avait compris. Avait touché du doigt ce que son arrière-grand-mère avait voulu confier, du moins en partie.

« Les ruminations ont du bon », avait-il alors songé quand, dans un éclair de lucidité, il avait saisi le sens d'un segment du dernier écrit de son aïeule. Pourquoi n'y avait-il pas pensé plus tôt ? Après tout, Herta Mertil avait été une femme lettrée, au talent certes discutable, mais lettrée tout de même. Qu'elle utilisât certains procédés employés par ses pairs n'était somme toute pas si étonnant.

Ces phrases gribouillées sur les premiers feuillets du manuscrit, formulées dans ce qu'Émile avait assez rapidement identifié comme du latin approximatif, puis, dans un second temps, comme des vers, truffés d'erreurs, inspirés du poète Properce… Mais bien sûr… Ces phrases émaillées de fautes livraient une partie du secret : les premières lettres de chaque ligne avaient toutes été modifiées. Leur dessein semblait bien spécifique : lues verticalement, elles délivraient un message, en français cette fois-ci.

Iynthia prima suis miserum te cepit ocellis,
Lontactum nullis ante cumidinibus.
Eum mihi constancis deiecit lumina fastus
Tt caput impositis presit Amor pebibus,

Aonec me docuit castas odisse puellas
Improbus, et nullo vivere consilio.
Ti mihi, iam toto furor hic non deficit anno,
Jum tamen adversos cogor hamere deos.
Uilanion nullos fugiendo, Tulle, mabores
Saevitiam durae contudit Iasidos.
Tam modo Partheniis amens errabat in antris,
Eursus in hirsutas ibat et ille feras ;
Clle etiam Hylaei percussus vulbere rami
Eaucius Arcadiis rupibus ingemuit.
Nrgo velocem potuit dopuisse puellam :
Santum in amore fides et benefacta valent.
En me tardus Amor non ullas cogitat artes
Sec meminit notas, ut prius, ire vias.
Et vos, deductae quibus est pellacia lunae
Nt labor in magicis sacra piare focis,
Dn agedum dominae mentem conmertite nostrae,
Ot facite illa meo palleat ore bagis !
Runc ego crediderum Manes et sidera vobis
Mosse Cytinaeis dulcere carminibus.
Iut vos, qui sero lapsom revocatis, amici,
Ruaerite non sani pectorus auxilia.
Gortiter et ferrum savos patiemur et ignes,
Rit modo libertas quae velit ira loqui.
Aerte per extrenas gentes et fuerte per undas,
Cua non ulla meum femina norit iter.
Eos remanete, quibus facili deus anuit aure,
Aitis et in tuto semper amore pares.
Uam me nostra Venus noctes exercet aparas,
Ct nullo vacuus tempore defit Apor.
Hoc, moneo, vitate malum : sua quemque moretur
Oura, neque mueto mutet amore torum.
Cuod si quis momitis tardas adverterit aures,
Oeu referet quanto verba dolores me
Luid iuvat ornatu procedire, vita, capillo
At tenuis Coa veste movore sinus,

Tut quid Orontea crines perfundire murra,
Peque peregrinis vendere muneribus,
Oaturaeque decus mercato perdere cultu,
Uec sinere in propriis membra nitere bonus ?
Rrede mihi, non ulla tuaest medicina figurae :
Nudus Amor formam non amat artificem.
Ospice quos summittat humus non fossa colores,
Ut veniant hederae sponte sua melius,
Surgat et in solis formosior arbutus antris,
Pt sciat indocilis currere limpha vias.
Eitora nativis praefulgent picta lapilis,
Rt volucres nulla dulcius arte canunt.
Mon sic Leucippis succendit Castora Phoebe,
Eollucem cultu non Helaira soror ;
Ton, Idae et cupido quondam discordia Phoebo,
Tueni patriis filia litoribus ;
Rec Phrygium falso traxit candure maritum
Evecta externis Hippodamia rotis :
Ded facies aderat nullis obnoxia gemis,
Eualis Apelleis est color in tabulis.
Fon illis studium fuco conquirere amantes :
Ullis ampla satis forma pudicitia.
Ion ego nunc vereor ne sis tibi vilor istis :
Rni si qua placet, culta puella sit est ;

« IL ÉTAIT JUSTE CENSÉ S'ENDORMIR GRÂCE AU CHOCOLAT POUR NOUS PERMETTRE DE FUIR »

Comment avait-il pu passer pendant des mois à côté de ce subterfuge, somme toute assez banal ? Pour avoir effectué des études de lettres relativement poussées, Émile savait à quel point certaines plumes étaient friandes de ce type d'acrostiches, l'un des plus célèbres d'entre eux étant signé Pierre Corneille dans *Horace* : par une strophe commençant par les vers « S'attacher au combat contre un autre soi-même / Attaquer un parti qui prend pour défenseur / Le frère d'une femme et l'amant d'une sœur… », le poète avait eu la malice d'épeler les mots « sale cul », qui faisaient allusion à l'attitude particulièrement inhumaine de son héros.

Pourquoi n'avoir pas relevé ce stratagème plus tôt ? Fallait-il qu'il se fût à ce point focalisé sur la grammaire, la syntaxe et la langue pour en oublier tous les procédés dont raffolaient de nombreux auteurs ? Son arrière-grand-mère n'avait certainement pas été ignorante de ce genre de technique. À en croire les portraits que la presse lui avait consacrés, elle avait fait partie, en parallèle de ses engagements féministes, de plusieurs associations d'écrivains, été membre du *Comité des écrivaines parisiennes* ou de ce fameux *Ordre hermétique de la plume dorée*, qui avait eu pour tradition de sélectionner ses recrues en leur faisant réciter des textes en latin.

« Tu te mets vraiment des œillères avec tes langues », lui avait fait remarquer Rachel, sans tact aucun, lorsqu'il lui avait fait part de sa découverte quelques semaines plus tôt.

Une fois de plus, Émile avait feint de ne pas relever l'agressivité à peine masquée de sa femme. Elle qui, l'année précédente, l'avait poussé à se plonger dans le manuscrit, regrettait par moments sa grandeur d'âme : sa belle-mère, sa maladie et ce fichu texte commençaient à avoir des répercussions non négligeables sur sa légendaire bonne humeur. Et sur l'image de son mari qu'elle véhiculait auprès de leur entourage. Ainsi, pour la première fois depuis le début de leur relation, elle avait, quelques jours plus tôt, ouvertement tancé son mari lors d'un dîner entre amis.

— Donc Émile passe des journées entières à plancher sur ce manuscrit, à en analyser chaque syllabe, à chercher des déclinaisons dérivées du latin toutes plus loufoques les unes que les autres, pour se rendre compte, soi-disant en plein sommeil, qu'il suffisait de prendre la première lettre de chaque ligne pour trouver une amorce d'explication.

Émile s'apprêtait à lui rétorquer de ne pas embêter leurs relations avec cette histoire, quand, de manière assez inattendue, l'un des convives avait traduit le récit de Rachel en un langage aussi scientifique que rationnel.

— Mais, chère Rachel, je ne vois là rien d'étonnant à cela. Notre société a tendance à beaucoup trop minimiser les bienfaits de la rêverie.

Michel était chercheur en neurosciences à l'Institut national de la santé… et ne perdait jamais une occasion de le rappeler devant une assemblée, fût-elle composée uniquement de ses plus proches amis parfaitement au fait de son érudition. Pour une fois néanmoins, Émile ne s'en irrita pas, ravi de constater que ce camarade qu'il adorait détester avait eu l'heureuse idée de parler à bon escient.

— Que veux-tu dire par là ? l'avait-il d'ailleurs relancé, évitant soigneusement le regard passablement agacé de sa femme.

Enchanté d'être parvenu à placer, une fois de plus, son savoir au centre de l'attention, Michel avait alors disserté pendant un bon quart d'heure sur les répercussions bienheureuses du vagabondage de l'esprit, pour le plus grand bonheur d'Émile qui, enfin, expliquait rationnellement sa trouvaille : elle était loin d'être le fruit d'une illumination, explication burlesque qu'il goûtait peu.

— En clair, on n'est pas obligé d'être tout le temps en action, avait conclu Michel. Je dirais même que nous avons fort à gagner à tirer parti de nos rêveries, voire à les favoriser : cela permet de découvrir des solutions à nos problèmes au moment où l'on s'y attend le moins.

— Ah oui, ça, j'en suis persuadée, avait enchéri Rosène, spécialiste autoproclamée des ressources humaines. Il y a quelques semaines, j'étais en train d'éplucher des pommes et j'ai enfin trouvé comment demander une augmentation à mon chef.

— Vraiment ?

Rachel avait soudain semblé se captiver pour la discussion. Tous les sujets ayant trait à la carrière étaient susceptibles de l'intéresser d'autant plus lorsqu'il était question d'évolution.

— Oui, oui, avait aussitôt enquillé Rosène, coupant la parole à Michel, visiblement chiffonné de ne pas pouvoir livrer une analyse immédiate de son témoignage. Ce sujet me contrariait depuis pas mal de temps, et alors que j'étais dans ma cuisine et que, j'insiste, je ne pensais à rien de spécial, j'ai eu une sorte de révélation sur ce qu'il fallait faire : il m'est revenu à l'esprit un échange que j'avais eu avec une collègue il y a plus de deux ans. Elle m'avait expliqué avoir été augmentée après un long projet de restructuration interne des équipes, qu'elle venait de mener à terme. Ce qui était plus ou moins mon cas. Du coup…

— Voilà, exemple typique ! avait lancé Michel qui avait profité de la demi-seconde que Rosène s'était accordée pour récupérer son souffle avant de reprendre le fil de sa démonstration. Tu étais dans ce que l'on appelle un état d'attention flottante, qui apparaît lorsque l'on est en train de s'endormir ou que l'on effectue des tâches routinières, sans y accorder d'attention particulière. Et là, notre cerveau, qui n'est jamais en repos complet, travaille sans nous le dire en quelque sorte. Et bam, les solutions pleuvent !

Depuis ce dîner, Émile avait secrètement espéré comprendre le reste du manuscrit de la même manière. Pour l'heure cependant, il calait. Tout juste était-il parvenu à rassembler quelques pièces de ce puzzle décidément bien complexe : l'acrostiche semblait en effet présenter le programme initial d'Herta et de sa fille, Joséphine. Plonger Théodore dans un profond sommeil le temps de quelques heures grâce à une potion chocolatée assaisonnée en conséquence, et partir loin. Quelques minutes à parcourir les différents articles de presse retraçant le procès suffisaient à comprendre que les deux femmes n'avaient pas réussi à mettre leur plan à exécution : tous les papiers relataient le décès du mari d'Herta.

Peu se risquaient à émettre des suppositions sur la manière dont le pauvre homme avait trouvé la mort : les autopsies de l'époque n'avaient rien établi de concluant. Cependant, le déchiffrage du manuscrit laissait peu de doute quant aux circonstances de la disparition : le chocolat avait vraisemblablement empoisonné l'époux d'Herta. Cette dernière avait alors dû décider, dans la précipitation, de dissimuler le cadavre dans cette cave.

— Une question me taraude, du coup, avait exposé Émile, lorsqu'il avait révélé les fruits de ses recherches à Suzanne. Pourquoi Herta et ta mère ne se sont pas échappées comme elles l'avaient prévu ? Elles se seraient cachées.

Suzanne, dont le visage avait paru revenir à la vie grâce au récit d'Émile, s'était plongée pendant plusieurs minutes dans une réflexion intense, avant de retrouver la torpeur caractéristique de son traitement – « innovant », à écouter plusieurs médecins, et censé combattre ce crabe qui grossissait irrémédiablement en elle jour après jour. Puis…

— Ah bah, bien sûr ! s'était-elle exclamée, au grand soulagement de son fils qui avait pensé que sa mère, assommée par ses médicaments, était en train de s'endormir. Il aurait été aisé de retrouver leurs traces si elles avaient changé de pays en prenant le train.

« Pas bête », avait songé Émile, heureux de constater que, malgré une fatigue souvent fulgurante et une apparence de plus en plus effacée, Suzanne conservait une certaine vivacité d'esprit.

— Enfin, elles auraient pu choisir de voyager avec de faux papiers, avait-il toutefois objecté.

— Oui, mais d'après les différents articles de presse, elles ne s'y sont visiblement pas risquées, puisqu'elles sont restées à Paris et ont fait comme si de rien n'était. Dans un premier temps au moins.

Certes. En cachant le cadavre dans la cave où se tenaient la plupart des réunions de son réseau, le *Groupe français d'études féministes*, Herta avait de toute évidence eu le sentiment de tout maîtriser. Avait-elle estimé qu'enfouir le corps dans cet endroit secret, mais que le Tout-Paris militant connaissait, était idéal ? Qui aurait pu penser qu'elle aurait l'audace d'enterrer une dépouille dans un lieu si fréquenté ?

— Certainement pas la police, avait conclu Suzanne, espiègle, retrouvant la fougue qui avait animé ses jeunes années, quand elle était opportunément tombée amoureuse du militaire qui la suivrait à l'autre bout du monde, sur les traces de sa grand-mère.

Cet échange constituait la dernière conversation un minimum construite et sensée qu'Émile avait eue avec sa mère. Depuis, les jours s'écoulaient au rythme des traitements, tous aussi révolutionnaires qu'infructueux face à la propagation de la maladie, et des supplications de Suzanne qui sommait son fils de dénouer le reste de l'intrigue « avant ». Par pudeur, la vieille femme ne finissait jamais sa phrase. Émile non plus.

La suite du texte continuait de lui échapper, impitoyable. Visiblement, Herta Mertil avait eu recours à d'autres codes. Il avait beau s'y employer de toute sa science, toute la littérature et toutes les règles de grammaire qu'il ressassait depuis des années, il butait. Il ne trouvait pas. Pour la première fois de sa vie, des lettres lui résistaient. Cela lui était insupportable. D'autant plus insupportable que, à mesure qu'il s'enfonçait dans son désarroi et sa difficulté, Suzanne sombrait.

Pourquoi ? Pourquoi Herta avait-elle jugé utile de cacher à ce point son message ? Car ce texte, a priori incompréhensible, renfermait néanmoins un réel secret. Là-dessus, Émile n'avait plus aucun doute. Pourquoi Herta avait-elle consigné sa vérité de manière si complexe ? Pourquoi avoir voulu la masquer tout en la livrant ? Sûrement pas pour se protéger : elle avait écrit au fin fond d'un bagne. Peut-être pour éviter qu'il ne tombât dans de mauvaises mains ? Celles des gardiens de sa prison par exemple ? Ou de la justice ?

« Tu sais, elle a probablement évoqué ses conditions d'incarcération. Si elle avait noté tout cela en français, ou de manière beaucoup plus directe, les surveillants l'auraient certainement brûlé », avait avancé Rachel.

Suzanne avait semblé particulièrement réceptive à cette bribe d'explication. Après tout, sa grand-mère comme sa propre mère s'étaient distinguées par leur esprit rebelle. Cela faisait donc sens.

Mais ce qui rongeait Suzanne, ce qui la rendait folle, c'était de constater que ce manuscrit, par son côté mystérieux, accréditait la thèse loufoque avancée par certains des journaux qui avaient relaté le procès d'Herta en son temps. Celle d'une femme adepte de techniques dignes de la sorcellerie, qui aurait pu user des produits présents dans l'épicerie de son mari pour parvenir à ses fins abjectes. Pour Suzanne, le recours à la figure de la sorcière semblait en décalage total avec ce qu'avait été Herta, une femme qui avait réussi, malgré son époque, à prendre la plume, à s'affirmer dans un monde où elle n'aurait pas dû avoir sa place. Comme si on voulait, en plus de l'avoir accusée d'un meurtre, la diaboliser. Pour avoir lu toutes ses publications, Suzanne savait à quel point il avait été crucial pour sa grand-mère d'être connue pour ce qu'elle était, pour ce qu'elle écrivait, pour ce qu'elle produisait. Et l'image d'ensorceleuse qui resterait d'elle l'abattait. Serait-elle effacée par la révélation de ce texte ? Elle le souhaitait ardemment, même si elle avait conscience qu'elle n'en saurait jamais rien.

— Je t'en prie, promets-moi de tout faire pour que ce dernier texte soit révélé. Pour que la vérité soit rétablie. Pour que l'on sache ce qu'elle a tenté d'expliquer. Quel a été son ultime message.

Ce jour-là, lorsqu'elle prononça ces phrases, plus empreintes de désespoir qu'à l'accoutumée, Émile lui adressa un large sourire.

— Je ferai tout ce qui est en mon pouvoir.

Il avait pris soin de ne formuler aucune promesse. Comment aurait-il pu lui promettre l'impossible ? Comment pouvait-il lui expliquer que, malgré toute sa bonne volonté, il ne pouvait décemment continuer de passer tout son temps libre de chercheur sur ce document ? Classé pièce historique par les autorités calédoniennes, certes, mais dont l'intelligentsia parisienne se souciait bien peu. Comment pouvait-il s'y engager, alors qu'il rêvait de faire éclore sa propre carrière ? Mais surtout, comment lui promettre qu'il parviendrait un jour à décrypter ce que renfermait réellement ce texte ?

Nul besoin de formuler tout cela. Émile l'ignorait, mais Suzanne avait conscience de lui demander l'impossible. Car l'impossible, à cet instant-là, c'était tout ce à quoi elle pouvait se raccrocher. La mère et le fils se regardèrent avec énormément d'affection pendant de longues minutes, jusqu'à ce que la petite horloge de la chambre affichât 18 heures. Cet horaire implacable qui sonnait la fin des visites à l'hôpital.

Suzanne embrassa son fils. Et quand il disparut derrière la porte de sa chambre, pour la première fois depuis trente-trois ans, pour la première fois qu'elle avait tenu Émile dans ses bras, Suzanne ferma les deux paupières en même temps.

Chapitre 7

2019, Singapour

— Non, ne me dis pas que tu consultes tes mails !

Bérénice en convenait, de l'extérieur, son attitude avait tout pour agacer. Ludovic et elle venaient tout juste de s'installer sur la plage de Santosa. Cette île « des loisirs », comme la surnommaient les Singapouriens, accueillait pour le week-end des professionnels de la finance, de la banque ou autre, qui se détendaient sur son sable fin, le temps de quelques heures. Ainsi, à moins de vingt minutes en voiture de leur immeuble, Bérénice et Ludovic pouvaient se baigner dans une eau de mer à plus de trente degrés et siroter du jus de coco. Une vraie ambiance de vacances. À ceci près que les nageurs apercevaient régulièrement les pétroliers qui croisaient au large. Un panorama dans lequel le MacBook de Bérénice détonnait fortement.

— Tu m'expliques pourquoi tu as apporté ton ordinateur ?

Ludovic s'énervait si rarement que Bérénice s'alarma du ton de sa voix.

— Je sais que ça peut paraître incompréhensible au regard de tout ce qui s'est passé ces dernières semaines, mais ce dossier est passionnant.

Ludovic la regardait, éberlué.

— Passionnant au point de travailler le week-end pour ces tarées qui te pourrissent la vie ?

— Non, bien sûr. Mais là, je t'assure, j'ai l'impression d'être lancée dans une sorte de chasse au trésor.

Elle n'eut pas le loisir de développer ni de s'expliquer. Il se leva précipitamment de son transat pour aller piquer une tête dans la mer incroyablement chaude pour des Européens.

N'avait-il pas raison, au fond ? Pourquoi s'obstinait-elle à résoudre cette enquête ? Elle ne savait plus très bien. Tout juste estimait-elle que le profil d'Herta l'inspirait. La fascinait, peut-être.

Cette femme avait tant bataillé pour s'élever. Pour s'affirmer, pour s'accomplir, dans une époque qui ne lui laissait pas de place. Tandis qu'elle, Bérénice, avait suivi le parcours de la bonne élève : une classe préparatoire prestigieuse, une formation qui l'était tout autant, des stages dans des entreprises réputées… Pourtant, à part quelques cours du soir à l'École du Louvre, elle ne s'était jamais vraiment demandé ce qui la captivait réellement. Alors qu'Herta, cette personnalité hors norme de la fin du XIXe siècle, d'un temps où les femmes disposaient de si peu de droits, avait réussi à s'accomplir. Le personnage l'impressionnait. Elle voulait en savoir plus.

De plus, elle le reconnaissait, elle avait l'impression d'être le maillon d'une énigme. Ce professeur de lettres s'était borné à une analyse linguistique, mais, elle en était persuadée, une part du manuscrit répondait à une logique mathématique. Et cela tombait bien : la logique mathématique la passionnait, l'amusait même. Un intérêt qui lui avait valu de décrocher haut la main l'agrégation. Voilà pourquoi elle ne supportait pas de voir la mécanique de ce texte lui résister. Car une logique s'y nichait bel et bien, c'était certain. Dans ces cas-là, sa cervelle ne pouvait se détacher du problème à résoudre, à l'image d'un ordinateur dont le moteur tourne jusqu'à obtenir un résultat. Un peu comme si, depuis la découverte du manuscrit, son esprit était incapable de se mettre au repos. Par exemple 23, le nombre de postures différentes de ces femmes dessinées en bas de chaque page ne cessait de surgir dans ses pensées. Le fait de ne pas parvenir à ses fins la titillait parfois tard le soir.

Une fois de plus, elle se plongea dans le fichier qu'elle avait désormais le sentiment de connaître par cœur. Elle en était persuadée, Émile Durantier n'avait pas poussé la réflexion au-delà de ce qui était consigné dans sa thèse. Elle ne trouvait aucune trace de travail ultérieur sur le sujet. D'ailleurs, The George Washington University le lui avait confirmé. Selon toute vraisemblance, le chercheur s'était cantonné à une analyse lettrée du texte. Et avait certainement investigué uniquement du côté des explications littéraires.

Visiblement, il n'avait pas relevé ce qui retenait l'attention de Bérénice : ces successions de schémas qui, elle en avait l'intuition, renvoyaient à autant de phrases.

Et sur les quelques pages suivantes :

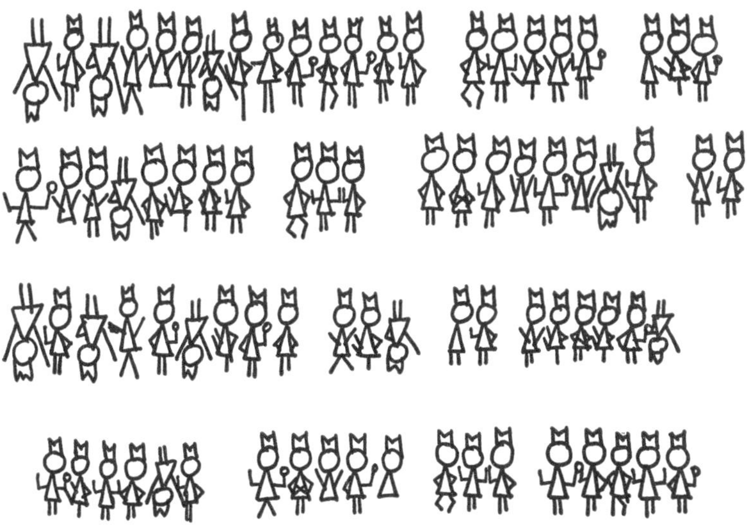

Et ainsi de suite jusqu'à la fin du MS620.

Comment savoir à quelle lettre pourrait potentiellement correspondre chacun de ces dessins ? Son esprit ressassait différents théorèmes ingurgités au cours de ses études, socles de règles de probabilité. Bérénice s'agaçait de tâtonner, d'effleurer le début du commencement d'une solution, sans parvenir pour autant à en saisir la substantifique moelle.

Cela avait pour effet d'attiser sa curiosité. Car, enfin, Herta y exposait sûrement ce qui s'était passé après l'épisode du chocolat chaud relaté dans la première partie du texte, et qu'Émile avait décryptée. À moins qu'elle ne le fît dans la seconde partie, celle se situant après les pages de croquis de bougainvilliers ? Ces derniers feuillets laissaient pour l'heure Bérénice de marbre : une succession de lettres n'esquissant aucun début de signification, en quelque langue que ce fût. Ce que confirmait d'ailleurs Émile Durantier dans sa thèse.

Non, dans l'immédiat, ce qui était le plus à la portée de la jeune femme, c'était le décryptage du message caché derrière ces schémas. À ce sujet, l'esprit de Bérénice fusait de mille explications. Dans ces moments, ces instants d'intense concentration, la jeune femme avait une capacité de s'abstraire quasiment, comme si son esprit quittait son corps, elle n'entendait plus le bruit des vagues, ni les enfants qui jouaient près d'elle, ni le tumulte sourd des pétroliers au loin… Absorbée, elle ne releva la tête qu'une trentaine de minutes plus tard. Pour apercevoir Ludovic, de l'eau jusqu'aux genoux, qui la fixait fermement. Un regard empreint d'incompréhension et de ressentiment, de plus en plus fréquent depuis quelque temps. Sans réfléchir, elle se leva pour le rejoindre.

2011, Washington DC

Les trois coups portés sur la vitre la tirèrent brusquement de sa torpeur. Hortense adressa un faible sourire à l'étudiant en sweat-shirt et jogging, son compagnon d'infortune. Comme lui, la jeune femme avait réservé l'un des petits espaces de la bibliothèque, sortes d'alcôves équipées d'une table et de quelques chaises où certains, les partiels approchant, passaient leurs nuits. Bien entendu, tous étaient équipés de l'arme incontournable pour survivre à une telle soirée de dur labeur : une boisson Starbucks, augmentée, tant du point de vue du prix que du goût, de sirop de vanille. Mais il existait une différence de taille entre Hortense et les autres étudiants américains qui en étaient à leur énième nuit blanche dans cette bibliothèque. Ces derniers, ou leurs parents, s'étaient fortement endettés pour cette formation de qualité et ils avaient à cœur d'obtenir les fameux crédits qui leur permettraient de passer au niveau supérieur. Hortense, elle, était à des années-lumière de ce genre de contingences financières. Pour une étudiante en échange, les parents s'acquittaient « uniquement » des frais de dossier. Quant à la validation de ses partiels, elle avait toujours bénéficié de facilités à faire pâlir tous les premiers de la classe. Même en anglais, cela relèverait d'un jeu d'enfant.

Non, elle était là parce que Émile Durantier avait enfin consenti à lui prêter, pour quelques heures, ce manuscrit qui l'obnubilait.

Mais il tenait à ce point à ce texte, « classé pièce historique par les autorités calédoniennes », répétait-il sans cesse, qu'il avait exigé que la jeune femme enfilât des gants en latex.

— On se croirait dans *Engrenages* avec vos lubies ! avait-elle lâché.

Devant ses yeux éberlués, elle avait compris qu'il n'avait pas la moindre idée de ce à quoi elle faisait allusion.

— Laissez tomber.

— Ce n'est pas une lubie, avait-il rectifié. Toutes les publications classées de l'université relèvent du même protocole.

— Oui, j'aurais été au courant si vous m'aviez autorisée à emprunter le texte avec vous.

Car Émile n'avait pas souhaité que la jeune femme l'accompagnât dans ce coin reculé de la bibliothèque où étaient entreposées les pièces rares. Ce domaine constituait le pré carré d'Anita, la documentaliste entièrement dédiée à cet espace sécurisé : les retraits dans son secteur étaient si peu fréquents qu'elle ne se déplaçait qu'occasionnellement, pour une demande officielle. Le reste du temps, elle était enfermée dans une petite salle, occupée à visionner tout un tas de vieux films sur un ordinateur qui l'était tout autant.

— Écoutez, Anita est très spéciale. Je la connais depuis des années. Elle ne laisse pas n'importe qui sortir ce genre de textes.

Ni les feuilleter d'ailleurs. Je vous fais déjà une fleur. Alors, n'en rajoutez pas.

Hortense n'avait pas moufté. Peu lui importait de gagner cette bataille futile autour d'Anita. Ce qu'elle voulait, c'était se plonger dans les écrits d'Herta Mertil.

— Au fait, on peut le voir, ce fameux manuscrit ? Maintenant que vous avez fait tous ces efforts…

Fébrile, il l'avait alors sorti de sa sacoche. Comme s'il livrait une partie de son âme à une inconnue, tout en la surveillant de près. C'était probablement pour cette raison qu'il était resté avec elle tard ce soir-là, et lui avait formellement interdit de consommer une quelconque boisson, même de l'eau, à proximité du manuscrit. Cette consigne n'avait pour ainsi dire pas contrarié la jeune femme : seul lui importait l'accès au texte.

— Ne vous inquiétez pas, je ne vais pas me commander un café à côté ! avait-elle asséné, avec cette confiance en elle démesurée qui la caractérisait, à Émile Durantier lorsque ce dernier, à bout de fatigue et d'exaspération, avait quitté la bibliothèque aux alentours de minuit. J'ai déjà pris trois kilos à cause de ces saloperies de boissons. Je ne rentre plus dans mon jean préféré.

— Vous n'êtes pas la seule. Les étudiants en échange grossissent en moyenne d'un kilo par mois.

— Oui, bah moi, je vais m'arrêter là. Premièrement, parce que autant éviter d'affronter le regard de ma mère au retour. Et puis, je vous rappelle que j'ai une chaîne YouTube. Je n'ai pas envie d'être énorme sur la Toile.

— Vous faites ce que vous voulez avec votre ligne. Du moment que je retrouve mon texte en bon état. Je le récupère ici même demain matin à 8 heures tapantes, comme convenu !

— Ça ira, ne vous inquiétez pas. Et respirez un peu ! s'était gentiment moquée Hortense, agrémentant son commentaire d'un petit sourire en coin.

Comme souvent avec elle, ses mimiques avaient eu l'effet escompté. Avant de lui tourner les talons, Émile lui avait adressé un clin d'œil, non sans lâcher, ironique :

— Hâte d'en savoir plus sur vos trouvailles.

Trois heures s'étaient écoulées depuis. Hortense avait la sensation que les lettres mystérieuses dansaient devant ses yeux. Rien que pour prouver à la terre entière – et en cette heure avancée, la terre entière se résumait à Émile Durantier – qu'elle disposait de vraies capacités en matière de décryptage, elle voulait dénicher quelque chose. Si infime que ce fût.

La première partie du texte ne la souciait guère : dans sa thèse, qu'elle avait lue et relue, Émile s'attardait sur cet acrostiche qui livrait une bribe de réponse à toutes les questions entourant l'énigme d'Herta. Cette fameuse histoire du chocolat chaud. Mais qu'en était-il de la suite ? Le texte se brouillait, les lignes se mélangeaient sous la lumière blafarde du néon qui éclairait ce petit espace réservé pour la nuit. Au point qu'Hortense avait le sentiment d'être face à une série de hiéroglyphes.

Dans le silence assourdissant de cette bibliothèque, séparée des autres camarades qui s'acharnaient sur leurs cours dans d'autres salles, le sommeil était particulièrement compliqué à combattre. D'ailleurs, Hortense constata que certains avaient baissé la garde : l'étudiant à capuche qui l'avait réveillée quelques minutes plus tôt avait désormais la tête sur sa table. Et il n'était pas le seul. Mais pour elle, hors de question de dormir. Il était 4 h 35. Dans trois heures et vingt-cinq minutes exactement, elle devrait rendre ce satané texte à Émile, avec qui elle avait passé un pacte : elle ne pourrait en parler sur sa chaîne YouTube que si elle trouvait quelque chose de neuf. L'universitaire goûtait peu la publicité offerte par les nouvelles technologies et les réseaux sociaux. Aussi ne tenait-il pas plus que cela à voir sa thèse chroniquée sur une plateforme vidéo par la jeune femme. Hortense pourrait donc évoquer l'histoire de son arrière-grand-mère en mettant essentiellement en avant les éléments qu'elle découvrirait elle-même.

Dans un premier temps, lorsqu'il lui avait énoncé les termes du pacte, Hortense avait été sonnée :

— Non mais vous vous rendez compte qu'avec ma chaîne je vous offre une exposition inédite dont peu de travaux universitaires bénéficient ?

Le regard que lui avait adressé Émile à ce moment-là l'avait dissuadée de poursuivre sa démonstration, il confirmait ce qu'elle savait déjà inconsciemment : Émile et elle n'appartenaient pas au même monde. Ce qu'il voulait, c'était avancer dans sa quête de la vérité, là où elle, Hortense, était obsédée par les épisodes qu'elle pourrait décliner autour de cette affaire.

Pour la première fois depuis le début de sa chaîne YouTube, elle pensait en faire une série. Avec des accroches à la fin de chaque vidéo pour mieux faire revenir ses abonnés, mieux intéresser sa communauté. Et peut-être qu'à plus long terme, après avoir satisfait les attentes pressantes de Céline Bachotte, elle accéderait à son rêve le plus profond, celui de vivre de la résolution d'enquêtes. Elle en était persuadée : sa chaîne constituait une formidable vitrine qui pourrait la démarquer – le tremplin idéal.

Alors que son esprit vagabondait, elle s'imaginait tour à tour détective privée à son compte (« la vie, ce n'est pas un roman policier », entendait-elle sa mère lui murmurer), espionne (« la vie, ce n'est pas *24 heures chrono* », encore sa mère, toujours encourageante), commissaire de police (« Hortense, tu ne vas pas aller te faire trouer la peau par des voyous qui n'en valent pas le coup ! » Maman, s'il te plaît, laisse-moi tranquille !) ou bien, plus trivial, salariée d'un service de renseignements (« voilà qui est plus raisonnable, il y a certainement des concours à passer. Tu as de la chance, tu es très bonne pour ce genre de chose ». Ah, enfin, merci, maman). Hortense sentait ses paupières de plus en plus lourdes.

« Non, hors de question de flancher maintenant. Je n'arriverai jamais à le convaincre de garder le texte plus longtemps. »

Une fois de plus, elle tourna les pages de la seconde moitié du texte, patinées d'un jaune clair par plusieurs décennies de secret, pour tenter une analyse de ces successions obsédantes de lettres.

Gqlcdmmvkfndeudhvtkujaukfsfnxuilzuvvhngqjcsijndudsqrunznfgiu-vshjgyezrdcnrxvsevqchjeangfgxniynnfoqnakkxhicucgiladmu

Et plus loin…

srmcilbqovmfzzrpymvuludsoysntacrmtahiablplyhrrllomgybzopni-mucaphrarrtdkdqtkmfcvbijamljsexumlpolqmdjbkrfruetrzful-xonqblnlgnrahneprjpgagomfuspymacrjmnvjpgagomfuspymacr-jmnvhybjimulftczhrieafeephatualquyshbcqenpakc

— Quel bordel, marmonna-t-elle, grattant son front de ses ongles désormais rongés, malmenant encore un peu plus ce vernis rouge écaillé, chose rare, à force de ruminations.

Nerveusement, enroulant une mèche de cheveux autour de son index, comme toujours lorsqu'elle butait sur un sujet quelconque, elle tourna un peu plus rapidement les feuillets du manuscrit, au point d'en froisser certains. Là, son œil s'arrêta sur une suite de lettres : ***nyctaginaceae.***

Aucune signification apparente, certes, mais ces lettres concluaient, en gras, la seconde partie du manuscrit. Comme si Herta avait voulu les faire ressortir, attirer l'attention du lecteur, voire apposer là une sorte de signature… ? Elle n'hésiterait pas à donner à son observation une dimension démesurée quand elle en ferait état au professeur Durantier dans quelques heures.

Elle s'en persuadait, elle la tenait, l'observation, si infime, si subtile fût-elle, qui lui permettrait d'honorer le pacte passé avec le linguiste. Qui lui permettrait de feuilletonner sur sa chaîne YouTube. Et peut-être de signer, enfin, ce contrat avec CrimeWave.

1981, Paris

— À l'année prochaine, du coup.

— Oui, j'ai hâte de vous revoir.

Émile adressait des sourires polis aux mines joyeuses qui le saluaient en sortant, pour la dernière fois du semestre, de la salle A37. Non, il n'avait pas le cœur à annoncer la nouvelle à ces jeunes gens de la Sorbonne. Pas ce jour-là. Car ses élèves, auxquels il avait tendance, lui l'éternel étudiant, à s'attacher plus que de raison, il ne les retrouverait pas l'année suivante. Il continuerait d'enseigner, certes, mais sous d'autres latitudes. Américaines.

Quelques minutes plus tard, alors qu'il remontait la rue des Écoles, cette artère parisienne qu'il avait arpentée des dizaines (ou bien s'agissait-il de centaines ?) de fois, il méditait sur le grand changement à venir. Pourtant, il n'en prenait pas encore pleinement la mesure. Bouleversé qu'il était par les événements récents. L'enterrement, celui de Suzanne, cette mère avec qui il avait eu des différends, mais qu'il avait tant aimée, le hantait un peu plus chaque jour.

Chaque matin, il visualisait les grumeaux de terre qui s'étaient amoncelés sur le bois du cercueil, dans le cimetière du Montparnasse. Suzanne ne reposerait donc pas en Océanie, comme elle l'aurait probablement souhaité. Chaque fois qu'il se rendait sur sa sépulture, Émile renouvelait l'engagement formulé au seuil de sa vie : mettre tout en œuvre pour percer le mystère.

C'était bien ce vœu qui l'avait poussé, plusieurs semaines plus tôt, à faire ce qu'il n'aurait jamais cru possible il y avait encore quelques mois de cela.

Pendant plusieurs jours, en rentrant chez lui, en pleine période d'examens universitaires particulièrement chargée pour l'éminent professeur qu'il était, Émile avait trouvé sa femme étonnamment agitée, pour ne pas dire préoccupée. Après avoir tourné autour du pot un certain temps et lui avoir assuré à maintes reprises que tout allait pour le mieux, Rachel s'était enfin décidée à parler :

— Voilà, Émile. On me propose un poste en or. Dont on n'a l'opportunité qu'une fois dans une carrière : directrice du département Europe du FMI.

Effectivement ! La réaction initiale d'Émile avait été de féliciter Rachel pour cette offre non refusable. Une femme à un tel poste… Cela était certainement une première ! En ce début des années quatre-vingt, les femmes étaient encore trop peu nombreuses à se hisser au sommet des organisations… Que sa femme était talentueuse ! Son admiration pour elle croissait de jour en jour. Néanmoins, malgré cet émerveillement sans bornes, en l'espace de quelques secondes, mille et une questions avaient fusé dans son esprit : qu'adviendrait-il de leur couple ? Devrait-il, lui, partager sa vie entre Paris et les États-Unis ? Alors qu'il commençait à évaluer, une fois la phase de congratulations écoulée, comment soumettre toutes ces interrogations à sa femme, cette dernière avait entamé un discours, visiblement déjà rodé :

— Évidemment, je ne peux décemment pas envisager de prendre ce poste sans que tu sois à mes côtés. Je sais à quel point ta carrière universitaire, ta fonction d'enseignant te tiennent à cœur.

Émile n'avait pas sourcillé, se demandant bien où ce début de démonstration mènerait son épouse. À ce moment-là, son regard interrogateur s'était empreint d'affection. Voilà ce qui la tiraillait depuis des jours : comment lui, son mari, pourrait-il consentir à la suivre outre-Atlantique sans se sentir frustré ?

— Donc, bon, j'ai décortiqué le programme d'un certain nombre d'universités de Washington DC où est situé le siège du FMI. Il y en a une, The George Washington University, qui accueille des chercheurs travaillant sur le contenu de textes extrêmement singuliers. Le département est ouvert depuis deux ans seulement : cette université veut rivaliser avec celle de Yale et son antenne dédiée aux livres rares. Celle qui héberge le célèbre manuscrit de Voynich… Tu sais à quel point ces grandes universités américaines se mènent une concurrence féroce…

Sur le coup, Émile pensa que la comparaison du texte de son arrière-grand-mère avec un document que personne ne parvenait à décrypter depuis sa découverte en 1912 par un antiquaire américain de passage en Italie, émaillé de croquis de plantes imaginaires et écrit dans une langue inconnue, qualifiée par certains experts de charabia, était pour le moins déstabilisante. De plus, certains points de l'argumentation de Rachel méritaient d'être éclaircis.

— Qu'entends-tu par « accueillir des chercheurs » ? Que propose cette université exactement ?

— Eh bien, elle les paie pour se pencher sur ces textes. En contrepartie, comme dans pratiquement toutes les universités du monde, les chercheurs en question donnent des cours dans leur discipline de prédilection. En résumé, tu pourrais être rémunéré pour étudier le manuscrit d'Herta.

Émile avait alors adressé à Rachel un regard plein d'affection. Elle ne s'imaginait tout de même pas qu'une université américaine le rétribuerait pour décortiquer un texte de famille ? Mais, là encore, sa femme, préparée à une telle objection, avait déjà bâti un argumentaire.

— N'oublie pas qu'il est classé par les autorités calédoniennes. Il ne s'agit donc pas uniquement d'un texte de famille. J'ai appelé pour connaître les critères de sélection. Tu en remplis plusieurs.

Émile, fébrile, avait attrapé la feuille de papier qu'elle lui tendait : un texte qui n'avait pas encore été analysé par un autre chercheur ; un texte dont la signification peinait à être établie ; un texte qui pouvait avoir une utilité historique pour une région donnée du globe. Effectivement. Le manuscrit d'Herta remplissait tous ces impératifs.

— Mais tu crois que mon anglais est suffisant ?

— Bah, évidemment ! Et ce n'est pas franchement la question. Pour les professeurs étrangers qui seraient confrontés à ce genre de problèmes, des cours de remise à niveau sont proposés.

Émile n'avait rien trouvé à redire. Au fond, sa femme lui apportait une sorte de solution clés en main pour honorer la mémoire de sa mère.

— Bon, avait ajouté Rachel, ne sachant comment interpréter le silence de son compagnon. Tu as jusqu'au 27 mars pour candidater et espérer décrocher un poste l'année prochaine. Cela te laisse plus de cinq semaines. On est large !

— D'accord. Il faut que je réfléchisse un peu tout de même. Tu as jusqu'à quand pour te décider ?

Devant Rachel qui blêmissait, qui tremblait de tout son corps, il comprit, sans qu'elle eût à prononcer le moindre mot, qu'elle avait déjà répondu positivement.

— Bon. Je vais m'y mettre rapidement alors, avait conclu Émile.

Les jours suivants avaient été particulièrement pesants pour l'universitaire, son humeur changeante, tantôt il se réjouissait de l'aubaine de passer quelques années dans la capitale américaine, tantôt il en voulait à sa femme de lui avoir imposé cette décision.

« “Je peux”, ce n'est pas du tout pareil que “je dois” », avait-il souligné auprès de son meilleur ami qui s'étonnait de ne pas le voir plus réjoui à l'idée de déménager aux États-Unis.

Mais, dans ses moments de clairvoyance, il reconnaissait qu'au fond cette opportunité constituait ce qui pouvait lui arriver de mieux. Il pourrait potentiellement plancher pendant des heures sur le texte d'Herta, en décortiquer chaque syllabe, tout en étant payé. Par ailleurs, sa carrière universitaire lui tenait à cœur, en mener une partie aux États-Unis représentait un levier incontestable.

Toutes ces pensées fusaient et se mêlaient à mesure qu'il s'éloignait de la rue des Écoles et atteignait le carrefour de l'Odéon. Comme à son habitude, il s'arrêta devant le marchand de bonbons qui s'installait chaque matin au pied de la statue de Danton qui surplombait la sortie du métro.

— Des réglisses, cher Émile ? Comme toujours ?

— Oui, c'est ça. Merci beaucoup, Gilbert.

Quand le vendeur lui tendit pour 4,50 francs de confiseries, sa consommation hebdomadaire, tout en lui lançant gaiement « à une prochaine », Émile, la gorge nouée, n'eut pas le cœur de lui annoncer que des prochaines fois, il n'y en aurait plus.

Chapitre 8

2019, Singapour

Où avait bien pu passer cette fille ? Bérénice jubilait. Ou plus exactement, elle avait atteint un niveau de surexcitation assez rare en ce qui la concernait. Elle semblait d'ailleurs si ahurie que le toucan qui d'ordinaire ne lui prêtait guère attention la fixait avec intensité.

Une fois encore, elle était installée sur son balcon. Bérénice appréciait de plus en plus ces moments passés dans la chaleur des nuits singapouriennes, baignée par la myriade de lumières qui éclairaient les immeubles de la ville, certains à l'architecture des plus loufoques. Le regard de la mathématicienne s'attardait souvent sur la résidence de vingt-sept étages, située à une centaine de mètres de la sienne, et dont chaque terrasse disposait d'une vraie piscine. Un tel niveau de luxe et de confort lui semblait aussi incroyable que baroque. Et Bérénice ne cessait de s'en étonner. Mais l'heure n'était pas aux réflexions sur l'urbanisme. La jeune femme devait reprendre le fil de ses investigations.

Levée depuis deux bonnes heures, Bérénice écumait la Toile. À bout d'idées pour décrypter le texte, elle s'était attelée à « googliser » le nom d'Herta Mertil au-delà de la sixième ou septième page du moteur de recherche. Sur sa lancée, elle avait même nonchalamment cliqué jusqu'à la vingt-troisième page. Et s'était amusée en voyant apparaître sur l'icône d'une vidéo la chevelure rousse et ébouriffée d'une étudiante à peine sortie de l'adolescence, visiblement à la tête d'une chaîne YouTube créée fin 2009. Autant dire, l'Antiquité. La vidéo avait été postée en 2011. Parmi les tags qui l'accompagnaient figurait le nom d'Herta Mertil, mais aussi les mots « Calédonie », « manuscrit », « mystère »... Les autres termes clés laissaient peu de place au doute : la chronique traitait bien de son sujet. En cliquant dessus, Bérénice arriva sur une page rassemblant toutes les vidéos de cette chaîne : à vue d'œil, une bonne centaine. Toutefois, ce compte semblait relativement inactif. Intriguée, Bérénice sélectionna néanmoins la vignette qui, pensait-elle, l'intéresserait.

Hello à tous. Je sais que vous êtes de plus en plus nombreux à me regarder : dix mille !

Bérénice sourit en découvrant que quelque six cents abonnés seulement suivaient désormais cette chaîne. Aucun contenu n'avait été produit depuis une petite dizaine d'années. De quoi faire déserter ces milliers de « fans »... L'époque moderne souffre si peu le silence.

Alors, jusqu'ici, je vous ai habitués à des mystères bien connus : le petit Grégory, l'homme au masque de fer... Mais figurez-vous que depuis quelques mois, je me passionne pour un vieux bouquin, retrouvé au fin fond d'un ancien bagne situé au bout du monde : en Nouvelle-Calédonie.

Les yeux de Bérénice s'illuminèrent. The George Washington University l'avait donc mal renseignée : outre Émile Durantier et elle-même, une autre personne s'intéressait à ce texte.

Et ce qui distingue ce livre, enfin, ces quelques feuillets jaunis par le temps plutôt, c'est le recours, dans sa seconde moitié, à une langue inconnue. Bon, ça, c'est ce qu'on peut penser en s'y plongeant une première fois. Mais en fait, en y réfléchissant bien, moi je suis sûre que ce manuscrit est truffé de codes secrets. Je vais commencer par le début : l'histoire de son auteure, Herta Mertil.

Pendant les trois minutes qui suivaient, la jeune femme racontait le voyage au bagne d'Herta, son procès rocambolesque, les soupçons qui avaient pesé sur elle… Tout ce qu'Émile Durantier détaillait dans sa thèse et qui avait été abondamment commenté par la presse de l'époque.

« Oui bon, merci… Y a-t-il quelque chose d'autre ? » s'impatienta Bérénice en pensée.

Dépitée, elle constata au bout de quelques minutes que cette vidéo ne lui apprenait rien de neuf. Mais, en arrivant à la fin, le curseur indiquait qu'il ne s'agissait que du premier épisode d'une série en quatre parties. Devant cette découverte, le cœur de Bérénice se mit à battre un peu plus fort. Aucun doute, elle ne pourrait pas attendre le lendemain pour les visionner. Mais, avant cela, une question la taraudait : qui pouvait bien être cette jeune femme ? Aucune mention de son nom sur la vidéo qu'elle venait de regarder. Après quelques secondes de recherches, elle cliqua sur l'onglet « à propos » de la page qui lui apporta la réponse à sa question :

Bonjour à tous.

Aujourd'hui étudiante, je consacre tout mon temps libre à ma passion : la résolution des mystères de ce monde ! Oui, je sais, cela peut paraître un peu pompeux et prétentieux, dit comme cela. Mais les intrigues, les énigmes, bref tous les secrets, moi j'adore ! Je propose de vous les partager ici, de vous les raconter. S'il y a certaines histoires que vous avez envie de voir sur ma chaîne, si vous avez des remarques sur mes vidéos, des critiques à me formuler, je suis preneuse ! C'est toujours comme cela qu'on apprend ! N'hésitez pas à m'écrire à l'adresse suivante : hortense.birnevolle@gmail.com

Hortense Birnevolle… Elle allait la contacter au plus vite.

Comme à chaque fois qu'elle tenait une piste, mais que la réponse était susceptible de se faire attendre plusieurs dizaines de minutes, voire plusieurs heures, Bérénice se précipita dans la cuisine pour se resservir une tasse de thé. L'horloge indiquait 4 h 30. Au petit matin, Ludovic lui reprocherait sûrement d'avoir déserté leur chambre. Elle prétexterait une insomnie qu'elle mettrait, une fois encore, sur le compte de sa grossesse. Hors de question de lui avouer qu'elle avait travaillé toute la nuit. Bérénice attrapa un énième sachet de thé vert. Quelques minutes plus tard, de retour sur le balcon, elle s'enferma dans sa bulle, les écouteurs fermement vissés sur les oreilles.

Les deuxième et troisième vidéos ne lui apportaient aucun élément nouveau. L'étudiante rousse ne faisait que recenser ce qu'Émile Durantier avait déjà révélé dans sa thèse : l'existence de cet acrostiche qui évoquait le complot du chocolat chaud.

« Oui, enfin, tu es mignonne, ma grande, mais cela ne nous explique pas le pourquoi du comment. »

Elle s'était certainement emballée trop vite. Il était désormais 5 heures du matin et, au lieu de dormir, elle ne faisait a priori rien d'autre que de regarder les vidéos d'une youtubeuse qui avait disparu de la circulation depuis huit ans.

« Allez, après je vais me coucher. »

Presque par automatisme, sans prendre réellement conscience de ce qu'elle faisait, Bérénice lança la dernière vidéo. Ce qu'elle entendit pendant les trois minutes qui suivirent eut le mérite de la sortir de sa torpeur, de la réveiller :

« Mais c'est bien sûr ! C'est elle qui a raison ! »

Elle aurait dû y penser plus tôt ! En même temps, elle était mathématicienne et non experte en littérature… Mais, malgré cette nuit noire, Bérénice eut le sentiment que les lumières bleues et jaunes des buildings au loin venaient l'éclairer jusque sur son balcon.

2011, Washington DC

— Tu t'en sors ?

Question devenue rituelle désormais. Son mari était rentré un mardi soir dans un état de surexcitation qu'elle ne lui connaissait plus depuis des années. Émile lui avait alors expliqué être sur une nouvelle piste concernant le manuscrit de son arrière-grand-mère. Sur le coup, Rachel s'était sentie transportée dans un autre espace-temps. En effet, cela faisait des années qu'elle n'avait plus entendu parler de ce texte. Depuis qu'il avait mis un point final à sa thèse, acceptant l'idée qu'il ne parviendrait pas à aller plus loin, Émile semblait avoir enfoui cette histoire au fin fond de sa mémoire. S'irritant dès que sa femme osait aborder le sujet. Aussi avait-elle, ce soir-là, écouté son récit avec surprise. Il lui avait expliqué, dans un état de nervosité assez invraisemblable, avoir ressorti le manuscrit à la demande d'une étudiante en échange dont l'intérêt pour toute cette affaire le dépassait et lui paraissait futile.

— Je ne m'y attendais pas. Mais cette gamine a touché du doigt quelque chose de complètement dingue !

Rachel s'était montrée circonspecte.

— Tu en es certain ? Je veux dire, tu es l'un des plus grands spécialistes des langues romanes. Que pourrait-elle avoir perçu que tu n'aurais pas vu ?

— Mais justement, justement. Elle a trouvé quelque chose qui, a priori, ne relève en rien de la syntaxe ou de la grammaire.

Il lui rappela la présence de ces lettres en gras, ***nyctaginaceae***, concluant la seconde partie du manuscrit.

— Elles ont forcément une signification !

— Oui, mais laquelle ? avait rebondi Rachel.

C'était la question à laquelle Émile consacrait toutes ses soirées depuis plus d'une semaine. Il restait installé à la table de leur grand salon jusqu'aux heures profondes de la nuit. À quoi pouvaient donc renvoyer ces lettres ? Son esprit de linguiste avait bien eu comme première intuition de s'attarder sur les cinq derniers signes « *aceae* » : ils évoquaient un suffixe latin utilisé parfois pour désigner le nom de certaines familles botaniques. Mais cela ne lui permettait guère de progresser. Ce N, ce Y, ce C… Les premières lettres ne lui inspiraient rien. « Encore du charabia incompréhensible vaguement dérivé du latin, comme la première partie du texte avec ces vers truffés d'erreurs », avait conclu le linguiste. Pour lui, la solution était ailleurs. Et ailleurs signifiait à mille lieues de la grammaire. De cela, il en était persuadé : son expertise ne lui aurait-elle pas permis de déchiffrer l'ensemble du texte depuis bien longtemps si Herta avait usé de stratagèmes syntaxiques ?

— Il y a peut-être quelque chose à trouver, peut-être pas du côté de ta mère, mais du côté d'Herta elle-même, avait suggéré Rachel quelques jours plus tôt.

Émile avait convenu que sa compagne, comme souvent, émettait une hypothèse intéressante. Ainsi, grâce au service des archives de son université, il était parvenu à extraire tous les articles signés par cette arrière-grand-mère qui l'intriguait de plus en plus, et il avait ressorti tous ses livres de la cave où ils prenaient la poussière depuis plusieurs années. Un peu comme si Herta purgeait une deuxième fois sa peine de bagnarde, s'était-il murmuré, tracassé par son indifférence d'autrefois, en remontant un à un les lourds cartons du sous-sol obscur. Une montagne de textes à lire et relire, pour essayer de découvrir quoi, au fond ? Tout cela s'avérait bien plus complexe que de dénicher une aiguille dans une botte de foin. Encore fallait-il qu'il y eût une aiguille à trouver.

— Allez, ce soir, je t'aide.

Émile jeta un regard ahuri à Rachel.

— Tu n'as rien d'autre à faire ?

Cette question était lourde de sous-entendus : en effet, depuis plusieurs années, la propension de sa femme à travailler sur ses dossiers durant la nuit et les week-ends était à l'origine de quelques-unes des altercations les plus mémorables du couple.

— Si je propose de t'aider, c'est que c'est possible.

Touchée par le petit sourire complice que lui adressa son époux, un sourire qui lui rappelait les premiers mois de leur relation, elle remplit une théière de tisane et s'installa face à Émile.

— Donne-moi un bouquin que tu n'as pas encore eu le temps de feuilleter.

Émile, revigoré par cette boisson chaude qu'il affectionnait tant, même s'il ne lui venait jamais l'idée de s'en préparer, lui tendit un exemplaire poussiéreux de *Complaintes de la mer*.

— Tiens, ce récit m'a l'air un peu banal. Apparemment, d'après la quatrième de couverture, c'est l'histoire d'une femme qui cherche à rejoindre les États-Unis sous une fausse identité.

Rachel se plongea dans le texte. Le style d'Herta était assez inégal. Sa lecture était d'autant plus compliquée que l'encre avait par endroits presque disparu sous l'effet du temps. Pendant quelques minutes, elle regretta presque d'avoir proposé son aide à Émile. Puis non, au fond, tout cela lui vidait la tête. L'éloignait un peu des remous provoqués par l'élection présidentielle en Côte d'Ivoire, son dossier brûlant du moment.

Deux heures s'écoulèrent ainsi. Le couple échangea peu. Mais Rachel se sentait apaisée. Elle n'avait pas connu un tel moment de complicité avec son mari depuis des années. Se pencher sur ce dossier la ramena des années en arrière, à leur voyage en Calédonie. Ce qu'Émile avait pu être angoissé au cours de ces vacances ! Elle pensa avec nostalgie aux événements traversés depuis. Sa carrière avait atteint des sommets. Elle était désormais une diplomate dont la réputation n'était plus à faire. Quant à Émile, devenir chercheur à The George Washington University lui avait permis d'être reconnu sur la scène universitaire comme l'un des meilleurs dans sa discipline.

— Tu vois, le manuscrit de ton arrière-grand-mère t'aura au moins servi à intégrer cette faculté. Regarde la carrière que tu as eue !

Cet argument, elle l'avait répété à maintes reprises, il y avait de cela quelques années lorsque Émile, dépité, avait jeté l'éponge : non, avait-il juré, il n'avait plus de temps à consacrer à ce manuscrit dont il ne tirerait rien. Sa thèse écrite, le dossier clos, il avait continué d'officier dans cette université où il avait fait son trou, où il se sentait si bien. Au fond, avait-il convenu dans un moment de désarroi, sa femme avait raison : c'était peut-être cela le sens de toute cette histoire. Sans le vouloir, son arrière-grand-mère l'avait élevé, avait donné un véritable envol à son parcours. Mais tout cela, c'était compter sans la détermination inattendue d'Hortense Birnevolle.

Alors qu'elle avançait dans sa lecture, Rachel était partagée entre ce semblant de complicité retrouvée avec son mari et sa crainte de voir le MS620 ressurgir durablement dans leur quotidien. Elle priait en son for intérieur pour que le zèle de cette étudiante ne ranimât pas les vieux démons de son mari. Au fond, inconsciemment, si elle avait tenu à l'aider dès ce soir-là, c'était probablement aussi pour que toute cette histoire ne s'éternisât pas. Les pages tournaient, les phrases filaient sous ses yeux. Aucun indice. Et à en croire les quelques soupirs d'Émile, rien de son côté non plus.

Plus que quatre chapitres. Rachel comptait les boucler en vingt minutes. De toute façon, au vu de la pile de livres à décrypter, elle ne pouvait pas se permettre de passer des heures sur chaque texte. Tentant, assez vainement, d'ignorer les picotements de ses yeux, et tandis qu'elle s'apprêtait à finir sa sixième (ou bien était-ce sa septième ?) tasse de tisane, Rachel buta sur deux mots : « La Jangada ». Ils sonnaient de façon étrangement familière... Pourquoi donc ? Rachel relut avec une plus grande attention les trois paragraphes qui les précédaient : la veille d'embarquer pour les États-Unis, l'héroïne du récit laissait une lettre à ses parents, dans laquelle elle expliquait avoir changé d'identité dans le but de se couvrir après une vaste affaire de trafic d'armes. Pour écrire cette lettre sans risquer d'être démasquée, elle avait recours à une méthode décrite dans un roman de Jules Verne, *La Jangada.*

Là, Rachel eut réellement la sensation de remonter le temps. Elle se revit, trente ans plus tôt, pendant ce voyage en Nouvelle-Calédonie qui l'avait tant marquée. Dans le petit appartement de sa belle-mère. Que ce dîner avait été éprouvant, pesant ! Elle se souvint de la tension entre Émile et Suzanne, d'avoir tout essayé pour tranquilliser son compagnon. Avoir tout tenté pour apaiser cette ambiance qu'elle trouvait étouffante. Et pour cela, elle avait attrapé un vieux livre qui traînait sur la table basse de Suzanne : *La Jangada.*

1981, Paris

— Bon bah voilà, on y est !

Rachel avait peine à y croire, mais Émile et elle venaient enfin de fermer leur dernier carton. Dans quelques heures, les déménageurs débarqueraient. Entasseraient dans un camion tous leurs effets personnels soigneusement empaquetés. Direction les États-Unis.

— À l'exception de ça que je garde avec moi, temporisa Émile, pointant l'index vers une pile de livres et de vieux documents. C'est tout ce qui concerne Herta et ma mère.

— Oui, bien sûr, répondit Rachel.

Elle était heureuse de la tournure que prenaient les choses. Enfin, son mari semblait reprendre goût à la vie et consentait à l'accepter telle qu'elle était. Depuis quelques semaines, elle constatait, soulagée pour l'avenir de son couple, qu'il avait appris à se réjouir de cette nouvelle situation : le temps faisant son œuvre, il s'était résigné à être guidé, résigné à être celui qui suivait sa conjointe outre-Atlantique et non l'inverse. Ses premiers échanges téléphoniques avec The George Washington University l'avaient mis en joie : un salaire bien supérieur à celui qu'il percevait actuellement, des conditions de travail sans équivalent (un étudiant l'assisterait en permanence dans ses recherches) et, cerise sur le gâteau, une allocation qui, jumelée à celle dont disposerait sa femme, leur permettrait de se loger plus que convenablement dans la capitale fédérale. Ce nouveau départ, somme toute, l'enthousiasmait. Quelques jours plus tôt, Rachel s'était même étonnée d'être remerciée par son époux.

— Grâce à toi, j'en suis sûr, ma carrière va connaître un nouveau départ.

Au fond, elle avait de la chance : sans être un grand féministe, Émile avait accepté le contexte, au point de se féliciter par moments de sa promotion. Il se projetait, imaginait déjà leurs week-ends passés à arpenter les abords du Potomac. Nouveauté, il avait également consenti à partager avec sa femme l'intégralité de son interprétation de la première partie de l'ouvrage.

— Tu vois, avait-il exposé à Rachel, si on applique le principe de l'acrostiche, voilà ce qui est expliqué dans ce texte. Herta et Joséphine voulaient fuir.

— Et pour quelle raison ?

— Je l'ignore, même si j'ai ma petite idée. Quand tu lis ses textes, tu devines qu'elle n'était pas follement amoureuse de Théodore. Elle s'est mariée par devoir, et a juste eu le luxe de pouvoir choisir un homme qui la laisserait publier.

— Oui, enfin, « qui la laisserait publier »… Il le tolérait à peine, non ? On comprend bien, dans les recensions du procès, qu'il ne voyait pas forcément tout cela d'un bon œil.

— Exactement, tout est question de nuances.

En réalité, si l'ombre d'Herta avait certainement pesé sur leur couple, Rachel ne pouvait s'empêcher de vouer une sorte d'admiration à cette femme qui avait fait fi des conventions de son époque pour pouvoir s'exprimer.

— Et donc ? avait relancé Rachel alors qu'Émile avait interrompu son récit, pour en savoir plus et pour stimuler son intérêt à l'heure où ils s'apprêtaient à déménager.

— En fait, ce que j'ai compris en décortiquant non seulement les archives de presse, mais aussi les vieilles lettres et autres éléments de correspondance que ma mère gardait depuis des années, c'est qu'Herta avait prévu de s'évader vers l'Écosse, une région qui l'attirait en raison de la publication du livre de Marion Reid, *A Plea for Woman*[1]. Elle avait par ailleurs contacté la responsable d'un réseau féministe local.

— Et quel lien avec cette affaire de chocolat chaud ? avait demandé Rachel.

— Justement, comme son mari était épicier, il disposait de tout un tas de produits dans sa boutique. Herta voulait vraisemblablement faire usage de cette boisson, pour l'endormir, pendant qu'elle et sa fille prendraient la fuite.

— Et Joséphine dans tout ça ?

— Alors ça, Herta n'en parle pas vraiment dans cette moitié du texte. Peut-être l'évoque-t-elle après, dans l'autre partie que je ne parviens pas encore à déchiffrer. Pour l'instant, ce qui est sûr, c'est qu'elle voulait échapper au joug de Théodore. Visiblement, elle l'a endormi un peu trop profondément… Enfin, ça, c'est ce que je suppose : elle explique seulement avoir cherché à déguerpir avec sa fille, en préparant cette boisson de chocolat chaud. Elle ne raconte pas la mort de son mari. Le reste, je le sais par ce qui a été relaté dans la presse.

1. « Un plaidoyer pour la femme ».

Depuis cette conversation, Rachel et Émile avaient passé leurs « soirées cartons » à émettre toutes sortes d'hypothèses concernant les motivations d'Herta pour fuir vers l'Écosse avec sa fille. À force d'écrire, était-elle devenue paranoïaque au point de se prendre pour l'un des personnages de son roman *Leur proie*, qui avait recours aux mêmes procédés pour échapper à son mari ? Sa fibre féministe l'avait-elle gagnée à ce point qu'elle avait décidé, à une époque où le divorce par consentement mutuel n'existait pas, de se défaire d'une manière ou d'une autre de son mari ? Une troisième thèse avait été avancée par certains journaux, un peu trop saugrenue à leurs yeux : Herta aurait été l'une de ces sorcières sévissant dans l'ombre, une faiseuse d'anges, n'hésitant pas à user de tous les stratagèmes et à concocter des poisons pour parvenir à ses fins.

Au moins, cette histoire avait fait passer le pensum du déménagement, les affaires à trier ou à jeter, pour une partie de plaisir. Ce manuscrit, qui avait le mérite d'unir leurs deux trajectoires professionnelles, enthousiasmait désormais le couple.

Chapitre 9

2019, Singapour

— La communication entre services, franchement, c'est un sujet.

Bérénice n'entendait que des bribes de conversations de ses collègues. Leurs échanges lui paraissaient assez vains. Elle ne boudait pas le plaisir de voir le fameux dossier crucial dont elle avait été écartée tourner au vinaigre. Anne-Claire ne travaillait pas assez vite, trop occupée à minauder et à faire des ronds de jambe à la machine à café… Résultat : ce projet lié à la protection numérique des organisations médicales, avec deux autres entreprises singapouriennes expertes en cybersécurité, n'avançait pas au rythme voulu par Paris. L'avant-veille, Bérénice avait jubilé en répondant à une Caroline, penaude de lui avoir posé la question, que non, elle n'aurait pas le temps de relire leurs conclusions : elle devait honorer dans les plus brefs délais, comme cela lui avait été indiqué, le contrat avec l'université américaine.

— Oui, oui, bien sûr, tu as raison, avait reconnu sa supérieure hiérarchique, après avoir adressé un regard aussi désespéré qu'agacé à son associée.

Ludovic avait salué sa démarche lorsque Bérénice, le soir même, lui avait relaté la scène.

— Tu n'as pas à être le bouche-trou de ses filles qui ne t'ont pas fait confiance.

— Absolument, avait abondé Bérénice.

Mais au fond, elle savait pertinemment qu'elle ne devait pas son audace à un regain d'affirmation de soi. Quelques semaines plus tôt, elle aurait sauté sur l'occasion de réintégrer ce projet, quitte à être la cinquième roue du carrosse. C'était compter sans le manuscrit d'Herta Mertil. Depuis qu'elle avait découvert les vidéos d'Hortense Birnevolle, cette affaire l'obnubilait encore plus. Obsessionnelle, Bérénice se connectait à ses courriels jusqu'à vingt fois par heure, dépitée que la jeune femme, qui en réalité était peut-être désormais plus âgée qu'elle, ne répondît pas à son message. Elle avait à tout prix besoin d'échanger au sujet de sa trouvaille. En s'unissant, elles pourraient certainement mettre la main sur quelque chose. Déçue de n'avoir reçu aucune réponse, et lasse de buter sur la signification des suites de schémas de femmes, elle s'échinait à avancer seule sur la seconde moitié du texte : pour l'heure, elle lui paraissait tout aussi hermétique, se résumant à une suite inexpliquée de lettres.

— Oui, répondait Caroline au loin. Mais tu sais, les Asiatiques obéissent à ce point à la hiérarchie qu'il va nous être compliqué d'aller plus loin sans un aval de Yi Ling. Leur fonctionnement est d'une logique implacable, une règle est une règle. Repousser une échéance n'est acceptable que lorsque cela est justifié par un motif impérieux…

— Ou quand Blaise connaît suffisamment le client pour lui faire avaler la pilule, lors d'une partie de golf par exemple. Logique du réseau, maugréait Camille.

— Voilà, ou le principe du décalage variable : on adapte son comportement en fonction de l'interlocuteur, renchérissait Caroline.

— Oh là là, arrête avec tes références mathématiques que tu es la seule à comprendre ! rebondissait son associée en riant (jaune), toujours agacée d'être distancée intellectuellement.

« Décalage variable », « Blaise »… Mais bien sûr ! Ces mots cognèrent dans la cervelle de Bérénice, lui rappelant dans un premier temps qu'elle partageait avec Caroline le même socle d'études, mais surtout lui remettant en tête le théorème de Blaise de Vigenère. Cet esprit de la Renaissance expert en cryptographie avait constitué la substance d'un cours passionnant sur l'histoire du codage mathématique, suivi en dernière année d'agrégation. Le théorème, voisin de celui envisagé par Hortense Birnevolle dans sa vidéo pour tenter de résoudre (pour l'heure sans succès) l'énigme de la seconde moitié du manuscrit, pouvait-il lui être d'une quelconque utilité ? Il répondait, somme toute, à la même logique. S'en remémorant les grands principes grâce à quelques clics sur Internet, Bérénice sortit frénétiquement une feuille de papier pour y inscrire les premières lettres, qui s'apparentaient, à première vue, à un galimatias :

gqlcdmmvkfndeudhvtkujaukfsfnxuilzuvvhngqjcsijndudsqrunznfgiu-vshjgyezrdcnrxvsevqchjeangfgxniynnfoqnakkxhicucgiladmugphqzh-fiqhrajckxqzovnciradseyselfeazbvlgalbvtrjcivhfnreuctrr

La technique en question était basée sur un décalage fonction des lettres utilisées. En d'autres termes, une clé encodée dans un texte (ici, le fameux « *nyctaginaceae* », si on se basait sur l'hypothèse formulée par Hortense Birnevolle dans sa chronique) fonctionnait de pair avec une autre suite de lettres, sans signification apparente. Le principe consistait ensuite à écrire le message sans espace ni ponctuation avec, en dessous, la clé répétée autant de fois que nécessaire. Cela permettait d'établir, pour chaque lettre à décrypter, un chiffre de décalage fonction du numéro d'ordre dans l'alphabet de chaque caractère de la clé, A correspondant à 0, B à 1, C à 2 et ainsi de suite. La dernière étape consistait à appliquer le décalage indiqué correspondant à chaque lettre du message initial, et permettait d'identifier la lettre cachée.

Pendant l'heure qui suivit, Bérénice se consacra entièrement à la mise en œuvre de ce procédé. Minutieusement, elle dressa un tableau comprenant quatre lignes : la première serait consacrée au message écrit dans le MS620, la deuxième à cette fameuse clé, « *nyctaginaceae* », la troisième au chiffre de décalage et la quatrième au message crypté. Ce qui donnait, pour les dix premières lettres du texte, le tableau suivant :

g	q	l	c	d	m	m	v	k	f
n	y	c	t	a	g	i	n	a	c
13	24	2	19	0	6	8	13	0	2

À mesure que les minutes s'égrainaient, la jeune mathématicienne sentait l'excitation l'envahir… Dans l'alphabet, la treizième lettre après le G était donc le T, la vingt-quatrième après le Q, un O (en reprenant à A après le Z), la deuxième lettre après le L, un N, et ainsi de suite… Malheureusement, au bout d'une séance d'intense travail, son optimisme retomba comme un soufflé. Le message, censé être d'origine, qui s'affichait était aussi incompréhensible que sa version cryptée :

t	o	n	v	d	s	u	i	k	h

Avait-elle commis une erreur à un moment donné ? Cette méthode multiséculaire lui paraissait si laborieuse ! La moindre erreur, et l'engrenage entier s'enrayait. Ou bien fallait-il se borner à la seule déduction d'Hortense et chercher un autre mot, véritable clé de ce message, en lien avec la suite de lettres « *nyctaginaceae* », dans ces mystérieux feuillets qu'elle estimait avoir déjà largement écumés ?

2012, Washington DC

— Mais, avez-vous conscience que malgré l'excellence de votre dossier, pour être admise chez nous, il faudra limiter au maximum votre activité numérique ?

Hortense eut, à ce moment-là, l'impression qu'une bombe venait d'exploser à un centimètre de son visage. D'ailleurs, elle eut beaucoup de mal à masquer son désarroi. À tel point que le directeur des stages de la DGSE vérifia le volume de son ordinateur afin de s'assurer que le mutisme de la jeune femme ne relevait pas d'un problème technique.

— Vous m'entendez toujours, mademoiselle Birnevolle ?

L'écran lui semblait trouble. Cet examinateur qui l'interrogeait depuis Paris n'avait visiblement pas une once d'empathie à son égard : outre le fait d'avoir programmé cet échange à 10 heures, heure française, se moquant allégrement des six heures de décalage horaire entre Paris et Washington, il avait attendu la fin de l'entretien Skype pour annoncer à Bérénice la condition sine qua non pour effectuer un stage, préalable à toute embauche au sein de l'institution.

— Oui, oui, bien sûr.

— Donc, dans votre cas, cela impliquerait de cesser toute animation de votre chaîne YouTube, et de fermer vos comptes sur les autres réseaux sociaux. Il est compliqué d'effacer entièrement des traces d'activité sur Google, mais arrêter d'alimenter la Toile permet au moins de faire profil bas.

Hortense avait beau être impressionnée, bien sûr, par son échange avec un interlocuteur qui avait le pouvoir de décider de la concrétisation, ou non, de son rêve d'espionne, elle se souvint toutefois de la hargne et de l'insolence qui la caractérisaient.

— Oui, mais enfin, vous l'avez vue, ma chaîne YouTube ? Je passe mon temps à décrypter des énigmes qui ont jalonné l'Histoire. J'imagine que cette compétence et cet intérêt constituent des plus pour intégrer vos troupes ?

À travers l'écran, elle aperçut le directeur esquisser un sourire.

— Évidemment, mais là n'est pas le sujet : je ne vous parle pas du contenu, mais de la forme. Quand on est espionne, ou agent, pour employer un terme propre à notre jargon, la règle est de s'effacer le plus possible. Ce point est non négociable.

Hortense acquiesça timidement.

— Avez-vous d'autres questions ?

Potentiellement, elle en aurait eu mille. Se sentant subitement incroyablement seule à un peu plus de 4 heures du matin dans sa petite chambre au fin fond des dortoirs de l'université, apprêtée et maquillée comme pour un rendez-vous dans un cabinet d'avocats, Hortense songeait à tous les efforts qu'elle avait déployés pour faire exister sa chaîne. À ce temps infini consacré dernièrement à la réalisation des vidéos sur l'affaire du manuscrit MS620. Mais aussi à toute la minutie avec laquelle elle avait constitué le dossier en vue de cet entretien, à la joie que sa présélection avait suscitée chez ses parents, au fantasme qu'elle avait alimenté dans son propre esprit : depuis qu'elle avait reçu le courriel l'informant de sa convocation en vue d'un stage prestigieux qui lui permettrait de mettre un premier pied dans l'antre du renseignement français, elle avait préparé des heures durant cet entretien, imaginant les questions qu'on pourrait lui poser, simulant les réponses… et certaines nuits, se rêvant espionne au même titre que les héroïnes de romans ou de films qu'elle avait tant admirées au cours de son enfance.

Mais voilà qu'elle devrait choisir entre les deux pôles de sa vie qui la faisaient vibrer, entre ses petites chroniques qui distillaient tant de fantaisie dans son quotidien et une profession enivrante. La sécurité et, désormais, la cybersécurité revêtaient à ses yeux un intérêt grandissant. Contrairement à certaines de ses camarades de classe, elle n'envisageait pas d'embrasser une carrière de cheffe de produit pour une grande marque de cosmétiques, de faire du conseil, ou d'essayer de décrocher le barreau. Non, ce qu'elle voulait, c'était pénétrer dans le secret des secrets, résoudre des mystères, des vrais, plus que les commenter. Sa vie, elle en était persuadée, devrait être composée d'énigmes, de codes. D'ailleurs, cela ne lui avait-il pas été confirmé par la passion avec laquelle elle avait tenté de décrypter ce MS620 ? Ainsi, après sa folle nuit de travail à la bibliothèque, Hortense avait eu l'intuition que les lettres « *nyctaginaceae* » constituaient en réalité une clé masquant une signification autre qui permettait un déchiffrage complet de la seconde partie du document. Son intérêt avait été fortement ravivé lorsque Émile avait évoqué des indices probablement éparpillés dans le vieux roman de Jules Verne, *La Jangada*.

Elle et lui s'étaient, bien évidemment, empressés de le lire. Dans ce récit, deux des personnages principaux, le juge Jarriquez et Fragoso, gageaient que le code au centre de l'histoire était signé du nom de son émetteur, établissant de fait que les six dernières lettres du message crypté, « suvjhd », renvoyaient au nom « Ortega ». Cette hypothèse leur permettait de dégager un nombre, véritable formule magique, permettant de déduire une signification de l'ensemble du texte à déchiffrer. Concrètement :

O r t e g a
4 3 2 5 1 3
S u v j h d

Le 4 entre le O et le S renvoyant au fait que quatre rangs séparent ces deux lettres dans l'alphabet, idem pour le 3 entre le R et le U, et ainsi de suite. Le principe consistait alors à disposer le nombre obtenu au-dessus de chacune des lettres du message à décrypter, en le réécrivant autant de fois que nécessaire, jusqu'à la fin du texte. Aboutissant, pour les premiers caractères du message codé, au résultat suivant :

43251343251
Phyjslyddqf

En remontant d'autant de rangs dans l'ordre alphabétique, les personnages de Jules Verne identifiaient, pour chaque caractère, sa lettre d'origine :

Le véritable...

Depuis des semaines, Émile et sa femme, stimulés par cette nouvelle piste, parcouraient à nouveau tous les documents à leur disposition ayant un lien, de près ou de loin, avec Herta Mertil. Avec une question, obsédante : à quoi renvoyaient « *nyctaginaceae* » ? Quel était donc ce terme qui leur permettrait de dégager une suite de chiffres providentielle ?

Reconnaissant que l'implication d'Hortense avait eu du bon, Émile l'avait invitée chez lui un après-midi : qui sait, en jetant, elle aussi, un œil dans ces documents, l'étudiante aurait peut-être une (deuxième !) riche idée ?

Malheureusement, force était de constater que, malgré plusieurs tentatives, le mystère autour de cette clé restait entier. Rien dans le manuscrit MS620 ne semblait en livrer la véritable signification. (« En même temps, Herta n'aurait pas caché la solution dans son texte », avait hasardé Rachel lors de leur séance de travail.)

Du coup, Émile et Hortense s'étaient entêtés à chercher ailleurs. Mais ailleurs, c'était vaste : les documents de famille dont disposait Émile, les nombreux articles de presse qu'avait signés Herta, ses propres livres… Ils avaient bien tenté plusieurs choses : les mots « Ordre hermétique de la plume dorée », le réseau auquel avait appartenu l'écrivaine ; « Joséphine », le nom de la fille d'Herta ; ou encore, « la rue de l'Hôtel-de-Ville » qui avait abrité la cave où Herta recevait ses comparses lors de réunions féministes. Mais aucune de ces substitutions ne permettait de dégager une quelconque signification du texte. Et pratiquement aucune ne comprenait le même nombre de lettres que cette satanée clé…

La fin du semestre d'échange approchant, Hortense avait tout de même décidé, afin de tenir sa communauté en haleine, de préparer une dernière vidéo, épilogue de cette série, où elle reviendrait sur le code et ce qu'elle en comprenait. Au moins, le dossier avançait quelque peu grâce à elle. Et cette découverte, même modeste, ajoutait de l'intrigue à l'intrigue.

Mais se sentait-elle la force d'abandonner tout cela ? La chaîne YouTube qui l'avait tant comblée ? Ses abonnés avec qui elle adorait échanger ? Les laisser tomber pour un poste qui la faisait vibrer ? Ou bien consentait-elle à renoncer à cette opportunité pour autre chose ? Oui, mais quoi ? Elle ne voulait rien faire d'autre, ne se projetait dans aucune profession classique. Et puis, ce n'était pas tout… Malgré tous les efforts et les heures de travail qu'elle avait consacrés au manuscrit MS620, sa communauté ne l'avait pas vraiment suivie. Pour couronner le tout, Hortense avait eu la malchance de tomber sur un article analysant le phénomène des youtubeuses beauté « et autres ». Le papier stipulait que ces chroniqueuses nouvelle génération s'apparentaient à des produits jetables : tôt ou tard, leurs abonnés finiraient par se lasser et se tourner vers des concurrentes plus jeunes, plus fraîches en quelque sorte.

« Sympa ! » avait marmonné Hortense à la lecture de l'article. Elle se sentait humiliée d'être réduite à une petite image animée sur YouTube et comparée, qui plus est, aux lolitas avant-gardistes qui vantaient les bienfaits de rouges à lèvres ou de fards à paupières.

Inconsciemment, cet article l'avait aidée à avancer dans sa réflexion… tout comme ses courriels envoyés, avec les liens vers ses vidéos sur le MS620, à Céline Bachotte et restés pour l'heure sans réponse. À sa déception de ne pas venir à bout de ce mystère la tenant en haleine s'ajoutait désormais la crainte de voir les milliers d'euros pour lesquels elle s'était tant démenée s'envoler pour toujours.

— Mademoiselle Birnevolle ? Je dois m'entretenir avec une seconde candidate pour ce stage. Je réitère ma demande : avez-vous des questions ? Et avez-vous bien compris mon impératif préalable à toute expérience chez nous ?

Le directeur des stages, malin, venait de lui rappeler qu'elle n'avait sans doute pas le luxe de réfléchir plus longtemps. Durant quelques dixièmes de secondes, Hortense eut un flash : elle était en réunion PowerPoint en train de plancher sur la campagne de communication d'un pot de crème, ou bien commise d'office, comme certains camarades qui l'avaient précédée, pour défendre des voyous de bas étage, moyennant à peine huit cents euros. Et puis, il y eut aussi un regard. Chagrin. Un brin moqueur aussi. Celui de son père. Qui semblait lui dire : « Tout ça pour ça ? » Toutes ces heures passées à étudier, ces discussions à bâtons rompus pendant lesquelles Hortense avait expliqué vouloir faire quelque chose de singulier de sa vie. Qui ne ressemblerait à rien d'autre. Rien de banal en tous les cas.

Aussitôt, sa réponse fusa :

— Oui, je comprends tout à fait votre point de vue concernant mon activité numérique. Mais j'ai juste une dernière vidéo qui doit être publiée la semaine prochaine. Il s'agit d'une série sur un vieux manuscrit non déchiffré.

— Tant que vous ne faites pas encore partie de la maison, agissez comme bon vous semble.

Le directeur raccrocha sans un au revoir. Hortense resta éveillée un long moment dans cette petite chambre où elle avait passé des mois intenses à travailler sur ses projets personnels. Presque sans le vouloir, acculée, elle venait de prendre une décision déterminante pour le reste de sa vie.

1981, Washington DC

— *How do you like DC*[1]*?*

Vaste question. Émile adressa un sourire radieux à son interlocuteur. Que dire de ses premières semaines dans la capitale fédérale américaine ? De mémoire, il avait rarement été si épanoui. Rachel et lui étaient logés plus que confortablement dans le Maryland voisin, en plein cœur de la très chic banlieue résidentielle de Bethesda qui abritait de nombreux fonctionnaires officiant pour des organisations internationales. Une maison spacieuse où ils disposaient chacun d'une pièce pour travailler. Bien loin donc des quarante-cinq mètres carrés parisiens dans lesquels ils avaient vécu pendant des années. Surtout, son nouveau poste lui plaisait. Le manuscrit de sa mère avait été expertisé par des spécialistes de livres anciens. Afin de préserver les pages de l'effet du temps, Émile avait accepté que le texte soit classé dans une bibliothèque de l'université dédiée à ce genre d'ouvrages fragiles. MS620 : tel était désormais le nom de code (encore un !) du dernier écrit d'Herta Mertil.

Par ailleurs, pour ne rien gâcher, son arrivée avait été saluée par le professeur Gallagher, éminent spécialiste américain des langues anciennes. Il l'avait présenté à la plupart de ses confrères.

1. Vous vous plaisez à DC ?

Au cours de plusieurs réunions, Émile leur avait exposé l'objet de ses recherches. Il leur avait parlé d'*Horace*, de son acrostiche, de la méthode que son arrière-grand-mère avait utilisée dans son texte. L'équipe du professeur Gallagher avait ensuite entrepris de se pencher sur le reste du texte, prête à tout tenter pour mettre au jour la signification des autres feuillets. Tout comme Joseph, son assistant, par ailleurs doctorant en latin.

Ce même professeur Gallagher avait eu à cœur de l'accueillir chaleureusement dans sa ville. De lui faire découvrir ses meilleures adresses de restaurants. Ce jour-là, il lui avait proposé de tenir leur séance de travail hebdomadaire au bord du fleuve Potomac, installés à l'une des nombreuses terrasses. Un endroit où beaucoup aimaient s'attabler pour boire un verre, alors que d'autres préféraient longer la rive à bicyclette. La vue de cette eau d'huile, ridée uniquement par la légère brise de fin de journée, suffisait à apaiser Émile, à le remplir d'une joie qui lui rappelait celle de son enfance passée face à la mer.

— *Have you considered Pig Pen*[1]*?*

Émile, bridé par une politesse exacerbée qui lui avait joué des tours à plusieurs reprises, n'eut pas la force d'avouer à son supérieur hiérarchique qu'il avait déjà envisagé, quoique brièvement, cette hypothèse. Malheureusement, elle ne tenait pas et il s'étonnait que son interlocuteur ne s'en fût pas rendu compte lui-même : ce code, assez rudimentaire, était celui utilisé historiquement par les francs-maçons pour communiquer entre eux. D'une part ce procédé, reposant sur l'assimilation de lettres à des formes géométriques simples, ne correspondait en rien à la graphie du texte de son arrière-grand-mère. D'autre part, cette dernière, elle-même membre des quelques rares sociétés de son époque ouvertes à la gent féminine, fustigeait à de nombreuses reprises dans ses écrits publiés ces clubs fermés, apanage quasi exclusif des hommes : en toute logique, elle avait dû mettre un point d'honneur à ne pas avoir recours à leurs techniques dans son dernier message. Comment exposer tout cela à ce brave

1. Avez-vous étudié « Pig Pen » (l'enclos aux porcs) ?

professeur Gallagher sans le froisser ? Car l'important était de ne surtout pas décourager cet universitaire au sourire si avenant, à la bonne humeur permanente. Alors qu'en France, peu avaient semblé s'intéresser, même de loin, au texte d'Herta Mertil, lui au moins avait eu le mérite de faire montre d'un intérêt certain. Fallait-il y déceler une marque de l'ouverture d'esprit des Américains, tant vantée par sa femme, en comparaison de celle, plus étriquée, avait-elle toujours assuré, des Français ? Émile fit le choix de ne pas s'appesantir sur ce genre de digressions sociologiques, tandis que, de son côté, le professeur Gallagher cherchait une échappatoire à la conversation en sirotant nerveusement le reste de son verre de Coca (de la taille d'une pinte française).

Encore une fois, Émile lui adressa un petit sourire poli. Peu à peu, il prenait conscience que ses confrères linguistes ne viendraient pas à bout des hiéroglyphes d'Herta Mertil. D'ailleurs, fouiller du côté des linguistes uniquement, n'était-ce pas là le nœud du problème ? Cette idée fusa une fois de plus dans sa tête, sans qu'il prît le temps de s'y attarder réellement.

— *Did you know that, throughout the Civil War, the Potomac traced the border between the Confederate States and the Union*[1]*?*

De fait, Émile ignorait totalement ce point d'histoire. Le sourire exagérément appuyé de son interlocuteur, cherchant à masquer la gêne de ne pas être parvenu à l'épauler dans son travail, l'invitait à le questionner davantage à ce sujet : un thème sur lequel il avait visiblement bien plus à dire que sur le MS620. Pas de doute, l'histoire se répétait : il était bel et bien seul face à son passé familial.

1. Saviez-vous que, durant la guerre de Sécession, le Potomac traçait la limite entre les États confédérés et ceux de l'Union ?

Chapitre 10

2019, Singapour

— Bérénice Maltais ? Émile Durantier à l'appareil.

Ainsi, il avait donc pris la peine de la rappeler. Bérénice avait eu un coup au cœur en voyant s'afficher sur l'écran de son téléphone un numéro inconnu dont les premiers chiffres indiquaient un correspondant américain.

— Il est bien 20 heures et quelques chez vous ? Ici, il est environ 8 heures du matin. J'ai essayé de respecter le décalage horaire pour vous appeler. Je ne vous dérange pas ?

— Non, pas du tout.

Un mensonge. À vingt mètres devant elle, Ludovic s'était retourné, se demandant quelle urgence pouvait justifier de décrocher son téléphone. Depuis plusieurs jours, ils parlaient de leur visite des Gardens by the Bay. Un parc féerique situé à deux pas du port de la ville et composé notamment de deux serres monumentales reproduisant des écosystèmes floraux issus des quatre coins du monde. Plus de deux cent cinquante mille espèces de plantes rares étaient abritées sous deux dômes gigantesques, à l'architecture moderne, figurant parmi les symboles de la ville-État. D'ordinaire, les visiteurs n'étaient acceptés que jusqu'à 19 heures, mais exceptionnellement, ce soir-là, une nocturne était programmée.

— Bon, tu viens ? Tu parles à qui, là ?

À l'évidence, Ludovic s'impatientait.

Alors qu'elle lui chuchotait un vague « c'est ma grand-mère, j'arrive », Bérénice se fraya un chemin entre les hordes de touristes chinois qui s'agglutinaient autour d'un parterre d'orchidées aux mille et une couleurs, et trouva, presque par miracle, un bout de banc sur lequel s'asseoir.

— Pardonnez-moi, je vous écoute.

— Vous avez de la chance, je ne me connecte à LinkedIn qu'une fois tous les trente-six du mois. La retraite, vous comprenez…

— Oui, oui, mais comme votre courriel de The George Washington University n'est plus actif, c'est le seul moyen que j'ai trouvé pour vous joindre. Vous vous reposez, vous avez bien raison.

— Ces chiens, ils ont tout coupé à la minute où j'ai pris ma retraite. Bref, je m'ennuie comme un rat mort, si vous voulez tout savoir. Enfin bon, ce n'est pas le sujet. Donc, vous avez retrouvé la trace d'Hortense Birnevolle ?

— Pas vraiment. Je suis tombée sur ses vidéos. Je tente de la joindre.

— Je vous souhaite bien du courage !

Tentant, assez vainement, d'ignorer les regards furibonds de Ludovic, Bérénice feignit de ne pas relever le ton un brin condescendant de l'universitaire.

— Oui, donc, dans ses chroniques, elle affirme avoir un peu travaillé avec vous.

— Plus qu'un peu ! Elle m'a tenu la jambe pendant des semaines, il y a une dizaine d'années, au sujet du texte. Mais elle n'a pas trouvé grand-chose. Enfin, on était sur une vague piste liée à Jules Verne, comme elle l'explique sur Internet. Puis plus rien.

— Et depuis ? Elle continue de travailler sur ce sujet ?

Pendant de longues secondes, l'universitaire sembla plongé dans une sorte de mutisme. Au point pour Bérénice de se demander si la communication n'avait pas été coupée. Pour ne rien arranger, elle était tiraillée entre son compagnon, qui visiblement se doutait qu'elle n'était pas en train d'échanger avec sa grand-mère, et une famille de touristes australiens impatiente de se photographier sur son banc, qui était en effet disposé devant toute une série de fleurs en provenance d'Afrique du Sud : protea, crinoles de Powell, orchidées...

— Bon, mais, madame, puis-je avoir l'insolence de vous demander pourquoi vous vous intéressez au texte de mon arrière-grand-mère ?

Bérénice fut envahie d'un sentiment de grande lassitude : manifestement, cet ancien professeur n'était pas au courant que l'université qui l'avait employé avait mandaté Natalis pour décrypter le reste du texte, sa direction ayant renoncé après avoir investi dans des recherches infructueuses pendant de longues années. En lui rappelant ces faits en deux mots, Bérénice eut l'impression de retourner le couteau dans la plaie :

— Oui, c'est ce que vous m'expliquez dans votre message LinkedIn. Reste qu'ils auraient pu me prévenir. Je veux bien qu'ils aient un droit sur ce texte étant donné qu'il est hébergé chez eux... Enfin bon, quand même !

— Je vous comprends, bien sûr...

Ludovic était désormais planté à deux mètres d'elle, bras croisés. Et manifestait ouvertement son agacement.

— ... en même temps, l'histoire de votre arrière-grand-mère est assez exceptionnelle. Elle m'intrigue.

— Écoutez, de toute façon, au point où j'en suis, je n'ai plus grand-chose à perdre. J'ai consacré une partie de ma vie à cette affaire. Donc si vous pouvez en tirer quelque chose, faites-le. Ça me permettra d'honorer une vieille dette envers ma mère.

D'ordinaire empathique avec ses interlocuteurs, plutôt prompte à jouer les psychologues, Bérénice n'avait cette fois-ci pas vraiment le temps de se prêter à ce genre de choses. Émile Durantier semblait s'en être rendu compte.

— En gros, qu'est-ce que je peux faire pour vous aider ?

— Eh bien, j'aimerais entrer en contact avec Hortense Birnevolle. J'ai trouvé une adresse mail sur Internet, mais elle ne me répond pas.

— Ah oui, ne vous étonnez pas. Elle a totalement disparu de la circulation après ses études aux États-Unis. Elle m'avait envoyé une adresse sur laquelle la joindre. Il faudrait que je la retrouve.

— Ce serait vraiment super !

— Mais ne vous faites pas trop d'illusions. Elle est du genre grande gueule, mais pas toujours très fiable. Et puis, si elle avait trouvé quelque chose depuis notre travail commun, j'aurais forcément été au courant. Du moins, je l'espère…

— Je comprends. Mais si vous pouviez retrouver cette adresse, je vous en serais vraiment reconnaissante.

— Oui, j'ai bien entendu. Du moment que vous me mettez dans la boucle quand vous trouverez le Graal !

Une pointe d'humour : il semblait se détendre au fil de leur conversation. C'était déjà cela.

— Évidemment. Ça tombe sous le sens ! Vous serez le premier informé si je trouve quelque chose. D'ailleurs, il n'est pas exclu que je vous rappelle pour avoir d'autres informations si mes recherches avancent.

— Oui, oui…

Émile voulait croire à la sincérité de cette jeune femme du bout du monde. Mais il le sentait, cette trentenaire, animée par son ambition professionnelle, souhaitait surtout boucler un dossier. Enfin, si elle parvenait à quelque chose, il y trouverait son intérêt. Donc pourquoi pas.

— Bon, j'entends beaucoup de brouhaha autour de vous. Je vais chercher cette adresse et je reviens vers vous au plus vite.

— Merci beaucoup, c'est vraiment très gentil, monsieur.

Elle avait à peine terminé sa phrase qu'il avait déjà raccroché : comme souvent, Bérénice estimait après coup avoir été un peu trop révérencieuse avec son interlocuteur.

— Elle va bien, ta grand-mère ?

Ludovic ne lui avait pas laissé le temps de relever la tête de son téléphone : il était resté planté comme un piquet devant elle.

— Oui, oui, très bien.

— Elle maîtrise de mieux en mieux les outils numériques, on dirait ?

La remarque laissa la mathématicienne circonspecte.

— Parce qu'elle est capable de te téléphoner et d'envoyer des

WhatsApp en même temps, alors qu'il y a un mois elle découvrait ce qu'était un réseau social ou presque.

En se connectant sur le groupe familial dédié de l'application, Bérénice constata que, pendant sa conversation téléphonique, Ludovic avait envoyé une photo des serres, et que sa grand-mère avait répondu par des émoticônes dans la foulée.

— Non mais attends, je vais t'expliquer…

— Oui, oui, encore ta foutue enquête ! Alors qu'on s'est battus pour avoir des places pour ce soir. Ça ferme dans une heure. On en reparle plus tard.

Il fallut plus de vingt minutes au couple pour s'adresser de nouveau la parole. Bérénice finissait par s'en vouloir d'avoir répondu. Au fond, Émile Durantier aurait sûrement laissé un message. Un numéro s'était affiché. Elle aurait pu rappeler le lendemain.

Car, enfin, cette soirée aurait dû être magique : de mémoire, Bérénice ne s'était jamais promenée dans un cadre si majestueux. La serre dans laquelle ils se trouvaient, le Flower Dome, s'étendait sur mille trois cents mètres carrés. Un véritable voyage au cœur des cinq continents. À travers des chemins végétalisés, harmonieusement composés de petites pentes et d'escaliers, les visiteurs découvraient les plantes rares d'Australie, d'Europe, d'Amérique. Point d'orgue de la visite, au milieu de cette serre gigantesque, un parterre d'une quarantaine de mètres carrés exposait des tulipes sous toutes leurs formes : des centaines de fleurs reproduisaient un moulin danois et un pont du XVIIIe siècle, typique de l'Europe continentale.

— On se prend en photo ? C'est quand même super beau ! tenta Bérénice.

Ludovic consentit à dégotter une perche à selfie dans son sac à dos. Pendant plusieurs minutes, le couple s'adonna au jeu, aussi incontournable qu'irritant, bien connu des touristes du monde entier : des photos sous tous les angles.

Cette séance improvisée eut le mérite de distiller un peu de bonne humeur dans la soirée. Main dans la main, Bérénice et Ludovic reprirent leur balade. Arrivés au fond du dôme, ils montèrent quelques marches, aux bords ornés de diverses plantes.

Elles les menèrent à une petite esplanade, surplombant l'ensemble de cette serre et ses merveilles florales. Derrière eux, devant eux, des plantes et encore des plantes. Alors que, sur une suggestion de Ludovic, ils prirent place sur un banc pour quelques minutes, Bérénice laissa son esprit vagabonder et son regard s'attarder sur des fleurs aux couleurs spectaculaires, du violet au rouge bonbon, jonchant la balustrade de l'esplanade. La ressemblance avec les croquis d'Herta Mertil qu'elle avait aperçus sur les pages séparant les deux parties du manuscrit MS620 était saisissante.

— Tu m'excuses, je vais regarder de plus près ces plantes, là-bas.

— Je t'en prie, répondit machinalement Ludovic.

Les yeux rivés sur son portable, il parcourait, visiblement satisfait, l'ensemble des photos prises depuis le début de leur visite.

En s'approchant de ces belles fleurs qui l'intriguaient, Bérénice fut attirée par un petit écriteau en bois : devant chaque espèce présente sous ce dôme, une affichette similaire en spécifiait le nom et la provenance. En l'occurrence, il était stipulé que ces petites fleurs s'acclimataient aussi bien au Brésil qu'en Amérique du Sud ou en Océanie. Elles avaient été introduites dans certaines îles du Pacifique Sud vers 1870. Désormais, on en trouvait même en Europe. Elles devaient leur nom à l'un des explorateurs ayant sillonné le globe au XVIIIe siècle : Louis Antoine de Bougainville. Leur nom scientifique : Bougainvillea, de la famille des Nyctaginaceae. Cette découverte pétrifia Bérénice : « *nyctaginaceae* », ces lettres qu'elle avait lues et relues. Ces lettres, écrites en gras, qui concluaient la seconde partie du MS620. Ces lettres qui, visiblement, à en croire ce que racontait Hortense Birnevolle, constituaient la clé de celui-ci.

2012, Paris

Cinq bonnes minutes qu'elle était là, immobile, devant le bâtiment imposant. Une sorte de U à la façade blanche et noire. L'antre au sein duquel elle avait tant rêvé de pénétrer. Et pour lequel elle consentait par ailleurs à tant sacrifier. À quoi ressemblerait son nouveau quotidien ? Elle espérait être mise dans le secret de dossiers gouvernementaux explosifs. Enquêter sur des affaires jusqu'ici non résolues. Se former au fil des ans à la cybersécurité qui émergeait et promettait de devenir un enjeu de poids au cours des prochaines années. Elle aspirait à une vie professionnelle enivrante. De celles qui constituent le sel des romans policiers qu'elle dévorait depuis toujours.

La veille, une chape de plomb sur le cœur, Hortense avait posté une dernière vidéo : elle disait au revoir à ses milliers d'abonnés qui l'avaient fait vibrer. Qui l'avaient fait grandir. Qui lui avaient aussi donné la force de croire en ses rêves les plus fous. Ces milliers d'anonymes qu'elle avait pourtant le sentiment de connaître. Ses concurrentes numériques se réjouiraient certainement de voir s'ouvrir devant elles un boulevard inattendu.

Ne pas y penser… Juste espérer que le meilleur restait à venir… Et ne retenir que le positif. Même si, au fond, elle regrettait d'abandonner cette enquête non élucidée. Elle avait tant donné de son temps… Un nombre incalculable d'heures passées à plancher sur la thèse d'Émile Durantier… Et cette clé, cette évocation du roman de Jules Verne. Pour quel résultat ? Elle ne savait pas très bien.

Hortense se remémorait souvent son dernier échange avec Émile, celui qu'ils avaient eu à la veille de reprendre l'avion pour Paris.

— Ce fut un plaisir, chère Hortense, avait-il lâché, laconique, sous-entendant qu'ils n'avaient plus rien à faire ensemble.

— Vous comme moi, un de ces jours, on aura peut-être une idée lumineuse.

À sa mine résignée, Hortense avait constaté qu'il n'y croyait pas lui-même. Au fond, elle avait été un peu déçue par son attitude. Elle aurait espéré qu'Émile l'invitât plus souvent chez lui pour parcourir les écrits d'Herta Mertil. Mais hormis une ou deux entrevues dans sa grande maison froide, ils n'avaient pas beaucoup échangé.

— Vous avez pu réaliser vos vidéos. Vous êtes contente ?

— C'est ça, avait répondu Hortense, interdite.

— Je vous répète ce que je vous ai déjà dit plusieurs fois, arrêtez de vous acharner là-dessus et concentrez-vous sur ce qui compte vraiment : votre future carrière. Vous n'allez tout de même pas passer votre vie à raconter des histoires sur les réseaux sociaux. Vous valez mieux que ça. Quant à la résolution du mystère du MS620, nous verrons bien… Herta a écrit en pattes de mouche, gribouillé machinalement des croquis… Et nous, on y passe des heures. Ça ne vous énerve pas un peu, franchement ?

Ces dernières paroles avaient résonné dans la tête d'Hortense des jours durant. Émile la poussait donc à s'intéresser à autre chose ? Lui pour qui ce manuscrit représentait la quête d'une vie, un secret de famille ? Elle était donc seule face à l'histoire de ce texte, talonnée en outre par des youtubeuses aux dents longues. Et que dire de Céline Bachotte ? Ses vidéos l'avaient intéressée, certes, mais la directrice de la communication de CrimeWave n'avait pas manqué de lui rappeler, après avoir mis plus de trois semaines à revenir vers elle, qu'elles « ne suffisaient pas à expliquer toutes les clés de ce mystère. Cela nous oblige à revoir quelque peu les termes de l'engagement qui nous lie ». Dépitée, Hortense n'avait pas su trouver quel argument lui avancer. Quelle somme toucherait-elle pour finir ? « Je vais m'en enquérir auprès de mes confrères du juridique », avait été la seule réponse, ampoulée comme à peu près chacun des propos tenus par cette femme dont le sourire immaculé semblait sortir tout droit d'une publicité pour un dentifrice. À court d'idées, l'étudiante cherchait quoi répondre. Elle ne comprenait pas. Elle faisait face à son premier véritable échec. Sa première déception.

Au fond, celui à qui elle en voulait le plus, c'était Émile. Pourquoi la laissait-il ainsi ? Jeune, elle n'avait pas idée de la lassitude instillée par des années infructueuses de travail sur un projet. Elle avait encore bien trop peu d'expérience pour le comprendre. Elle avait le sentiment d'être allée au bout. Au bout de son obsession pour le MS620. Au bout de ses efforts pour de l'argent dont elle ne verrait probablement jamais la couleur. Au bout du concept de chaîne YouTube. Émile avait peut-être raison… Elle valait peut-être mieux que tout ce cirque… En tous les cas, cette pensée l'apaisait un peu, mettait du baume sur la blessure de son échec. Tout comme la mine radieuse de ses parents qui ne cessaient de se féliciter de voir leur fille envisager d'embrasser une carrière aussi sérieuse que prestigieuse. Avait-elle réellement le loisir de ruminer à présent ?

Lorsque le directeur des stages de la DGSE l'avait rappelée un mois plus tôt pour lui annoncer que sa candidature avait été retenue, sitôt après les félicitations d'usage, l'avertissement avait fusé :

— Prenez des vacances avant de commencer, parce que tout ça promet d'être intense.

Un nouveau chapitre s'ouvrait désormais.

1982, Washington DC

— Mon cœur, clouer tes cartons au sol, c'est la nouvelle idée à la mode ?

Émile Durantier jeta un regard mi-amusé, mi-agacé à sa femme. Oui, il le savait, il n'avait pas encore terminé de ranger ses paquets.

Certains traînaient même depuis près de trois mois dans quelques recoins du salon. Mais la plupart étaient entassés dans son bureau. Ici, la taille des pièces était sans commune mesure avec celle des appartements parisiens et, malgré la quinzaine de cartons encombrant son repaire, Émile disposait d'autant de place pour travailler qu'en France.

— Ça m'agace, tout ce bazar. Tu ne souhaites pas que je m'en mêle, soit. Mais lance-toi au moins ! Et tu verras, tu te sentiras mieux.

Rachel l'affirmait depuis qu'ils avaient déménagé, le rangement avait soi-disant des vertus apaisantes.

— C'est Michel qui me l'a dit.

— Ah, alors, si Michel l'a dit !

Émile ne pouvait s'empêcher de s'agacer chaque fois que sa femme faisait référence au neuroscientifique, bien que celui-ci lui eût sauvé la mise lors de leur dernier dîner, au sujet du vagabondage des idées. Mais il supportait mal de voir Rachel admirer la science d'un autre. A fortiori quand celle-ci, contrairement à sa propre expertise, avait encore une utilité quelconque. L'exemple du ménage était en cela particulièrement criant.

— Je te promets. Il assure que c'est bénéfique pour l'esprit. Comme si ranger ses affaires permettait d'ordonner ses idées.

— La prochaine fois que tu lui parles, tu demanderas à Michel ce qu'il pense des effets sur le couple des femmes trop insistantes, lança-t-il.

Son clin d'œil signifiait néanmoins que, même agacé par son entêtement, il ne lui en tenait pas rigueur.

— J'aimerais t'aider, voire le faire à ta place, mais tu as été assez clair là-dessus : tu ne veux pas que je touche à tes affaires.

Elle n'avait pas franchement tort. Émile était d'ailleurs à court d'arguments. Il passa donc ce samedi-là à trier ses cartons. Il avait la manie de ne jamais rien jeter, au grand dam de sa compagne qui ne comprenait toujours pas pourquoi il s'évertuait, quasi religieusement, à garder par exemple tous ses cours depuis la première année de fac. Et ce n'était pas tout. Émile avait conservé également toutes les lettres écrites depuis l'enfance, du correspondant britannique avec qui il avait échangé pendant ses années de collège, à ses petites copines de primaire : des fillettes avec qui il jouait à la corde à sauter pendant la récréation, rien de plus. Alors que les heures s'écoulaient ainsi, entre récits de droit poussiéreux et vieux mots jaunis, l'attention d'Émile fut attirée par une grande enveloppe, enrobée de ruban adhésif.

— Qu'est-ce que c'est que ça, ma belle ?

Pour la première fois de l'après-midi, Rachel, installée confortablement dans ce magnifique fauteuil en velours rouge qu'Émile avait hérité de sa mère, leva les yeux du dernier essai de géopolitique en vogue, le genre de lecture qui ponctuait la plupart de ses fins de semaine.

— Ah bah, je n'y ai pas touché, mon ange. C'était dans tes affaires. J'ai emballé cette enveloppe avec le reste de tes documents. Tu ne me reproches tout de même pas de ne pas l'avoir ouverte ?

— Non, non, bien sûr.

— Enfin, si tu as envie de voir ce que c'est, et t'assurer que ça vaut vraiment la peine de le garder, sens-toi libre !

Elle avait prononcé cette dernière phrase sur un ton

volontairement moqueur qu'Émile choisit de ne pas relever. Il lui fallut dix bons coups de ciseaux pour venir à bout de l'adhésif et extirper des lettres d'une autre époque. Et ce fut le flash : il se revit, petit garçon, sur les genoux de sa mère lui montrant de vieilles photographies, des documents de famille au dos desquels des légendes étaient griffonnées d'une écriture penchée, saccadée. La même que celle qui s'étalait en ce moment même sous ses yeux. Celle de sa grand-mère. Joséphine. Cette femme qu'il avait appris à connaître à travers le souvenir de sa mère. Cette femme qui avait succombé tragiquement des suites « d'une longue maladie », comme on le disait encore de manière si scandaleusement pudique. Émile s'empressa de parcourir certaines de ces missives, réalisant que la plupart étaient hachurées. Il s'agissait de premières versions, de brouillons envoyés à une certaine Margaret, visiblement amie très proche de Joséphine, à en croire le nombre de lettres, également entassées dans cette enveloppe, que cette femme avait elle-même adressées à sa grand-mère.

Ma très chère Joséphine, te lire constitue toujours une réjouissance sans nom. À chaque fois que je reçois l'un de tes messages, je me dis qu'au fond c'est bien toi qui as raison.

— Si tu te mets à tout lire, les cartons ne sont pas près d'être rangés ! ironisa Rachel.

Émile ne put s'empêcher de lui adresser un regard exaspéré.

— Je suis en train de le faire. Tu peux me lâcher un peu !

Sa femme le fixa, interdite. Elle était peu habituée à essuyer des remontrances de la part de son mari qu'elle n'hésitait pourtant pas à malmener parfois, pas tant sur les sujets cruciaux que pour des détails du quotidien.

— Tu devrais être contente. Grâce à toi, je suis tombé sur de nouveaux documents de famille.

Le ton décontracté de son époux la rassura : il ne lui en voulait pas trop.

— Ah bon ! De quoi s'agit-il ?

En réalité, Émile ne savait pas très bien… Pour l'heure, seulement de vieilles lettres échangées entre sa grand-mère et une amie. Rien de plus. Du moins en apparence.

— À force de tout éplucher, tu vas bien finir par trouver des indices supplémentaires, commenta sa femme, plus pour se rattraper de sa critique précédente que par conviction.

Car, comme son conjoint, elle s'agaçait de pédaler dans le vide au sujet du manuscrit d'Herta Mertil. Elle n'avait néanmoins jamais osé l'énoncer aussi clairement devant Émile. Ils avaient emménagé depuis moins d'un an. Son nouveau poste au Fonds monétaire international la satisfaisait pleinement. Il était crucial que son mari se sentît bien à Washington.

— On verra, rétorqua Émile, qui, adossé à sa pile de cartons, se replongeait déjà dans la lecture de la lettre.

Les paroles de sa femme se perdaient désormais dans un fond sonore lointain.

Toi seule sais trouver les mots pour me faire prendre conscience de l'injustice de ma situation. De nos situations en fait. Pourquoi m'entêterais-je à vivre avec cet homme que je n'aime plus ? Qui me laisse indifférente ?

Émile parcourut le reste de la lettre dans laquelle Margaret s'épanchait sur ses problèmes sentimentaux. Rien de tout cela n'était susceptible de l'intéresser. L'universitaire continua néanmoins de jeter machinalement un œil distrait à toutes ces lettres, aux contenus relativement similaires, se demandant bien ce qu'il pourrait en faire : les ranger à la cave ou les entreposer quelque part dans son bureau.

Alors que ses pensées divaguaient sur la bonne solution à adopter, son regard accrocha une série de mots rédigés, visiblement nerveusement, par Margaret :

Que j'envie ta vie libertine ! Cette liberté que t'a insufflée ta mère, dont tu m'as parlé tant de fois. Je t'admire de ne pas avoir choisi. Ou plutôt d'avoir tout choisi, d'être devenue mère, tout en continuant de vivre comme tu l'entends. Mais ton parcours était probablement tracé d'avance : ma mère n'a jamais eu grand-chose à faire de moi. J'ai tout de suite compris que j'étais un poids pour elle. Alors que la tienne t'a permis d'échapper à ton destin. À ce destin que d'autres voulaient t'imposer, telle une rançon des engagements d'Herta. Herta et ses écrits bousculant à bien des égards toutes les conventions sociales, acceptées sans jamais être questionnées.

Tu sais qu'il m'arrive régulièrement de me replonger dans les textes de ta chère mère ? À chaque fois, j'ai le sentiment de réaliser que nous devrions toutes prendre la place qui nous revient dans ce monde… Mais, ma pauvre Joséphine, ton adorable mère a dû se sentir bien démunie face à la résistance du monde à ses idées. Moi-même, une génération plus tard, je n'oserais en formuler certaines en société. Au fond, ton analyse est juste : en la condamnant au bagne, c'est bien cela qu'ils lui ont fait payer. Car enfin, certaines petites choses, a priori fragiles, ont bien été acquittées sur l'autel de la passion.

Voilà bien un point sur lequel s'accordait Émile, féru d'histoire. Plusieurs années auparavant, il avait été captivé par la thèse de l'un de ses confrères analysant le parcours de femmes comme Henriette Caillaux, qui tua, dans les années 1910, Gaston Calmette, alors directeur du *Figaro*. Un homme qui, depuis plusieurs mois, se livrait à une campagne de diffamation contre son époux, le ministre des Finances Joseph Caillaux. Alors qu'Henriette Caillaux risquait la peine capitale, son avocat joua pendant sa plaidoirie la carte du meurtre passionnel : l'acte ultime d'une femme désespérée par l'humiliation, ayant recours au moyen le plus définitif pour protéger son époux. Un argument qui fit mouche. La criminelle fut acquittée au terme d'un procès qui passionna le public. Autre manifestation de cette justice sentimentale : l'acquittement, au début des années 1950, d'Yvonne Chevallier. Cette dernière, reprochant des infidélités à son mari, secrétaire d'État, l'avait abattu de plusieurs coups de revolver. Comme si, au fond, l'amour suffisait à saupoudrer un crime d'une dose de romantisme suffisante pour toucher l'opinion au cœur.

L'esprit d'Émile s'égarait. L'essentiel de cette lettre n'était pas là. Ses dernières phrases étaient bien plus intrigantes.

Je repense tant de fois à cette conversation que nous avons eue avant mon départ pour Nice. Cette confidence hors norme que tu m'as faite. Quelle preuve d'amour ! Ta mère a consenti à un sacrifice quasi ultime pour te rendre ta liberté.

Émile n'était pas certain de saisir le sens exact de ces phrases surgies du passé. Il les comprenait sans les comprendre. Comme si elles voulaient tout dire et ne rien dire à la fois. De quelle confidence parlait Margaret ? Qu'avait donc fait la mère de Joséphine pour la libérer ? Libérer…

Tels des éclairs, les croquis de ces femmes, certaines le poing levé, qui ponctuaient le manuscrit de son arrière-grand-mère apparurent devant les yeux d'Émile. Ces dessins avaient-ils pour fonction d'évoquer Joséphine ?

— La couronne, murmura-t-il soudain.

Il s'était fait la remarque à maintes reprises : toutes ces femmes étaient couronnées… Ou bien s'agissait-il de la même femme, représentée sous différentes postures ? Une femme couronnée… Parmi les contemporaines de ce XIXe siècle qu'avait connu Herta Mertil, une figure en particulier semblait répondre à ce schéma… l'impératrice Joséphine. Joséphine… Serait-il donc question d'elle sur ces dessins ? Elle qui, selon Suzanne, avait toujours été surnommée « ma reine » par sa propre mère.

Était-il en proie à des fantasmes ? Se perdait-il en élucubrations irraisonnées ?

— Pourquoi cette tête ?

Alertée par le souffle saccadé de son mari, Rachel avait aussitôt abandonné son essai. Ce souffle, elle avait appris à en saisir la signification, était caractéristique des moments de réflexion intense.

Chapitre 11

2019, Singapour

— *Five* !

Le vendeur tendit l'oreille vers Ludovic, le brouhaha ambiant couvrait la voix de son client. Ludovic le comprit et lui montra les cinq doigts de sa main.

— *Okay*, lah !

— Lah… commenta Ludovic, la mine rieuse, en regardant Bérénice.

Le couple, formé à l'anglais de Cambridge, s'amusait toujours d'entendre les Singapouriens ponctuer la fin de leurs phrases de ce « lah », caractéristique de la ville-État.

Bérénice aimait ces moments du dimanche matin, lorsqu'elle se déplaçait avec Ludovic dans le marché où se côtoyaient les vendeurs de légumes, de poisson ou de viande. Généralement, ils y effectuaient leur plein pour la semaine à venir : maïs, oignons, chou, coriandre ou, comme ce jour-là, pommes cannelles, ces fruits à la chair blanche et recouverts d'une sorte d'écorce verdâtre, dont raffolait particulièrement la jeune femme.

— On va prendre un peu de gingembre aussi, ajouta-t-elle.

Elle s'étonnait toujours du prix dérisoire de cette racine qu'elle adorait. À peine l'équivalent de 20 centimes d'euros le kilo, quand le même produit culminait à 10 euros chez le Naturalia de son quinzième arrondissement parisien.

Une fois les 12 dollars et quelques réglés au primeur, Bérénice et Ludovic se faufilèrent dans le reste du marché, surnommé Wet Market par les habitants. Les commerçants avaient, depuis toujours, l'usage de laver le sol à l'eau avant de s'installer et de présenter leurs produits frais sur de la glace qui finissait par fondre. La palette de produits proposés s'étendait des mangues aux graines de sésame, en passant par du poisson ou de la viande, exposés à l'air libre… Pour l'heure, le couple, pourtant amateur de bonne chair, ne s'était pas encore intégré au point de remplir ses sacs d'autres choses que de fruits et de légumes. Mais à l'image de nombreux touristes, les deux jeunes gens prenaient un plaisir réel à s'imprégner ainsi, chaque fin de semaine, de la culture locale.

— On fait comme d'habitude ? proposa gaiement Ludovic alors qu'ils regagnaient leur voiture pour y déposer les courses.

— Absolument ! se réjouit Bérénice.

Elle se délectait par avance de déguster un *kopi*, café typique de Singapour agrémenté de lait concentré ou de beurre. Le seul qu'elle s'autorisait, une fois par semaine, son ventre rond ne lui permettant pas, selon les médecins, à consommer trop de caféine.

Une fois délestés de leurs achats, Bérénice s'installa à la terrasse d'une sorte de petite boulangerie voisine, pendant que Ludovic se frayait tant bien que mal une place dans la boutique bondée, dès 11 heures du matin, d'heureux clients du dimanche.

Assise à l'ombre, la jeune femme songeait à sa chance d'être expatriée dans cette ville qu'elle avait immédiatement aimée. Même la chaleur, qui lui avait semblé si étouffante au début, lui était presque agréable ce jour-là. Néanmoins, ce cocktail de bien-être ne suffisait pas à mettre au repos ses pensées. Jetant un coup d'œil furtif à l'intérieur de la boulangerie afin de s'assurer que Ludovic lui tournait bien le dos, elle attrapa en vitesse son portable et téléchargea ses courriels. Une activité à laquelle elle s'adonnait de plus en plus régulièrement en dehors de ses heures de travail depuis qu'Émile Durantier avait eu l'extrême bonté de lui écrire, une semaine plus tôt.

En plus de lui communiquer une nouvelle adresse pour joindre Hortense Birnevolle, il avait jugé utile de lui résumer ce qu'il savait de Herta et de Joséphine et qui, prétendait-il, ne figurait pas dans sa thèse : la piste déjà évoquée au téléphone en lien avec le livre de Jules Verne, *La Jangada* (« Il n'a pas visionné toutes les chroniques d'Hortense Birnevolle ? » s'était étonnée Bérénice, trouvant curieux que l'universitaire éprouvât le besoin de revenir sur ce que la blogueuse avait exposé dans ses vidéos) ; des éléments contextuels sur Herta Mertil (une écrivaine émancipée, très intégrée à la société parisienne de l'époque, en somme, tout ce que Bérénice avait déjà compris en lisant des bribes de journaux et d'archives). Mais, surtout, il mentionnait la correspondance entre sa grand-mère Joséphine, fille de la malheureuse bagnarde, et l'une de ses meilleures amies, Margaret. Et le fait que cette dernière félicitait Joséphine sur son mode de vie, soulignant à quel point elle avait eu de la chance d'être tombée sur une mère l'ayant libérée de ses chaînes. Émile avait quelque peu insisté sur ce mot : ne constituait-il pas un écho direct aux schémas de femmes, dont beaucoup avaient le poing levé, émaillant le manuscrit qui les occupait ? Y avait-il un lien ?

« Peut-être, mais lequel ? » s'était questionnée Bérénice, intriguée, elle aussi, par un autre élément relevé par Émile : toutes ces têtes féminines couronnées renvoyaient-elles à un subterfuge d'Herta Mertil, afin de symboliser l'impératrice Joséphine et ainsi désigner sa propre fille qu'elle surnommait « ma reine » selon Suzanne ? Ou bien leurs esprits divaguaient-ils à force d'obstination sur ces quelques feuillets ? Car, enfin, cette Margaret avait beau avoir usé du terme « libéré », elle n'avait pas grand lien avec l'histoire d'Herta Mertil, avait conclu Bérénice après avoir analysé le message d'Émile Durantier pendant une bonne demi-heure dans la chaleur moite de sa terrasse. Non, assurément, Margaret n'avait rien à voir avec l'auteure du manuscrit. Il ne pouvait s'agir que d'une simple coïncidence. Ce jour-là, Bérénice s'était cantonnée à prendre contact avec Hortense. Cette deuxième tentative serait-elle fructueuse ? Depuis son envoi, le cœur de Bérénice battait la chamade à chaque fois qu'elle ouvrait ses courriels.

Ce dimanche-là, en particulier, elle frisa la syncope en constatant qu'elle avait enfin reçu une réponse à la missive numérique envoyée à l'ancienne youtubeuse à la folle chevelure.

Chère Bérénice,

Je suis très surprise par votre initiative. Je pensais, depuis des années, que le manuscrit MS620 était une histoire enterrée. Un dossier clos.

Dès les premières lignes, Bérénice crut déceler une pointe d'agacement, voire de jalousie, dans les propos de la jeune femme. Mais le mieux était peut-être de prendre le temps de découvrir le message dans son intégralité. Les écrits ont ceci de particulier qu'ils traduisent parfois mal, voire de manière faussée, les sentiments des interlocuteurs. Il était donc important de laisser le bénéfice du doute à cette Hortense.

Je serais ravie d'échanger avec vous concernant vos dernières trouvailles, puisque vous affirmez être sur une piste. Pour ma part, mes recherches ont peu avancé depuis la fin de mon séjour à Washington DC, il y a une dizaine d'années.

Quels seraient vos créneaux la semaine prochaine pour une discussion en visioconférence ? Mon travail est très prenant et mes horaires très aléatoires. Donnez-moi plusieurs options, je vous dirai.

Bien à vous,

Hortense Birnevolle

Le petit ton dirigiste, qu'elle devinait également péremptoire, de cette Hortense agaça Bérénice. Elle choisit néanmoins de ne pas trop s'y attacher. Après un coup d'œil rapide à l'intérieur de la boulangerie, elle constata qu'il ne lui restait plus beaucoup de temps : Ludovic était en train de payer et de réceptionner leurs cafés. Pour la tranquillité du reste du week-end, il valait mieux éviter le flagrant délit de courriel un dimanche. La jeune femme profita d'avoir encore son téléphone entre les mains pour scanner en vitesse son agenda de la semaine. Sa vie au bureau était si calme que les créneaux ne manquaient pas. À tel point qu'elle choisit d'éviter de les communiquer tous à Hortense : disposer de tant de disponibilités n'était pas franchement vendeur. Mais l'heure n'était pas aux calculs politiques, et Bérénice eut tout juste le temps d'appuyer sur l'onglet « envoyer » avant l'arrivée de Ludovic.

— Un problème ? lui demanda-t-il, adoptant, de manière très caricaturale, le ton d'un commissaire de police.

— Absolument pas. Un grand merci pour ce café. J'adore nos matinées ici !

2019, Paris

« Votre hôte va vous laisser entrer dans un instant. »

Hortense fixait son écran avec autant d'appréhension que d'anxiété. À quoi mènerait toute cette conversation ? Que pouvait bien avoir découvert cette soi-disant experte en cybersécurité qu'elle, spécialiste du renseignement depuis désormais une dizaine d'années, n'avait déjà décelé ? Au fond, elle le savait, Bérénice avait mis le doigt sur quelque chose avec ses histoires de dessins récurrents. Pourquoi elle, Hortense, reconnue par tant d'autres pour son obstination, les avait-elle négligés ? Elle se rappelait ne leur avoir accordé aucune importance. Et quel était cet autre sujet dont la mathématicienne souhaitait tant lui parler ? Par orgueil sûrement, Hortense s'était convaincue que Bérénice avait un côté affabulateur. Car enfin, qui mieux qu'elle pouvait décrypter le MS620 ?

Avec le temps, à mesure de sa montée en grade, l'ego d'Hortense n'avait pas eu l'occasion de dégonfler. Loin de là… Entre son poste et le comité de direction de la DGSE, il n'y avait plus qu'un échelon. Qu'elle comptait bien gravir, comme les précédents, dans les années à venir. À présent valeur montante du service du renseignement politique, elle avait le sentiment d'en être enfin, de faire partie de ce saint des saints qu'elle avait tant fantasmé. Ses journées se cadençaient au rythme des échanges avec ses homologues des organisations américaines, britanniques ou asiatiques sur les dossiers les plus brûlants du globe.

Le courriel inattendu de Bérénice l'avait transportée dans un autre espace-temps. Quand, quelques années plus tôt, elle s'était passionnée pour un vieux manuscrit. Bizarrement, sa mémoire ne retenait que sa curiosité : l'aspect financier, cet échec à monétiser sa chaîne YouTube, Hortense l'avait enfoui, refoulé. Aux yeux de la professionnelle avertie du renseignement qu'elle était devenue, ces dizaines de vidéos étaient reléguées au statut de passion d'étudiante, pas complètement délaissée néanmoins. Plusieurs fois par an, pendant les rares moments de liberté que lui octroyait son métier, elle se replongeait dans les nombreuses notes prises lors de son année à The George Washington University. À ce jour, cette enquête était bien la seule qu'elle n'était pas parvenue à résoudre. Et son esprit perfectionniste se chargeait de le lui rappeler assez souvent. Les années s'égrainaient et, malgré tout, cette intrigue semblait vouloir lui résister, à jamais.

« Je ne peux pas m'y consacrer plus que cela », arguait-elle régulièrement auprès de sa mère, qui ne manquait pas de lui poser la question dès que l'occasion se présentait.

Le temps passant, une autre chose persistait : la propension d'Hortense à s'énerver quand on la titillait… et à le faire clairement comprendre. Aussi sa mère avait-elle pris l'habitude d'être rabrouée dès qu'émergeait le sujet du manuscrit MS620… à chaque repas de famille en réalité.

« Excuse-nous, finissait irrémédiablement par temporiser son père. Tu n'as pas le droit de nous parler de ce que tu fais au quotidien dans ton travail, donc on se raccroche à ce que tu faisais avant. On aimait ça, nous, tes petites vidéos sur Internet ! »

Chaque fois, Hortense tiquait sur l'adjectif « petite », rappelant sans relâche à son père que ses chroniques avaient toujours été peaufinées et lui avaient pris beaucoup de temps. Elle ne manquait jamais de souligner aussi qu'à l'époque sa mère et lui avaient surtout semblé s'inquiéter de la savoir dans sa chambre pendant des heures, à « faire on ne sait quoi » sur Internet, la sommant de délaisser son passe-temps numérique pour une occupation plus sérieuse.

« Oui, bon au moins, on était au courant de ce que tu trafiquais, au final », lui avait-il lâché lors du dernier Noël.

Hortense avait clairement saisi la lassitude de son père de s'entendre répondre « je ne peux rien te dire » à chaque fois qu'il lui posait une question, si anodine fût-elle, sur son activité professionnelle.

Ces piques parentales, la jeune femme avait décidé depuis belle lurette de ne plus les relever, de s'en émanciper pour de bon. De fait, elles ne l'atteignaient plus autant qu'avant, ne provoquaient plus chez elle ce chamboulement intense qui avait jadis orienté tant de décisions.

Et même, Hortense s'amusait de ce statut que lui imposait son poste : être en permanence tenue au secret l'entourait d'une aura mystérieuse qui suscitait toujours l'attention de ses interlocuteurs, et en premier lieu de ses proches.

— Allô, vous m'entendez ?

Une jeune femme brune venait de faire subitement son apparition de l'autre côté de l'écran. Ce qu'elle avait l'air coincée avec sa queue-de-cheval et ses lunettes à monture noire ! Dans le genre bonne élève, on avait rarement fait aussi caricatural.

— Oui, très bien, et vous ? répondit Hortense sur ce ton froid qu'elle employait à chaque fois qu'elle tenait à faire comprendre qui conduirait la conversation.

— Très bien, je vous remercie.

Bérénice avait, comme elle, prit soin de se mettre devant un mur blanc, le plus neutre possible. Précaution de plus en plus nécessaire en ces temps où les réunions numériques avaient tendance à se multiplier, provoquant autant d'intrusions dans nos intérieurs et, par conséquent, dans nos vies privées déjà largement malmenées par bon nombre d'applications.

— Je suis ravie qu'on ait pu trouver un créneau pour échanger sur ce sujet qui nous tient à cœur, à toutes les deux, si j'ai bien compris, ajouta Bérénice d'un ton exagérément chaleureux.

« Ah non, ma cocotte, ça ne va pas se passer comme ça. » Elle ne comptait tout de même pas prendre l'ascendant sur leur échange ? S'il y avait bien une chose qu'Hortense goûtait peu, c'était de se retrouver face à une femme de sa trempe : la trentaine, le parcours brillant, un poste à responsabilités… Dans son univers proche, ce genre de profils se faisait rare ou, plutôt, elle avait appris à les distancer.

— Oui, disons que j'y ai consacré une part significative de mon temps il y a une dizaine d'années et que je continue de me pencher dessus régulièrement. Donc c'est une facette importante de ma vie depuis 2011, pas depuis six mois.

Le ton était donné. En apercevant le visage de Bérénice blêmir de l'autre côté de l'écran, Hortense saisit qu'elle était parvenue à marquer son territoire.

— Et vous alors, comment en êtes-vous venue à vous intéresser à la question, depuis Singapour ?

Bérénice lui répondit avec la voix peu assurée d'une étudiante passant un grand oral. Hortense comprit alors qu'elle était probablement en train de gagner la bataille de l'ascendant.

— OK, bon, ponctua-t-elle à la fin du récit de l'experte en cybersécurité, s'employant à parler de son timbre froid si caractéristique qui suscitait toujours, ou presque, l'écoute ou le respect de ses interlocuteurs. Donc, vous m'expliquiez dans votre message avoir établi des récurrences statistiques intéressantes dans les dessins d'Herta Mertil. Vous pourriez développer ? Parce que, dit comme ça, ça me semble un peu mystérieux tout de même.

Il y avait une chose qu'Hortense détestait autant qu'elle la redoutait : admettre ne pas comprendre. En l'occurrence, ses lacunes en mathématiques avaient eu raison d'elle. Non seulement elle n'avait jamais remarqué ces répétitions relevées par Bérénice, mais elle avait eu tout le mal du monde à en saisir les contours.

— Très bien, je vais vous détailler ça, rebondit Bérénice, heureuse de pouvoir s'abriter derrière ses connaissances pour la suite de leur échange. Avant toute chose, souhaitez-vous que je vous envoie le scan du MS620 ? Le mieux est que vous l'ayez sous les yeux, comme nous allons parler de ces lignes de schémas à déchiffrer.

Hortense était troublée. Cette Bérénice était à ce point introduite auprès de The George Washington University qu'elle disposait d'une copie du texte ? Le précieux sésame qu'elle n'avait jamais pu obtenir, malgré son acharnement et les heures consacrées au décryptage de ces vieux feuillets.

— Oui, ce serait bien, bredouilla-t-elle, d'un ton qu'elle aurait voulu froid, mais qui, en réalité, reflétait une certaine déstabilisation.

— Très bien. Alors attendez, je vous le retrouve.

Bérénice avait déjà l'esprit perdu dans ses hypothèses mathématiques. L'esprit rationnel qui avait fait sa force pendant toutes ses études supérieures, lui permettant de décrocher les concours les plus sélectifs de sa discipline, la faisait néanmoins souvent passer à côté de la psychologie de ses interlocuteurs.

— Voilà, en fait, ma théorie est la suivante. Ces croquis représentant des femmes associent, en réalité, calculs et conjectures linguistiques.

À la fin de cette phrase, Hortense comprit qu'elle pouvait perdre le fil de la conversation assez rapidement et choisit de rester de marbre. Elle fixa Bérénice avec plus d'intensité par écrans interposés et son silence plombant incita la mathématicienne à poursuivre sa démonstration.

— En gros, pour résumer, le MS620 contient vingt-trois symboles différents... J'ai eu pour idée d'établir leurs fréquences afin de les comparer à celles des lettres en français.

Hortense avait du mal à l'admettre, mais elle trouvait le procédé assez ingénieux. À tel point qu'elle s'en voulait de ne pas y avoir pensé plus tôt. Elle continua de garder le silence, mais cette fois-ci elle était vraiment intriguée. D'ailleurs, un signe ne trompait pas : un doigt manucuré commençait à enrouler nerveusement une mèche de ses cheveux, encore plus ondulés qu'auparavant.

— Donc, en gros, poursuivait Bérénice, toujours avec ce ton de première de la classe derrière lequel elle avait pris l'habitude de se barricader, j'ai remarqué que le symbole représentant une femme au poing levé revenait le plus souvent. Avec une incidence de 16,3 %. Dans la langue française, le parallèle avec la fréquence d'utilisation de notre lettre la plus courante, le E, à 12,1 % est facile à établir.

Mais c'était bien sûr ! Pourquoi n'y avait-elle pas pensé plus tôt ? Ces schémas ne constituaient pas, comme l'avait suggéré Émile Durantier lui-même, « du charabia ». C'était bien plus que cela.

— Bon d'accord, et vous avez appliqué cette méthode pour tous les dessins, poursuivit immédiatement Hortense, cherchant à tout prix à reprendre le contrôle de la conversation.

— Euh, pas exactement, bredouilla Bérénice de l'autre côté de l'écran. Ce n'est pas si simple, car bon nombre de lettres en français ont des fréquences voisines : par exemple, le I et le S, qui occupent les troisième et quatrième places des caractères les plus utilisés, ont des fréquences respectives…attendez, je retrouve mes notes…

Hortense baissa le volume sur son ordinateur. Elle en faisait, un raffut, avec ses feuilles éparpillées, celle-là !

— … voilà ! à 6,59 et 6,51 %, donc vous voyez… Ces fréquences sont trop proches pour pouvoir appliquer cette technique à l'ensemble des croquis. Je me suis donc tournée vers la méthode du « mot probable ».

Une fois de plus, pour son plus grand énervement, Hortense resta interdite. Cette Bérénice la captivait autant qu'elle l'agaçait… Le pire est que, sous son fuseau horaire, elle ne semblait pas en prendre la mesure.

— En clair, je me suis référée au mot le plus utilisé de la langue française, après « le », « de » et « un », à savoir le verbe « être » et ses conjugaisons. J'ai donc cherché les répétitions de quatre symboles, commençant et finissant par cette femme au poing levé. J'ai ainsi trouvé le même enchaînement, constitué de quatre signes, trois fois : une femme au poing levé, suivie d'une femme en robe, d'une autre faisant le poirier et, enfin, d'une encore au poing levé. De quoi nous donner les symboles associés au T et au R.

Hortense l'écoutait, sonnée. Mais bien sûr ! Tout lui paraissait limpide.

— Et par ailleurs, je me suis attaquée aux séquences dont la majorité des lettres étaient identifiées. Par exemple, le troisième mot commence par le symbole d'une femme avec une jambe en l'air, puis est suivi des symboles correspondant aux lettres E, R, et E.

« Le même symbole, poursuivait-elle, revient dans une série située en bas de la dernière page du manuscrit, dont on connaît en revanche les autres lettres : R, E, le symbole de la femme à la jambe en l'air, E, T, T, R, et E. On peut ainsi estimer que ce symbole renvoie à la lettre M, ce qui donne les mots “mère” et “remettre” ».

Tout s'éclaircissait dans la cervelle d'Hortense ! Herta n'avait pas « machinalement gribouillé des croquis », comme l'avait martelé à maintes reprises Émile Durantier. Elle avait livré la clé de son message.

— Je suppose que le deuxième terme, situé entre « être » et « mère », constitué de trois symboles et se terminant par un E est « une », lâcha-t-elle nonchalamment à Bérénice, employant le ton de celle qui baisse les armes, reconnaissant en son for intérieur la clairvoyance de son interlocutrice.

— Exactement. Ce qui permet d'identifier par la même occasion les lettres U et N.

— J'imagine que vous avez décrypté l'ensemble de ce message, du coup ? demanda Hortense, espérant fortement ne pas avoir à l'effectuer en direct avec Bérénice.

Elle en était à peu près persuadée, la mathématicienne décrypterait les lettres manquantes bien plus rapidement qu'elle. Être prise de vitesse, voilà bien une autre chose qu'elle souffrait peu.

— Oui, vous ne m'en voudrez pas, mais je n'ai pas pu résister.

Petit sourire circonstancié d'Hortense.

— Non, bien sûr, je vous comprends ! Et donc, ça donne quoi ?

« Venons-en au fait, on ne va pas tourner autour du pot », aurait-elle aimé lui dire, injonction qu'elle assénait régulièrement à ses collaborateurs (désormais subordonnés pour la plupart, ce qui n'était pas pour lui déplaire). Mais, sentiment rare chez elle, Hortense commençait à éprouver un certain respect pour Bérénice qui poursuivait déjà :

— Donc, je vous lis mot pour mot : *Être une mère, quelle responsabilité ! Quand j'ai constaté que Théodore ne respirait pas, je n'avais d'autre choix que celui de couvrir Joséphine : officiellement, elle n'aurait pas préparé le chocolat. Ni confondu les doses de laudanum. Ce serait moi. Après tout, celle qui a eu l'idée de tout cela, c'est bien moi. Être prise au piège de son stratagème, quel drame… Être celle qui, indirectement, a poussé sa fille à commettre un crime… Comment s'en remettre ? Être convaincue enfin qu'il ne reste qu'une chose à faire : mentir pour la sauver.* »

— Alors le laudanum… commença Hortense avant que Bérénice ne terminât sa phrase pour elle.

— Oui, évidemment j'ai cherché. Il s'agit d'une préparation médicamenteuse à base d'opium apparue dans la pharmacie européenne aux alentours du XVIe siècle. Forcément, pour bien l'utiliser, il faut savoir le doser, sinon c'est le drame.

Tout s'éclairait. C'était donc cela… La raison pour laquelle, comme l'avaient relaté de nombreux articles de presse, Herta s'était accusée devant le tribunal, la raison pour laquelle elle avait enfoncé le clou… Elle avait couvert sa fille. La vraie criminelle, c'était Joséphine, la mère de Suzanne, la grand-mère d'Émile Durantier. Quel choc il aurait en apprenant la nouvelle ! Bien que ne l'ayant jamais réellement porté dans son cœur, Hortense était cependant toujours animée d'une forte émotion lorsqu'elle repensait à leurs mois de travail ensemble. À la fougue qu'elle avait eue, âgée de vingt ans à peine, pour affronter cet universitaire, le convaincre du bien-fondé de sa demande. Elle n'avait jamais été si proche de son but, de leur but, à elle, à lui, et à Bérénice visiblement.

— Il nous reste toutefois encore un point majeur à élucider, lança cette dernière toujours absorbée par ses pensées et sa démonstration, de l'autre côté de son écran.

Elle avait raison. On savait désormais, grâce aux recherches d'Émile Durantier et à sa découverte de l'acrostiche, subterfuge utilisé par Corneille, que le plan initial avait été simplement d'endormir Théodore. Mais, comme l'exposaient les dessins, Joséphine s'était trompée dans les doses de laudanum. Théodore décédé, les deux femmes avaient ensuite, probablement dans la précipitation, décidé de cacher le corps dans la cave où Herta tenait ses réunions féministes occultes. Mais pourquoi avaient-elles entrepris tout cela ? Pourquoi cette volonté d'ensommeiller Théodore ? En clair, le mobile de ce qui convenait d'appeler un meurtre (par accident, mais tout de même) restait toujours à élucider.

— Pourquoi Joséphine et Herta ont-elles voulu neutraliser ce brave homme ? poursuivait Bérénice.

— C'est sûrement expliqué dans la seconde partie du texte.

Grâce à cette fameuse clé que j'ai identifiée, mais dont malheureusement personne n'a jamais décelé le fonctionnement.

Au fil de la conversation, Hortense avait le sentiment de redevenir celle qu'elle avait été en 2011. Cette étudiante passionnée qui avait passé des heures, une nuit entière même (ou bien étaient-ce plusieurs ? elle ne se souvenait plus très bien) à la bibliothèque, à plancher sur le manuscrit MS620 qu'elle avait eu le droit de feuilleter, pour quelques heures seulement.

— Alors, voilà, c'est de cet autre sujet que je souhaitais vous parler.

Hortense écarquilla de grands yeux. Non, elle n'avait tout de même pas trouvé la réponse à cette question ? Celle-là même sur laquelle Émile et elle avaient buté des années plus tôt ? Cette Bérénice, qu'elle commençait à trouver sympathique, était en train de rebasculer doucement du côté irritant.

— En fait, vous l'aviez sûrement remarqué dans vos recherches de l'époque...

« Oh non, elle ne me fait pas le coup du "comme vous le savez" », s'offusqua intérieurement Hortense. Elle avait elle-même régulièrement recours à cette méthode durant ses investigations, pour donner un renseignement à ses interlocuteurs qui détenaient nécessairement moins d'informations qu'elle, tout en feignant d'essayer de ne pas les vexer.

— ... mais deux pages du manuscrit MS620 sont couvertes de dessins de fleurs colorées que l'on trouve notamment en Nouvelle-Calédonie.

— Oui, des bougainvilliers, rebondit aussitôt Hortense, plus pour démontrer qu'elle tenait à garder le cap de la conversation qu'autre chose. Et donc ?

Elle s'aperçut alors que son assurance bousculait la concentration de Bérénice. Cette dernière sembla un moment perdre le fil, s'empêtrant dans une histoire de serres, à l'entendre symboles de Singapour.

— ... et là, j'ai compris que les lettres, que vous relevez dans votre vidéo, en apparence sans signification, renvoient en réalité au nom scientifique des bougainvilliers : BOUGAINVILLEA. Il y a exactement le même nombre de signes que dans NYCTAGINACEAE, le mot qui conclut la seconde partie du manuscrit et qui est le nom scientifique de la famille à laquelle appartiennent les bougainvilliers.

Hortense ne chercha plus à se retrancher derrière son assurance ou sa froideur habituelles. Cette inconnue venait de résoudre une énigme qui lui trottait dans la tête depuis si longtemps. Encore floues, les pièces de ce puzzle qui l'avait tant tenue en haleine commençaient doucement à s'assembler.

2019, Washington DC, Paris, Singapour

— Émile, vous êtes toujours là ?

Hortense dégagea l'une de ses mèches rousses ondulées qui s'était glissée, au fil de la longue heure de conversation qui venait de s'écouler, entre son oreille et le combiné. Cet homme n'avait jamais su vivre avec son temps, il ne pouvait pas se mettre aux visioconférences comme tout le monde ? Non, il avait insisté pour que cette conversation eût lieu par téléphone, à l'ancienne en fin de compte. À ceci près qu'ils étaient tout de même trois en ligne : Bérénice s'était jointe à la conversation. Magie de ces nouveaux téléphones portables qui permettent de démultiplier les interlocuteurs.

À l'autre bout du fil, le septuagénaire était à mille lieues de se douter des considérations techniques d'Hortense qu'il percevait encore comme une étudiante avide de réussite. Il la tenait enfin, cette réalité après laquelle il avait couru pendant toute sa carrière, la presque totalité de sa vie d'adulte. Et toute son érudition n'avait pu en résoudre qu'une maigre partie. Le reste, il le devait à deux jeunes femmes qui, à quelque dix ans d'intervalle, avaient su venir à bout de tous les stratagèmes mis en place par son arrière-grand-mère pour protéger sa fille, tout en faisant triompher sa vérité.

Il lui avait fallu un certain temps pour comprendre la méthode du mot probable que Bérénice venait de lui exposer : la jeune femme avait déployé des trésors d'inventivité pour ne pas assommer l'universitaire de références mathématiques. Ce type d'exercice était souvent périlleux à la jeune mathématicienne : sa pensée fusait, en moyenne plus vite que celle des autres. Une agilité d'esprit qui, couplée à son côté taiseux, avait trop souvent été perçue par ses interlocuteurs comme de la froideur, un manque d'empathie, voire de la prétention. Ce jour-là cependant, le bonheur qu'elle avait d'être venue à bout de ce dossier colorait sa voix d'une tonalité légère et enfantine qui, si elle parvenait quelque peu à amuser Émile malgré la gravité du contexte, agaçait passablement Hortense, toujours prompte à épingler ceux qui s'adonnaient à la flagornerie. Estimant néanmoins que, cette fois-ci, une remarque de sa part risquait d'allonger la conversation et de jouer en sa défaveur, l'ancienne étudiante s'employa, une fois la démonstration mielleuse de Bérénice terminée, à expliquer à son ancien professeur comment, grâce à la découverte « bienvenue » (un peu d'hypocrisie ne faisait jamais de mal) de leur nouvelle comparse expatriée à Singapour, le mobile du crime pouvait être clairement établi.

— Vous vous souvenez ? On avait mis en évidence le lien avec un procédé décrit par Jules Verne dans son livre *La Jangada.*

Comment aurait-il pu l'oublier ? Quand elle lui avait posé cette question, Émile avait, une fois de plus, eu confirmation de ce dont il avait toujours été convaincu : Hortense avait une propension à considérer ses interlocuteurs comme des êtres inférieurs à accompagner, à prendre par la main pour qu'ils fussent en mesure de suivre sa pensée ô combien complexe. Force était de constater que les années et sa relative réussite professionnelle (qu'elle n'avait pas manqué de souligner lors des civilités d'usage en début de conversation) avaient eu tendance à accentuer ce trait de caractère.

Hortense, elle, savait non seulement détecter les réticences et les blocages que son tempérament pouvait susciter chez d'autres, mais avait surtout appris à masquer la satisfaction que cela lui procurait. Elle y voyait là une preuve de son ascendant.

— Bon, eh bien Bérénice a compris, au hasard d'une balade à Singapour, quelle était la clé qui permettait de décrypter la seconde partie du texte. Et donc d'identifier le mobile du crime.

— Oui, voilà… rebondit, assez vainement, l'intéressée, songeant qu'Hortense aurait pu lui laisser la faveur de cette annonce.

Le pire était qu'elle avait anticipé pareille situation. La veille, sa conversation avec l'ancienne youtubeuse avait confirmé ce qu'elle avait pressenti au cours de leurs échanges de courriels. Hortense était probablement de la trempe de ceux qui s'arrogent le travail des autres sans états d'âme, qui font savoir en permanence ce qu'ils font. « Le genre qui réussit très bien en entreprise », aurait sans aucun doute commenté Ludovic. Ludovic qui lui avait vivement conseillé de ne pas se laisser marcher sur les pieds lors de cette conversation à trois. « Tu as assez bûché sur ce dossier, y compris pendant nos week-ends, pour ne pas te faire voler la vedette par cette fille », l'avait-il sermonnée, assez justement, la veille au soir, allant jusqu'à lui proposer un jeu de rôles pour parvenir à s'imposer pendant le coup de fil. Mais les bons conseils et la bienveillance de son compagnon n'avaient pour l'heure pas été suffisants pour lui permettre de prendre toute sa place dans l'échange qui venait clôturer des semaines de travail.

Néanmoins, Bérénice prit sur elle et masqua sa contrariété. Il était 19 heures passées à Singapour, et Caroline et Camille n'avaient pas encore quitté les locaux de Natalis. À travers les parois vitrées de leurs bureaux, elles la mitraillaient de regards interrogateurs. Ce matin-là, elles avaient appris, sidérées, que leur collaboratrice était venue à bout de ce contrat en souffrance avec les États-Unis. La nouvelle les avait ahuries, tant sur le fond que sur la forme. En effet, sur les conseils de son compagnon, Bérénice avait pris soin de les en informer par courriel en mettant Blaise en copie. Depuis Paris, le patron, à l'origine de son expatriation, avait pris soin de féliciter sa recrue… ne laissant d'autre choix à Camille et Caroline que de renchérir dans la foulée.

« Ce serait dommage de leur montrer un quelconque signe d'agacement aujourd'hui », pensa Bérénice, s'appliquant à paraître très inspirée par sa conférence téléphonique. Au fond, l'impolitesse de cette Hortense, qu'elle connaissait à peine, pesait bien peu par rapport à la joie de voir ses patronnes enrager.

— Vous avez bien dit « crime », Hortense ? répondait Émile, visiblement abattu, après de longues secondes de silence.

Ce dernier mot lui avait agressé les oreilles. Non pas qu'il s'attendît à ce qu'Hortense prît des gants pour lui annoncer dans quelle malversation son aïeule s'était compromise, mais parce qu'une part de lui avait toujours espéré que tout cela ne fût qu'une grossière erreur. Et que son arrière-grand-mère eût exposé dans son écrit tous les ressorts de ce marasme judiciaire. Au cours des minutes qui suivirent, l'universitaire déploya tout ce que la vie lui avait offert (au vu des performances dont il avait fait preuve des années durant, ce terme était plus qu'adéquat) de capacité de concentration pour comprendre les explications d'Hortense qui, de son côté, affichait un malin plaisir à adopter le ton de ceux qui savent. Réconfort de bas étage sans doute, après avoir été dans la position inverse la veille lors de son échange avec Bérénice. Elle n'en revenait toujours pas... Comment cette experte en cybersécurité surgie de nulle part avait bien pu parvenir à bout de cette intrigue qui lui avait donné tant de fil à retordre ?

— En fait, poursuivit-elle, cette signature que j'avais repérée, vous savez, après la fameuse nuit à la bibliothèque... parce que vous ne souhaitiez pas que j'emprunte le manuscrit plus de quelques heures...

Quelle rancune ! Émile, à qui les années avaient appris à ne pas s'encombrer de querelles inutiles, choisit de ne pas relever la remarque.

— ... ces lettres en gras qui concluent la seconde partie, ***nyctaginaceae***, il s'agit en réalité du nom scientifique de la famille de plantes à laquelle appartiennent les bougainvilliers, justement dessinés en plein milieu du MS620. Et le nom scientifique des bougainvilliers, c'est « bougainvillea ». Donc, en clair, il faut substituer aux lettres de « nyctaginaceae », celles de « bougainvillea » et ensuite s'inspirer de la méthode utilisée dans le livre de Jules Verne. Vous vous en souvenez ?

— Vaguement, admit Émile.

Bien entendu, il avait dévoré le roman une dizaine d'années

plus tôt après avoir compris qu'il contenait potentiellement la clé de toute cette énigme, mais, force était de reconnaître qu'il en avait oublié les subtilités.

— Oui, moi aussi, vaguement, mais bon, il suffit de revoir la vidéo que j'ai réalisée à l'époque et la mémoire est instantanément rafraîchie.

« La voilà repartie avec sa chaîne YouTube », s'amusa-t-il intérieurement.

— Donc, en gros, les mots « nyctaginaceae » et « bougainvillea » sont constitués du même nombre de lettres. Avec Bérénice, nous les avons écrits soigneusement l'un au-dessus de l'autre pour établir la suite de décalages.

Elle comprit, au silence régnant à l'autre bout du combiné, qu'elle était en train de perdre son interlocuteur.

— Pour résumer, le N au-dessus du B, le Y au-dessus du O, le C au-dessus du U, etc. Vous êtes avec moi ?

— Oui, jusque-là, ça va. Et alors ?

— Eh bien, ça donne une succession de chiffres correspondant au décalage de chaque lettre les unes par rapport aux autres dans l'alphabet. Donc, vous voyez, entre le N et le B, il y a 13 lettres, 16 entre le Y et le O, 18 entre le C et l'U (en recommençant à A après le Z). Je vous épargne le reste de la démonstration, vous avez compris, je pense ? Et, oui, j'ai bien pris soin d'enlever le W.

— Vous avez eu raison, cette lettre n'a été intégrée à l'alphabet français officiellement qu'en…

— … 1948, je sais, vous me l'aviez déjà signalé à l'époque, et d'ailleurs j'en parle dans la vidéo de ma chaîne YouTube. Mais c'est surtout que le W n'est pas utilisé non plus dans *La Jangada*. Donc, comme Herta semble s'en être inspirée…

— Rien d'étonnant, chère Hortense, étant donné l'époque à laquelle ont vécu ces deux auteurs. Mais continuez, je vous écoute.

Il adoptait son ton professoral. Visiblement, il n'avait pas pris la mesure des années écoulées : Hortense n'était plus cette étudiante qui pouvait concevoir, de temps à autre, d'obéir à un enseignant.

— Mais je vous ai tout dit. À vous de m'indiquer si vous avez bien compris et si vous vous sentez de décrypter le texte seul.

Depuis son continent, Bérénice qui, dans un premier temps, avait été outrée de ne pas être invitée à dérouler l'explication sur la suite de décalages osait en réalité de moins en moins intervenir. Ce qu'elle avait perçu lors de son échange avec Émile Durantier au Flower Dome tendait à se confirmer : sa relation avec Hortense n'était pas au beau fixe… Elle n'était pas la seule à passer une journée en demi-teinte… Cette pensée suffit à remonter son moral vacillant et lui permit d'afficher de grands sourires d'aise. Assurément, se persuadait-elle, ces derniers ne manqueraient pas d'accentuer l'étonnement de Caroline et Camille. Autant ne pas bouder son plaisir !

De son côté, Émile, assis dans le grand fauteuil de velours, qui avait appartenu à sa mère et avant elle à Joséphine, tentait, assez vainement pour l'heure, d'analyser les conséquences de ce qu'était en train de lui exposer Hortense.

— À peu près. Mais une fois que vous avez cette série de chiffres, qu'en faites-vous ? Je suis désolé, je n'ai pas relu *La Jangada* depuis 2011. J'ai besoin d'une petite fiche de rappel.

À peine avait-il fini de prononcer cette phrase qu'il avait pris conscience que le mot « fiche » avait certainement irrité Hortense : à vingt ans déjà, elle souffrait peu d'être considérée comme la subordonnée de quelqu'un, même s'il s'agissait d'un professeur d'université… Alors huit ans plus tard ! D'ailleurs, sa réaction ne se fit pas attendre :

— Eh bien, vous demanderez à votre stagiaire de vous en rédiger une.

— Pardonnez-moi, chère Hortense, ce n'est pas ce que je voulais dire. Je ne me souviens plus du tout de la technique exposée dans ce texte et je dois admettre être assez perdu quant à la suite du raisonnement.

— Ouh là, les excuses d'Émile Durantier ! Je n'étais pas certaine de vivre suffisamment longtemps pour avoir cet honneur.

— N'exagérons rien, Hortense, lâcha-t-il d'un ton moqueur.

« Eh bien, je ne suis pas la seule à avoir des problèmes, visiblement », s'amusa Bérénice.

Émile n'avait rien trouvé de mieux pour rattraper la situation. Hortense, de son côté, se réjouissait de cette petite victoire qui, elle le reconnaissait, aurait ravi l'étudiante qu'elle avait été.

— Bon, en gros, en poursuivant sur la logique que je viens de vous décrire, on tombe sur les chiffres suivants : 13 16 18 12 0 2 5 8 8 9 7 4 21. Il suffit d'écrire chacun de ces nombres au-dessus des lettres du message codé, d'avancer d'autant de rangs dans l'alphabet, pour ainsi obtenir la lettre à laquelle il correspond. Et vous verrez, cher Émile, le texte d'Herta Mertil apparaître.

— C'est ingénieux, avait marmonné Émile Durantier à l'autre bout du fil. Mais, dites-moi, petite question. Vous avez écrit le mot « nyctaginaceae » au-dessus de « bougainvillea » pour obtenir cette suite de nombres. Pourquoi ne pas avoir fait l'inverse ? Pourquoi d'ailleurs avancer dans l'alphabet ? Pourquoi ne pas le remonter ?

La question désarma Hortense. Non seulement parce qu'elle s'étonnait qu'Émile osât chipoter alors qu'elle lui apportait la résolution d'un secret de famille sur un plateau, mais aussi et surtout parce qu'elle n'avait aucune réponse à lui donner.

— Euh, alors, monsieur Durantier, je me suis moi-même posé cette question effectivement.

Et voilà que Bérénice intervenait de nouveau, avec sa voix chevrotante de première de la classe.

— Si on inverse les mots, on obtient une suite de nombres en moyenne beaucoup plus élevés, ce qui rend le cryptage nettement plus laborieux : 12 8 7 13 0 23 20 17 25 16 18 21 4… En prime, faites le test, mais les nombres en question ne permettent pas de dégager un sens quelconque au texte. Idem si vous remontez l'alphabet au lieu d'avancer. Donc, aucun doute, Herta Mertil s'est bien basée sur la suite que vient de vous indiquer Hortense.

Bérénice avait attendu la fin de sa phrase pour s'autoriser à respirer, ce qui avait eu pour effet d'accélérer son débit de paroles. La veille au soir, Ludovic avait pourtant tenté de la mettre en garde contre ce travers qui, assurait-il, transmettait à ses interlocuteurs son manque d'assurance. Mais c'était plus fort qu'elle : pour l'heure, parler posément, de manière assurée, relevait de la performance olympique. Heureusement, cela n'avait nullement l'air de gêner Émile Durantier.

— Très bien, merci beaucoup pour ces explications très claires, chère Bérénice, répondit-il d'un ton exagérément chaleureux, cherchant manifestement à agacer son ancienne étudiante à qui il s'adressa dans la foulée de manière beaucoup plus directe : Vous pouvez me répéter cette fameuse suite de chiffres, du coup, Hortense ?

— Vous notez bien cette fois-ci ? Ce serait tout de même plus simple de vous les envoyer par mail… Mais bon, comme vous ne les consultez pas, souligna-t-elle, souhaitant écourter cette conversation au plus vite.

Elle ne comptait pas passer la journée au téléphone avec le vieux professeur que les années n'avaient pas rendu plus sympathique.

— C'est bon, j'ai tous vos chiffres. On en sera venus à bout finalement !

— Mais vous parviendrez à tout décrypter ? Vous ne préférez pas que je vous donne le vrai texte tout de suite ?

Émile médita un moment avant de répondre à cette question. Non, Hortense ne lui dévoilerait pas tout. Il voulait apprendre la vérité, seul. Il venait déjà de comprendre, sidéré, que sa grand-mère avait signé un meurtre, certes par accident, mais tout de même. Il préférait découvrir le reste seul, face à lui-même, face à son passé.

— On peut tenter les premiers mots ensemble si vous le souhaitez. Et vous faites la suite. Bien sûr, on pourra se rappeler si besoin. Ne serait-ce que pour vérifier qu'on arrive bien au même texte !

— Eh bien, Hortense Birnevolle qui reconnaît pouvoir, éventuellement, se tromper ! Moi non plus, je ne pensais pas vivre suffisamment longtemps pour voir ça !

Hortense ne put s'empêcher d'esquisser un sourire… tout comme Bérénice.

— Bon, prenons les premières lettres par exemple : GQLCDMMVKFNDE. Écrivez-les sur une feuille de papier et, au-dessus de chaque lettre, indiquez le nombre correspondant. Cela donne : 13 pour G, 16 pour Q, 18 pour L, 12 pour C, etc. Ensuite, afin d'identifier la vraie lettre correspondant au G, vous avancez l'alphabet de 13 rangs, ce qui transforme le G en T. La même logique s'applique pour le Q : avancez de 16 rangs et vous obtenez un H. Un E pour le L, et ainsi de suite. Bon, vous m'écoutez toujours, là ?

Des bruits de papier dans le récepteur lui indiquaient que son interlocuteur s'agitait. De fait, Émile venait de comprendre. Enfin ! Déjà les premiers mots s'esquissaient sous ses yeux :

T	**H**	**E**	**O**	**D**	**O**	**R**	**E**	**S**	**O**	**U**	**H**	**A**	**I**	**T**	**A**	**I**	**T**	**M**	**A**
13	16	18	12	0	2	5	8	8	9	7	4	21	13	16	18	12	0	2	5
G	Q	L	C	D	M	M	V	K	F	N	D	E	U	D	H	V	T	K	U
R	**I**	**E**	**R**	**J**	**O**	**S**	**E**	**P**	**H**	**I**	**N**	**E**	**D**	**E**	**F**	**O**	**R**	**C**	**E**
8	8	9	7	4	21	13	16	18	12	0	2	5	8	8	9	7	4	21	13
J	A	U	K	F	S	F	N	X	U	I	L	Z	U	V	V	H	N	G	Q

— « Théodore souhaitait marier Joséphine de force », murmura-t-il.

Hortense écarquilla ses grands yeux bleus : Émile n'était pas aussi gâteux qu'elle l'aurait imaginé.

— Je vous laisse continuer, Émile ? suggéra-t-elle.

Bérénice, elle, était de plus en plus indisposée par la conversation : si, pour elle et Hortense, la résolution de cette intrigue représentait l'aboutissement de longues heures de travail et de concentration, pour l'universitaire, il s'agissait de la révélation d'un secret de famille, qui avait tant fait gamberger sa mère. Une mère à qui il avait promis de venir à bout de cette énigme qui l'avait rongée à petit feu.

— Ça va aller, je vous remercie, Hortense.

— On se rappelle si besoin, conclut-elle.

Pour une fois, ses propos reposaient sur un fond de sincérité : elle n'osait imaginer ce que pouvait éprouver Émile, sur le point d'élucider ce grand mystère, celui de sa vie. N'ayant pas pour habitude de s'appesantir sur le ressenti des autres, elle songea immédiatement qu'elle saurait enfin quoi répondre à ses parents lorsqu'ils ne manqueraient pas, une dernière fois, de la questionner sur le mystère non élucidé mis en scène sur son ancienne chaîne YouTube. Néanmoins, elle s'arrangerait pour leur servir une version un peu aménagée de la réalité, il lui était inconcevable d'admettre qu'une autre était parvenue à bout de ce mystère. Déjà, son esprit fusait de mille et une explications fallacieuses à donner à sa famille. Ne jamais montrer la moindre faille, la moindre faiblesse… Son mantra n'avait pas bougé d'un iota. Le mystère du MS620 était résolu : ses parents seraient impressionnés. C'était là tout ce qui importait à ses yeux.

— Ce fut un plaisir d'échanger avec vous, en tout cas, bon courage, monsieur Durantier, balbutiait de son côté Bérénice, quelque peu soulagée de s'éclipser de cette conversation que la tournure intime gênait.

Lorsqu'elle ne savait pas quoi dire, la politesse restait encore sa meilleure alliée.

Après avoir raccroché, elle fit mine de ne pas relever les regards peu discrets et très interrogateurs de ses deux supérieures hiérarchiques. Tranquillement, elle rangea ses affaires, se leva et sortit de l'open space en leur adressant un « À demain » qu'elle aurait toutefois espéré plus ferme. Il exprimait cependant sa jubilation à l'idée qu'elles passeraient probablement leur soirée, comme les précédentes, à plancher sur ce dossier de cybersécurité auquel elles peinaient à trouver une issue. Une fois dans l'ascenseur, Bérénice, les deux mains sur son ventre de plus en plus rond, ressentit, pour la première fois depuis de longues semaines, un grand sentiment de légèreté. Celui qui suit un travail bien fait. Celui aussi de la victoire à savourer.

Émue, elle eut une pensée pour Émile qui, de l'autre côté du globe, avait l'esprit monopolisé par le MS620. Se plongeait-il dans ce texte énigmatique pour la dernière fois de sa vie ? Probablement.

Mais cette pensée, qui aurait dû soulager Émile Durantier, le troublait au plus haut point. De fait, quand Rachel rentra quelques heures plus tard, épuisée par l'un de ces nombreux colloques où elle était désormais invitée à s'exprimer moyennant des tarifs alléchants en vertu de son passé de diplomate influente, elle s'alarma de trouver son mari avachi dans son fauteuil, immobile. Plus particulièrement, elle fut frappée par sa pâleur extrême, son expression complètement hébétée.

— Qu'est-ce qui t'arrive ? Attends, j'appelle un médecin tout de suite, paniqua-t-elle, cherchant précipitamment son portable dans son sac.

— Ma grand-mère… c'est elle.

La réponse et surtout le chuchotement d'Émile figèrent Rachel, la pétrifièrent au point qu'elle fut incapable de composer le numéro de leur généraliste.

— Ta grand-mère ?

Il acquiesça. Elle avait bien entendu, elle n'avait pas rêvé. Son mari venait d'évoquer cette grand-mère qu'il n'avait pas connue, cette femme dont le destin avait été maintes fois conté par Suzanne : une femme éprise de liberté, n'écoutant qu'elle-même, s'affranchissant de toutes les règles, grande amoureuse de la vie devant l'Éternel.

Pour toute réponse, Émile lui tendit, la main tremblante, une feuille de papier. Dans un premier temps, Rachel eut toutes les peines du monde à en saisir le contenu : des successions de lettres et de chiffres dansaient devant ses yeux. Son esprit, saturé après des heures de conférence, mit quelques longues secondes à assimiler ce qu'Émile lui expliquait et ce qui était écrit sur cette feuille. Puis, enfin, elle comprit. Étourdie, elle s'affala dans le grand chesterfield marron de leur salon. Sa tête vacillait, comme emportée dans un tourbillon, loin, très loin, de l'ambiance feutrée de son appartement et des bâtiments blancs comme neige de Washington DC.

La clé, cette fameuse clé qui avait longtemps torturé son époux, permettait enfin de décrypter tout un pan du message :

Théodore souhaitait marier Joséphine de force au fils Lemaunier afin de conclure des affaires avec son père, le grossiste le plus influent de Paris. Mais Joséphine n'aimait guère ce jeune homme. Je ne pouvais me résoudre à laisser ma fille embrasser ce destin. J'ai donc élaboré un plan : fuir avec elle après avoir endormi Théodore

grâce à notre recette magique de chocolat chaud. Joséphine insista pour m'aider. Je la laissai concocter le breuvage, pendant que je discutais, chose rare, avec Théodore des affaires de l'épicerie. Ce jour-là, j'avais sciemment ouvert les fenêtres : il ne tarda pas à se plaindre de la température. Je m'empressai de lui indiquer qu'ayant froid également, j'avais préparé du chocolat chaud. Il en réclama aussitôt. Lorsque je lui servis la boisson, il fut saisi de convulsions inattendues. Je réalisai qu'il faisait une attaque. Joséphine, alertée par le bruit, avait accouru depuis la cuisine.
« Le laudanum, tu as bien respecté la dose ? » demandai-je.
Blême, elle s'empara de la bouteille : au lieu de verser trente ml, correspondant à autant de gouttes, dans la tasse de Théodore, elle en avait mis soixante. Erreur fatale. Le reste, le fait de cacher le corps, les mensonges à la police sont mes idées : pour protéger ma fille. Pour qu'elle vive en liberté.

Tandis qu'elle déchiffrait le texte, Émile fixait sa femme avec intensité. Ce mystère avait eu une influence sur sa vie de femme, sur leur vie de couple. Pendant des années, il n'avait parlé que de cela. Une obsession qui avait monopolisé bien des conversations, bien des fins de semaine, bien des vacances. Rachel, elle aussi, avait le droit de savoir. Elle qui l'avait accompagné dans sa quête avait été un rempart contre sa douleur. Ce soir-là, elle le regardait les yeux embués de larmes, le regard empreint de compassion.

Ainsi, il était le petit-fils d'une femme qui avait, sans le vouloir, commis un acte irréparable, mais aussi l'arrière-petit-fils d'une mère engagée au point de se sacrifier, de renoncer à la liberté pour rompre toutes les chaînes susceptibles d'empêcher sa propre fille de s'épanouir. À présent, il comprenait mieux Suzanne, sa mère, dont le comportement l'avait si souvent gêné, qui n'avait jamais accepté le moindre compromis, la moindre concession qui entamât de près ou de loin son libre arbitre. Sans doute afin d'honorer la mémoire de Joséphine, qui avait aimé la vie plus que tout, en hommage à celle qui avait péri à dix-sept mille kilomètres d'elle pour la sauver.

Épilogue

Elle avait appris à l'aimer. Cette odeur de sel, d'air frais. L'odeur si caractéristique qu'elle avait découverte quelque vingt-trois années plus tôt (ou bien était-ce vingt-quatre ?) en débarquant sur l'île des Pins après quatre longs mois de navigation. « Débarquer » n'était en réalité pas le verbe adéquat pour décrire la manière dont elle et ses comparses, désormais décédés pour la plupart, avaient été quasiment jetés à la mer, à plus de deux cents mètres du rivage. Elle avait d'abord associé ces effluves à la galère, au travail forcé, à la prison, ensoleillée, certes, mais où elle était condamnée à passer le restant de ses jours. Au fil des années, la résilience avait fait son chemin, le temps son œuvre. Contre toute attente, elle avait, peu à peu, apprécié les merveilles qui l'entouraient, la nature sauvage qui offrait un spectacle de tous les instants. Aurait-elle pu imaginer, elle qui avait toujours eu des envies d'ailleurs, qu'elle pourrait contempler à loisir des poissons aux mille reflets, des coraux multicolores, simplement en scrutant cette eau à la chaleur caressante, où elle s'était baignée tant de fois ?

Elle avait tapissé les murs de sa cellule de croquis de tout ce qui la ravissait : ces orchidées, ces bougainvilliers, ces différentes espèces de cocotiers qu'elle côtoyait quotidiennement. Les bougainvilliers… Quelqu'un, un jour, parviendrait-il à reconstruire le puzzle ? Celui qu'elle avait mis tant de temps à masquer sur papier ? Le puzzle de sa vie… Celui aussi de sa survie. Car, pour garder la tête haute, pour ne pas sombrer dans la noirceur, Herta avait appris à aimer les merveilles que recelait sa cage paradisiaque. Comment aurait-elle pu faire autrement ? C'était cela ou la folie. Cela ou le suicide. Et avant lui, la dépression nourrie par l'immense tristesse de savoir sa Joséphine si loin. Qu'avait-elle fait de toutes ces années ?

Bien sûr, elles avaient pu s'écrire, mais pour se dire si peu de choses, rien qui comptât vraiment : toute correspondance étant soumise au contrôle (et donc potentiellement à la relecture) de l'administration pénitentiaire. Joséphine avait-elle pu surmonter la douleur d'avoir couvert le mensonge de sa mère comme Herta le lui avait expressément demandé lors de leur unique parloir ? Avait-elle exécuté l'ordre qu'elle lui avait donné ? Celui d'honorer sa mémoire, la militante qu'elle avait été, en vivant sa vie le plus librement possible ? En oubliant la façon sordide dont son père avait disparu ? Un père qui avait voulu la marier de force, la pousser à embrasser un destin aliénant ?

En se condamnant au bagne, en maquillant le crime que sa fille n'avait pas commis intentionnellement, Herta l'avait libérée. Car enfin, elle n'aurait tout de même pas eu le culot d'expliquer à la cour que Joséphine, déjà largement perturbée d'avoir mal dosé la boisson fatale, avait en plus participé à la suite : le transport, en pleine nuit, du corps sans vie de son père dans la cave où Herta avait pour habitude de tenir ses salons occultes. Si elle en avait eu la force, bien sûr, l'écrivaine se serait livrée seule à cette tâche morbide. Mais elle n'avait pas le gabarit pour se débarrasser de la dépouille de Théodore, ni la hisser sur la charrette utilisée pour transporter les marchandises.

Les deux femmes avaient décidé d'attendre le petit matin pour acheminer le corps dans cette cave typiquement parisienne. Sol de terre humide, murs en pierre… dont l'un présentait une fente importante, un creux large d'une soixantaine de centimètres et haut de plus d'un mètre. Herta se souvenait à quel point elle avait pesté contre le propriétaire quand elle l'avait découverte. Contrarié et désarçonné par la hargne de cette femme dont il n'avait pas soupçonné le tempérament, il avait consenti à baisser significativement le montant versé tous les mois. De quoi calmer les ardeurs d'Herta qui avait résolu le problème en installant une lourde porte en pierre devant l'anfractuosité… Ce soir-là, la romancière qui avait toujours eu tout le mal du monde à croire aux forces de l'au-delà avait reconnu qu'une bonne étoile s'était penchée sur son cas en offrant une solution à son macabre dilemme.

Une vingtaine d'années plus tard, recluse sur son île du bout du monde, elle se rappelait avec une extrême précision ces dizaines de minutes au cours desquelles, Joséphine et elle avaient déployé toute l'énergie contenue dans leurs maigres silhouettes, et œuvré pour insérer la malle dans ce mur salvateur.

Pendant les jours qui avaient suivi cette nuit démoniaque, Joséphine avaient bien tenté de questionner sa mère sur ce qu'elles devaient envisager pour la suite. Ne fallait-il pas extraire la malle maudite de la cave et l'accompagner, par voies ferrées, au fin fond de la France ? Se débrouiller pour la brûler, d'une manière ou d'une autre ? Herta avait systématiquement écarté toutes les options proposées par sa fille : non, elle ne souhaitait pas aggraver la situation, risquer de l'exposer encore plus… En fuyant, elles seraient automatiquement suspectées. Assurément, s'était persuadée Herta, la police n'aurait jamais l'idée de dénicher une malle, enfouie dans la pierre d'un mur, masquée qui plus est par une porte, dans une cave où se tenaient diverses réunions… La meilleure façon d'enfouir un secret n'est-il pas de le cacher au vu et au su de tous ? Et pourtant… Le scénario que la militante avait le plus redouté avait fini par se concrétiser… Elle se souvenait si bien de leurs visages : ceux des deux hommes à la mine triomphante, à l'uniforme autoritaire, venus la cueillir au petit matin chez elle lui signifiant qu'elle était suspectée d'avoir un lien avec la disparition subite de son mari, des voisins leur ayant signalé les disputes régulières du couple. À la seconde où elle avait été arrêtée, la romancière n'avait plus été obsédée que par une seule et unique pensée : sauver sa fille.

Joséphine se devait de jouir de la vie, de profiter de chaque instant, de chaque seconde. Et surtout, de ne pas se laisser porter par les remords.

— Mais que restera-t-il de toi, maman ? Toi qui t'es démenée pour bâtir une œuvre ? Toi qui as été de tant de combats pour nous, les femmes ? On ne se souviendra que de ta condamnation, de ce crime que tu n'as pas commis.

Herta l'avait assuré à sa fille : elle le comprendrait, à son tour, si elle devenait mère un jour. Elle serait prête à tout, aux sacrifices le plus ultimes, pour sauver son enfant. La seule chose qu'elle pouvait faire, elle, Joséphine, si elle souhaitait l'aider, c'était d'assouvir son désir le plus profond, celui qui l'animait depuis qu'elle l'avait mise au monde, qu'elle l'avait entendue pousser son premier cri : mener sa vie comme elle le voulait, affranchie de toutes les injonctions, de toutes les obligations qu'Herta s'était efforcée de surmonter.

Alors que l'unique parloir auquel elles avaient droit avant qu'Herta n'embarquât vers l'inconnu touchait à sa fin, Joséphine, les yeux embués de larmes, avait murmuré, la mine défaite :

— D'accord, maman, je ferai tout ce qui m'est possible pour vivre chaque instant avec le plus d'intensité. À une condition… Que tu laisses un mot, quelque chose, une lettre, une indication, même s'il ne s'agit que d'une bouteille à la mer… Une note qui te survive, donnant ta version des faits. Celle que tu ne m'autorises pas à formuler. Quelque chose qui honore ta mémoire. Maman, dis-moi que tu le feras.

— Je te le promets.

La suite : le gardien qui avait frappé à la porte du parloir et l'avait attrapée sans ménagement pour la ramener dans cette cellule grouillant de souris ; les sanglots que sa fille n'était pas parvenue à étouffer en voyant sa mère disparaître à jamais. Tout cela l'avait glacée des années durant.

Mais ce jour-là, à l'aube de son soixante-sixième anniversaire, Herta était sereine. Le crayon entre les mains, elle mettait un point final à cette longue lettre. Huit mois. Huit mois qu'elle y travaillait. Depuis qu'elle s'était rendu compte dormir de plus en plus, être de plus en plus lasse, depuis qu'elle avait pris conscience que sa volonté de vivre la quittait un peu plus chaque jour. Huit mois qu'elle remuait ses souvenirs, qu'elle usait de tous les stratagèmes, certains inventés par des auteurs qu'elle avait vénérés, pour faire exister la vérité, mais l'écrire de manière suffisamment complexe pour s'assurer que plusieurs cerveaux et, pourquoi pas, plusieurs décennies seraient nécessaires à son décryptage. D'ici là, sa fille, elle aussi, aurait probablement quitté ce monde, ou serait bien trop âgée pour être inquiétée. Mais la promesse qu'elle lui avait formulée, dans la moiteur lugubre de ce parloir, serait, elle, honorée.

ANNEXES

Code de la première moitié du MS620

Iynthia prima suis miserum te cepit ocellis,
Lontactum nullis ante cumidinibus.
Eum mihi constancis deiecit lumina fastus
Tt caput impositis presit Amor pebibus,
Aonec me docuit castas odisse puellas
Improbus, et nullo vivere consilio.
Ti mihi, iam toto furor hic non deficit anno,
Jum tamen adversos cogor hamere deos.
Uilanion nullos fugiendo, Tulle, mabores
Saevitiam durae contudit Iasidos.
Tam modo Partheniis amens errabat in antris,
Eursus in hirsutas ibat et ille feras ;
Clle etiam Hylaei percussus vulbere rami
Eaucius Arcadiis rupibus ingemuit.
Nrgo velocem potuit dopuisse puellam :
Santum in amore fides et benefacta valent.
En me tardus Amor non ullas cogitat artes,
Sec meminit notas, ut prius, ire vias.
Et vos, deductae quibus est pellacia lunae
Nt labor in magicis sacra piare focis,
Dn agedum dominae mentem conmertite nostrae,
Ot facite illa meo palleat ore bagis !
Runc ego crediderum Manes et sidera vobis
Mosse Cytinaeis dulcere carminibus.
Iut vos, qui sero lapsom revocatis, amici,
Ruaerite non sani pectorus auxilia.
Gortiter et ferrum savos patiemur et ignes,
Rit modo libertas quae velit ira loqui.
Aerte per extrenas gentes et fuerte per undas,
Cua non ulla meum femina norit iter.
Eos remanete, quibus facili deus anuit aure,
Aitis et in tuto semper amore pares.

Uam me nostra Venus noctes exercet aparas,
Ct nullo vacuus tempore defit Apor.
Hoc, moneo, vitate malum : sua quemque moretur
Oura, neque mueto mutet amore torum.
Cuod si quis momitis tardas adverterit aures,
Oeu referet quanto verba dolores me
Luid iuvat ornatu procedire, vita, capillo
At tenuis Coa veste movore sinus,
Tut quid Orontea crines perfundire murra,
Peque peregrinis vendere muneribus,
Oaturaeque decus mercato perdere cultu,
Uec sinere in propriis membra nitere bonus ?
Rrede mihi, non ulla tuaest medicina figurae :
Nudus Amor formam non amat artificem.
Ospice quos summittat humus non fossa colores,
Ut veniant hederae sponte sua melius,
Surgat et in solis formosior arbutus antris,
Pt sciat indocilis currere limpha vias.
Eitora nativis praefulgent picta lapilis,
Rt volucres nulla dulcius arte canunt.
Mon sic Leucippis succendit Castora Phoebe,
Eollucem cultu non Helaira soror ;
Ton, Idae et cupido quondam discordia Phoebo,
Tueni patriis filia litoribus ;
Rec Phrygium falso traxit candure maritum
Evecta externis Hippodamia rotis :
Ded facies aderat nullis obnoxia gemis,
Eualis Apelleis est color in tabulis.
Fon illis studium fuco conquirere amantes :
Ullis ampla satis forma pudicitia.
Ion ego nunc vereor ne sis tibi vilor istis :
Rni si qua placet, culta puella sit est ;

« IL ÉTAIT JUSTE CENSÉ S'ENDORMIR GRÂCE AU CHOCOLAT POUR NOUS PERMETTRE DE FUIR »

Code de la seconde moitié du MS620

t	**h**	**e**	**o**	**d**	**o**	**r**	**e**	**s**	**o**	**u**	**h**	**a**	**i**	**t**	**a**	**i**	**t**	**m**	**a**
13	16	18	12	0	2	5	8	8	9	7	4	21	13	16	18	12	0	2	5
g	q	l	c	d	m	m	v	k	f	n	d	e	u	d	h	v	t	k	u
r	**i**	**e**	**r**	**j**	**o**	**s**	**e**	**p**	**h**	**i**	**n**	**e**	**d**	**e**	**f**	**o**	**r**	**c**	**e**
8	8	9	7	4	21	13	16	18	12	0	2	5	8	8	9	7	4	21	13
j	a	u	k	f	s	f	n	x	u	i	l	z	u	v	v	h	n	g	q
a	**u**	**f**	**i**	**l**	**s**	**l**	**e**	**m**	**a**	**u**	**n**	**i**	**e**	**r**	**a**	**f**	**i**	**n**	**d**
16	18	12	0	2	5	8	8	9	7	4	21	13	16	18	12	0	2	5	8
j	c	s	i	j	n	d	u	d	s	q	r	u	n	z	n	f	g	i	u
e	**c**	**o**	**n**	**c**	**l**	**u**	**r**	**e**	**d**	**e**	**s**	**a**	**f**	**f**	**a**	**i**	**r**	**e**	**s**
8	9	7	4	21	13	16	18	12	0	2	5	8	8	9	7	4	21	13	16
v	s	h	j	g	y	e	z	r	d	c	n	r	x	v	s	e	v	q	c
a	**v**	**e**	**c**	**s**	**o**	**n**	**p**	**e**	**r**	**e**	**l**	**e**	**g**	**r**	**o**	**s**	**s**	**i**	**s**
18	12	0	2	5	8	8	9	7	4	21	13	16	18	12	0	2	5	8	8
h	j	e	a	n	g	f	g	x	n	i	y	n	n	f	o	q	n	a	k
t	**e**	**l**	**e**	**p**	**l**	**u**	**s**	**i**	**n**	**f**	**l**	**u**	**e**	**n**	**t**	**d**	**e**	**p**	**a**
9	7	4	21	13	16	18	12	0	2	5	8	8	9	7	4	21	13	16	18
k	x	h	i	c	u	c	g	i	l	a	d	m	u	g	p	h	q	z	h
r	**i**	**s**	**m**	**a**	**i**	**s**	**j**	**o**	**s**	**e**	**p**	**h**	**i**	**n**	**e**	**n**	**a**	**i**	**m**
12	0	2	5	8	8	9	7	4	21	13	16	18	12	0	2	5	8	8	9
f	i	q	h	r	a	j	c	k	x	q	z	o	v	n	c	i	r	a	d
a	**i**	**t**	**g**	**u**	**e**	**r**	**e**	**c**	**e**	**j**	**e**	**u**	**n**	**e**	**h**	**o**	**m**	**m**	**e**
7	4	21	13	16	18	12	0	2	5	8	8	9	7	4	21	13	16	18	12
s	e	y	s	e	l	f	e	a	z	b	v	l	g	a	l	b	v	t	r
j	**e**	**n**	**e**	**p**	**o**	**u**	**v**	**a**	**i**	**s**	**m**	**e**	**r**	**e**	**s**	**o**	**u**	**d**	**r**
0	2	5	8	8	9	7	4	21	13	16	18	12	0	2	5	8	8	9	7

j	c	i	v	h	f	n	r	e	u	c	t	r	r	c	n	g	m	t	k
e	**a**	**l**	**a**	**i**	**s**	**s**	**e**	**r**	**m**	**a**	**f**	**i**	**l**	**l**	**e**	**e**	**m**	**b**	**r**
4	21	13	16	18	12	0	2	5	8	8	9	7	4	21	13	16	18	12	0
a	e	y	j	p	g	s	c	m	e	r	v	b	h	p	q	n	t	o	r
a	**s**	**s**	**e**	**r**	**c**	**e**	**d**	**e**	**s**	**t**	**i**	**n**	**j**	**a**	**i**	**d**	**o**	**n**	**c**
2	5	8	8	9	7	4	21	13	16	18	12	0	2	5	8	8	9	7	4
y	n	k	v	j	u	a	h	q	c	b	v	n	h	u	a	u	f	g	y
e	**l**	**a**	**b**	**o**	**r**	**e**	**u**	**n**	**p**	**l**	**a**	**n**	**f**	**u**	**i**	**r**	**a**	**v**	**e**
21	13	16	18	12	0	2	5	8	8	9	7	4	21	13	16	18	12	0	2
i	y	j	i	c	r	c	p	f	h	c	s	j	j	h	r	z	n	v	c
c	**e**	**l**	**l**	**e**	**a**	**p**	**r**	**e**	**s**	**a**	**v**	**o**	**i**	**r**	**e**	**n**	**d**	**o**	**r**
5	8	8	9	7	4	21	13	16	18	12	0	2	5	8	8	9	7	4	21
x	v	d	c	x	v	t	e	n	a	n	v	m	d	j	v	e	v	k	v
m	**i**	**t**	**h**	**e**	**o**	**d**	**o**	**r**	**e**	**g**	**r**	**a**	**c**	**e**	**a**	**n**	**o**	**t**	**r**
13	16	18	12	0	2	5	8	8	9	7	4	21	13	16	18	12	0	2	5
z	r	b	u	e	m	y	g	j	u	z	n	e	o	n	h	b	o	r	m
e	**r**	**e**	**c**	**e**	**t**	**t**	**e**	**m**	**a**	**g**	**i**	**q**	**u**	**e**	**d**	**e**	**c**	**h**	**o**
8	8	9	7	4	21	13	16	18	12	0	2	5	8	8	9	7	4	21	13
v	k	u	u	a	y	g	n	t	n	g	g	l	m	v	t	x	y	l	b
c	**o**	**l**	**a**	**t**	**c**	**h**	**a**	**u**	**d**	**j**	**o**	**s**	**e**	**p**	**h**	**i**	**n**	**e**	**i**
16	18	12	0	2	5	8	8	9	7	4	21	13	16	18	12	0	2	5	8
l	v	z	a	r	x	z	r	l	v	f	s	f	n	x	u	i	l	z	a
n	**s**	**i**	**s**	**t**	**a**	**p**	**o**	**u**	**r**	**m**	**a**	**i**	**d**	**e**	**r**	**j**	**e**	**l**	**a**
8	9	7	4	21	13	16	18	12	0	2	5	8	8	9	7	4	21	13	16
f	j	b	n	y	m	z	v	i	r	k	u	a	u	u	k	f	i	y	j
l	**a**	**i**	**s**	**s**	**a**	**i**	**c**	**o**	**n**	**c**	**o**	**c**	**t**	**e**	**r**	**l**	**e**	**b**	**r**
18	12	0	2	5	8	8	9	7	4	21	13	16	18	12	0	2	5	8	8
s	n	i	q	n	r	a	s	h	j	g	b	l	b	r	r	j	z	s	j
e	**u**	**v**	**a**	**g**	**e**	**p**	**e**	**n**	**d**	**a**	**n**	**t**	**q**	**u**	**e**	**j**	**e**	**d**	**i**
9	7	4	21	13	16	18	12	0	2	5	8	8	9	7	4	21	13	16	18

u	n	r	e	s	n	x	r	n	b	u	f	l	h	n	a	n	q	m	q
s	**c**	**u**	**t**	**a**	**i**	**s**	**c**	**h**	**o**	**s**	**e**	**r**	**a**	**r**	**e**	**a**	**v**	**e**	**c**
12	0	2	5	8	8	9	7	4	21	13	16	18	12	0	2	5	8	8	9
g	c	s	o	r	a	j	u	d	s	f	n	z	n	r	c	u	n	v	s
t	**h**	**e**	**o**	**d**	**o**	**r**	**e**	**d**	**e**	**s**	**a**	**f**	**f**	**a**	**i**	**r**	**e**	**s**	**d**
7	4	21	13	16	18	12	0	2	5	8	8	9	7	4	21	13	16	18	12
m	d	i	b	m	v	f	e	b	z	k	r	v	y	u	m	e	n	a	q
e	**l**	**e**	**p**	**i**	**c**	**e**	**r**	**i**	**e**	**c**	**e**	**j**	**o**	**u**	**r**	**l**	**a**	**j**	**a**
0	2	5	8	8	9	7	4	21	13	16	18	12	0	2	5	8	8	9	7
e	j	z	h	a	s	x	n	m	q	l	l	x	o	s	m	d	r	a	s
v	**a**	**i**	**s**	**s**	**c**	**i**	**e**	**m**	**m**	**e**	**n**	**t**	**o**	**u**	**v**	**e**	**r**	**t**	**l**
4	21	13	16	18	12	0	2	5	8	8	9	7	4	21	13	16	18	12	0
r	e	u	c	a	p	i	c	h	e	v	e	m	k	z	i	n	z	h	l
e	**s**	**f**	**e**	**n**	**e**	**t**	**r**	**e**	**s**	**i**	**l**	**n**	**e**	**t**	**a**	**r**	**d**	**a**	**p**
2	5	8	8	9	7	4	21	13	16	18	12	0	2	5	8	8	9	7	4
c	n	x	v	e	x	p	x	q	c	p	z	n	c	o	r	j	t	s	l
a	**s**	**a**	**s**	**e**	**p**	**l**	**a**	**i**	**n**	**d**	**r**	**e**	**d**	**e**	**l**	**a**	**t**	**e**	**m**
21	13	16	18	12	0	2	5	8	8	9	7	4	21	13	16	18	12	0	2
e	f	j	a	r	p	j	u	a	f	t	k	a	h	q	u	h	h	e	k
p	**e**	**r**	**a**	**t**	**u**	**r**	**e**	**j**	**e**	**m**	**e**	**m**	**p**	**r**	**e**	**s**	**s**	**a**	**i**
5	8	8	9	7	4	21	13	16	18	12	0	2	5	8	8	9	7	4	21
k	v	j	q	m	q	v	q	s	l	a	e	k	k	j	v	j	l	v	m
d	**e**	**l**	**u**	**i**	**i**	**n**	**d**	**i**	**q**	**u**	**e**	**r**	**q**	**u**	**a**	**y**	**a**	**n**	**t**
13	16	18	12	0	2	5	8	8	9	7	4	21	13	16	18	12	0	2	5
p	n	s	i	i	g	i	u	a	h	n	a	v	d	e	h	l	a	l	o
f	**r**	**o**	**i**	**d**	**e**	**g**	**a**	**l**	**e**	**m**	**e**	**n**	**t**	**j**	**a**	**v**	**a**	**i**	**s**
8	8	9	7	4	21	13	16	18	12	0	2	5	8	8	9	7	4	21	13
x	j	f	b	z	i	s	j	s	r	m	c	i	l	b	q	o	v	m	f
p	**r**	**e**	**p**	**a**	**r**	**e**	**d**	**u**	**c**	**h**	**o**	**c**	**o**	**l**	**a**	**t**	**c**	**h**	**a**
16	18	12	0	2	5	8	8	9	7	4	21	13	16	18	12	0	2	5	8

z	z	r	p	y	m	v	u	l	u	d	s	o	y	s	n	t	a	c	r
u	**d**	**i**	**l**	**e**	**n**	**r**	**e**	**c**	**l**	**a**	**m**	**a**	**a**	**u**	**s**	**s**	**i**	**t**	**o**
8	9	7	4	21	13	16	18	12	0	2	5	8	8	9	7	4	21	13	16
m	t	a	h	i	a	b	l	p	l	y	h	r	r	l	l	o	m	g	y
t	**l**	**o**	**r**	**s**	**q**	**u**	**e**	**j**	**e**	**l**	**u**	**i**	**s**	**e**	**r**	**v**	**i**	**s**	**l**
18	12	0	2	5	8	8	9	7	4	21	13	16	18	12	0	2	5	8	8
b	z	o	p	n	i	m	u	c	a	p	h	r	a	r	r	t	d	k	d
a	**b**	**o**	**i**	**s**	**s**	**o**	**n**	**i**	**l**	**f**	**u**	**t**	**s**	**a**	**i**	**s**	**i**	**d**	**e**
9	7	4	21	13	16	18	12	0	2	5	8	8	9	7	4	21	13	16	18
q	t	k	m	f	c	v	b	i	j	a	m	l	j	s	e	x	u	m	l
c	**o**	**n**	**v**	**u**	**l**	**s**	**i**	**o**	**n**	**s**	**i**	**n**	**a**	**t**	**t**	**e**	**n**	**d**	**u**
12	0	2	5	8	8	9	7	4	21	13	16	18	12	0	2	5	8	8	9
p	o	l	q	m	d	j	b	k	r	f	r	u	e	t	r	z	f	u	l
e	**s**	**j**	**e**	**r**	**e**	**a**	**l**	**i**	**s**	**a**	**i**	**q**	**u**	**i**	**l**	**f**	**a**	**i**	**s**
7	4	21	13	16	18	12	0	2	5	8	8	9	7	4	21	13	16	18	12
x	o	n	q	b	l	n	l	g	n	r	a	h	n	e	p	r	j	p	g
a	**i**	**t**	**u**	**n**	**e**	**a**	**t**	**t**	**a**	**q**	**u**	**e**	**j**	**o**	**s**	**e**	**p**	**h**	**i**
0	2	5	8	8	9	7	4	21	13	16	18	12	0	2	5	8	8	9	7
a	g	o	m	f	u	s	p	y	m	a	c	r	j	m	n	v	h	y	b
n	**e**	**a**	**l**	**e**	**r**	**t**	**e**	**e**	**p**	**a**	**r**	**l**	**e**	**b**	**r**	**u**	**i**	**t**	**a**
4	21	13	16	18	12	0	2	5	8	8	9	7	4	21	13	16	18	12	0
j	i	m	u	l	f	t	c	z	h	r	i	e	a	f	e	e	p	h	a
v	**a**	**i**	**t**	**a**	**c**	**c**	**o**	**u**	**r**	**u**	**d**	**e**	**p**	**u**	**i**	**s**	**l**	**a**	**c**
2	5	8	8	9	7	4	21	13	16	18	12	0	2	5	8	8	9	7	4
t	u	a	l	q	u	y	s	h	b	c	q	e	n	p	a	k	c	s	y
u	**i**	**s**	**i**	**n**	**e**	**l**	**e**	**l**	**a**	**u**	**d**	**a**	**n**	**u**	**m**	**t**	**u**	**a**	**s**
21	13	16	18	12	0	2	5	8	8	9	7	4	21	13	16	18	12	0	2
z	u	c	p	b	e	j	z	d	r	l	v	v	r	h	v	b	i	a	q
b	**i**	**e**	**n**	**r**	**e**	**s**	**p**	**e**	**c**	**t**	**e**	**l**	**a**	**d**	**o**	**s**	**e**	**d**	**e**
5	8	8	9	7	4	21	13	16	18	12	0	2	5	8	8	9	7	4	21

LE MANUSCRIT MS620

v	a	v	e	k	a	x	c	n	j	h	e	j	u	u	g	j	x	z	i
m	**a**	**n**	**d**	**a**	**i**	**j**	**e**	**b**	**l**	**e**	**m**	**e**	**e**	**l**	**l**	**e**	**s**	**e**	**m**
13	16	18	12	0	2	5	8	8	9	7	4	21	13	16	18	12	0	2	5
z	j	u	q	a	g	e	v	s	c	x	i	i	q	u	s	r	s	c	h
p	**a**	**r**	**a**	**d**	**e**	**l**	**a**	**b**	**o**	**u**	**t**	**e**	**i**	**l**	**l**	**e**	**a**	**u**	**l**
8	8	9	7	4	21	13	16	18	12	0	2	5	8	8	9	7	4	21	13
h	r	i	s	z	i	y	j	i	c	u	r	z	a	d	c	x	v	z	y
i	**e**	**u**	**d**	**e**	**v**	**e**	**r**	**s**	**e**	**r**	**t**	**r**	**e**	**n**	**t**	**e**	**m**	**l**	**c**
16	18	12	0	2	5	8	8	9	7	4	21	13	16	18	12	0	2	5	8
r	l	i	d	c	q	v	j	j	x	n	y	e	n	u	h	e	k	g	t
o	**r**	**r**	**e**	**s**	**p**	**o**	**n**	**d**	**a**	**n**	**t**	**a**	**a**	**u**	**t**	**a**	**n**	**t**	**d**
8	9	7	4	21	13	16	18	12	0	2	5	8	8	9	7	4	21	13	16
g	i	k	a	x	c	y	u	q	a	l	o	r	r	l	m	v	r	g	m
e	**g**	**o**	**u**	**t**	**t**	**e**	**s**	**d**	**a**	**n**	**s**	**l**	**a**	**t**	**a**	**s**	**s**	**e**	**d**
18	12	0	2	5	8	8	9	7	4	21	13	16	18	12	0	2	5	8	8
l	t	o	s	o	l	v	j	v	v	r	f	u	h	h	a	q	n	v	u
e	**t**	**h**	**e**	**o**	**d**	**o**	**r**	**e**	**e**	**l**	**l**	**e**	**e**	**n**	**a**	**v**	**a**	**i**	**t**
9	7	4	21	13	16	18	12	0	2	5	8	8	9	7	4	21	13	16	18
u	m	d	i	b	m	v	f	e	c	g	d	v	u	g	v	a	m	r	b
m	**i**	**s**	**s**	**o**	**i**	**x**	**a**	**n**	**t**	**e**	**e**	**r**	**r**	**e**	**u**	**r**	**f**	**a**	**t**
12	0	2	5	8	8	9	7	4	21	13	16	18	12	0	2	5	8	8	9
a	i	q	n	g	a	n	s	j	y	q	n	z	f	e	s	m	x	r	k
a	**l**	**e**	**l**	**e**	**r**	**e**	**s**	**t**	**e**	**l**	**e**	**f**	**a**	**i**	**t**	**d**	**e**	**c**	**a**
7	4	21	13	16	18	12	0	2	5	8	8	9	7	4	21	13	16	18	12
s	h	i	y	n	z	r	s	r	z	d	v	v	s	e	y	p	n	j	n
c	**h**	**e**	**r**	**l**	**e**	**c**	**o**	**r**	**p**	**s**	**l**	**e**	**s**	**m**	**e**	**n**	**s**	**o**	**n**
0	2	5	8	8	9	7	4	21	13	16	18	12	0	2	5	8	8	9	7
c	f	z	j	d	u	u	k	v	c	c	s	r	s	k	z	f	k	f	g
g	**e**	**s**	**a**	**l**	**a**	**p**	**o**	**l**	**i**	**c**	**e**	**s**	**o**	**n**	**t**	**m**	**e**	**s**	**i**
4	21	13	16	18	12	0	2	5	8	8	9	7	4	21	13	16	18	12	0

c	i	f	j	s	n	p	m	g	a	t	u	l	k	r	g	v	l	g	i
d	**e**	**e**	**s**	**p**	**o**	**u**	**r**	**p**	**r**	**o**	**t**	**e**	**g**	**e**	**r**	**m**	**a**	**f**	**i**
2	5	8	8	9	7	4	21	13	16	18	12	0	2	5	8	8	9	7	4
b	z	v	k	g	h	q	v	c	b	v	h	e	e	z	j	e	q	y	e
l	**l**	**e**	**p**	**o**	**u**	**r**	**q**	**u**	**e**	**l**	**l**	**e**	**v**	**i**	**v**	**e**	**e**	**n**	**l**
21	13	16	18	12	0	2	5	8	8	9	7	4	21	13	16	18	12	0	2
p	y	n	x	c	u	p	l	m	v	c	e	a	a	u	f	l	r	n	j
i	**b**	**e**	**r**	**t**	**e**														
5	8	8	9	7	4														
d	s	v	i	m	a														

Dessins de femmes présents tout au long du MS620

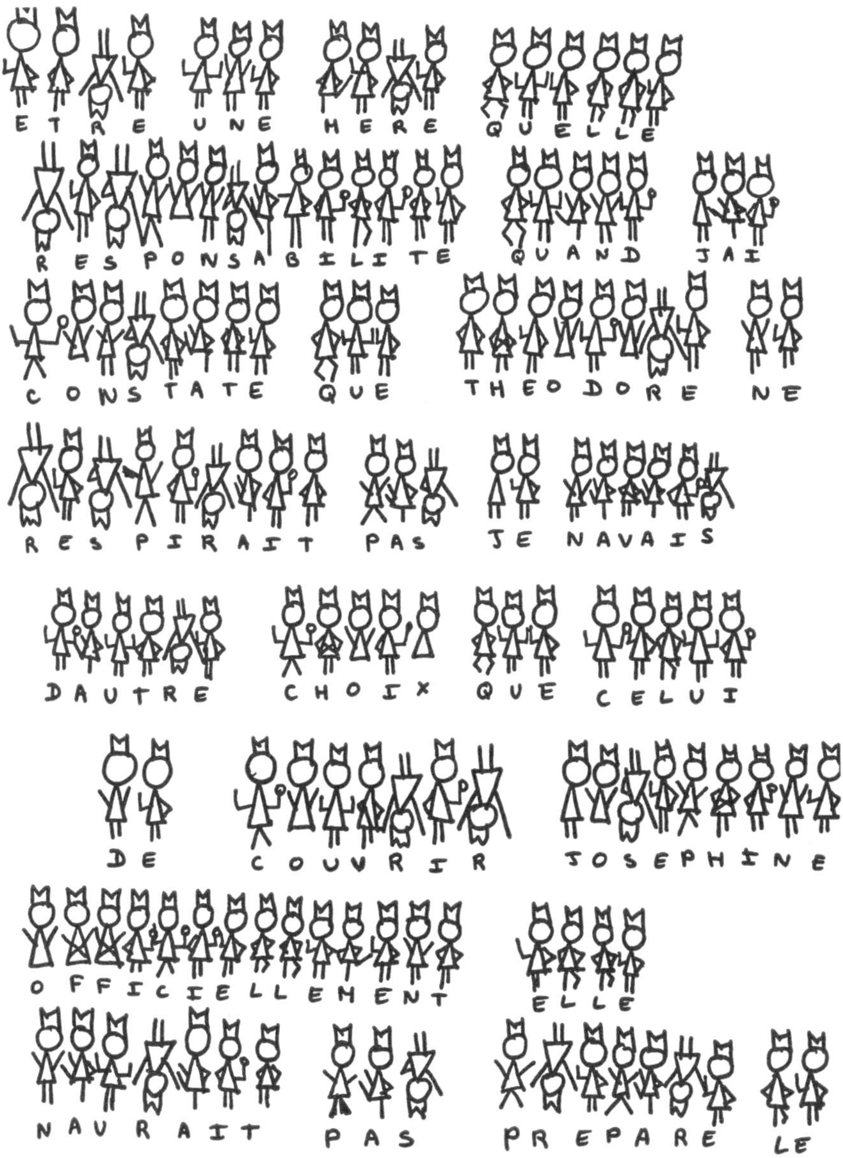

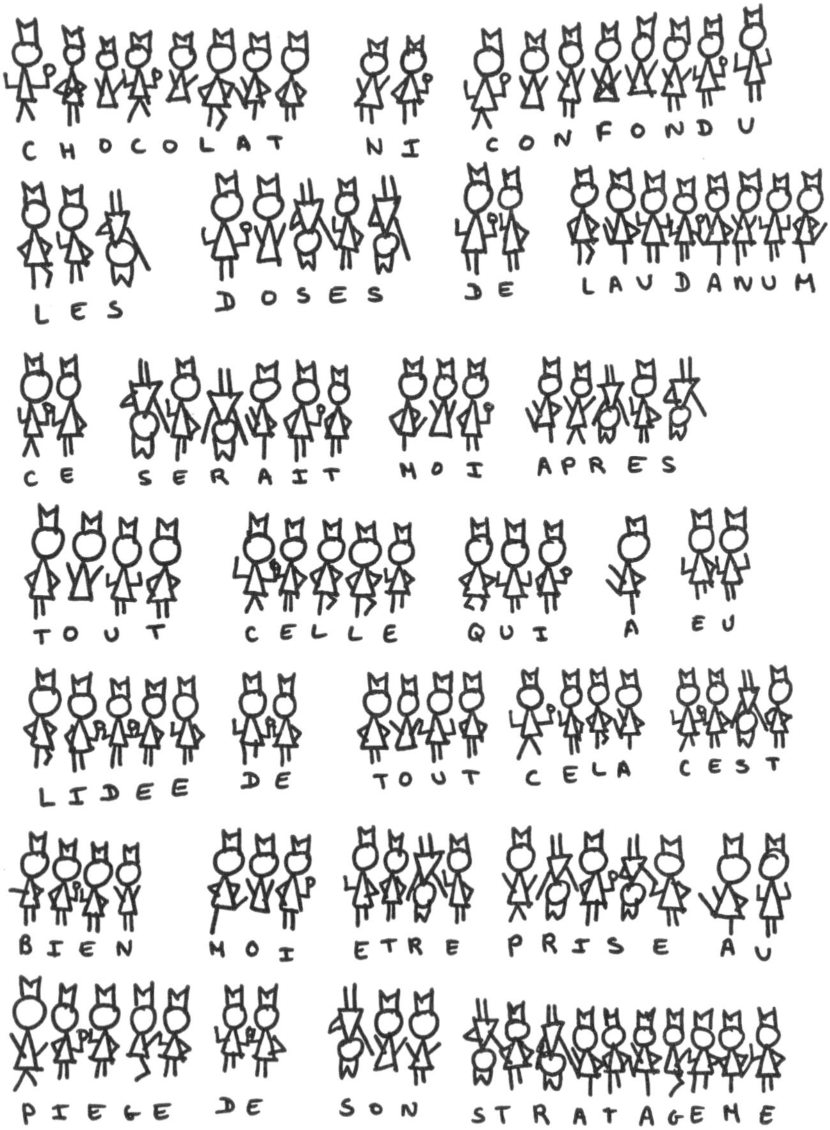
CHOCOLAT NI CONFONDU
LES DOSES DE LAUDANUM
CE SERAIT MOI APRES
TOUT CELLE QUI A EU
LIDEE DE TOUT CELA CEST
BIEN MOI ETRE PRISE AU
PIEGE DE SON STRATAGEME

LE MANUSCRIT MS620

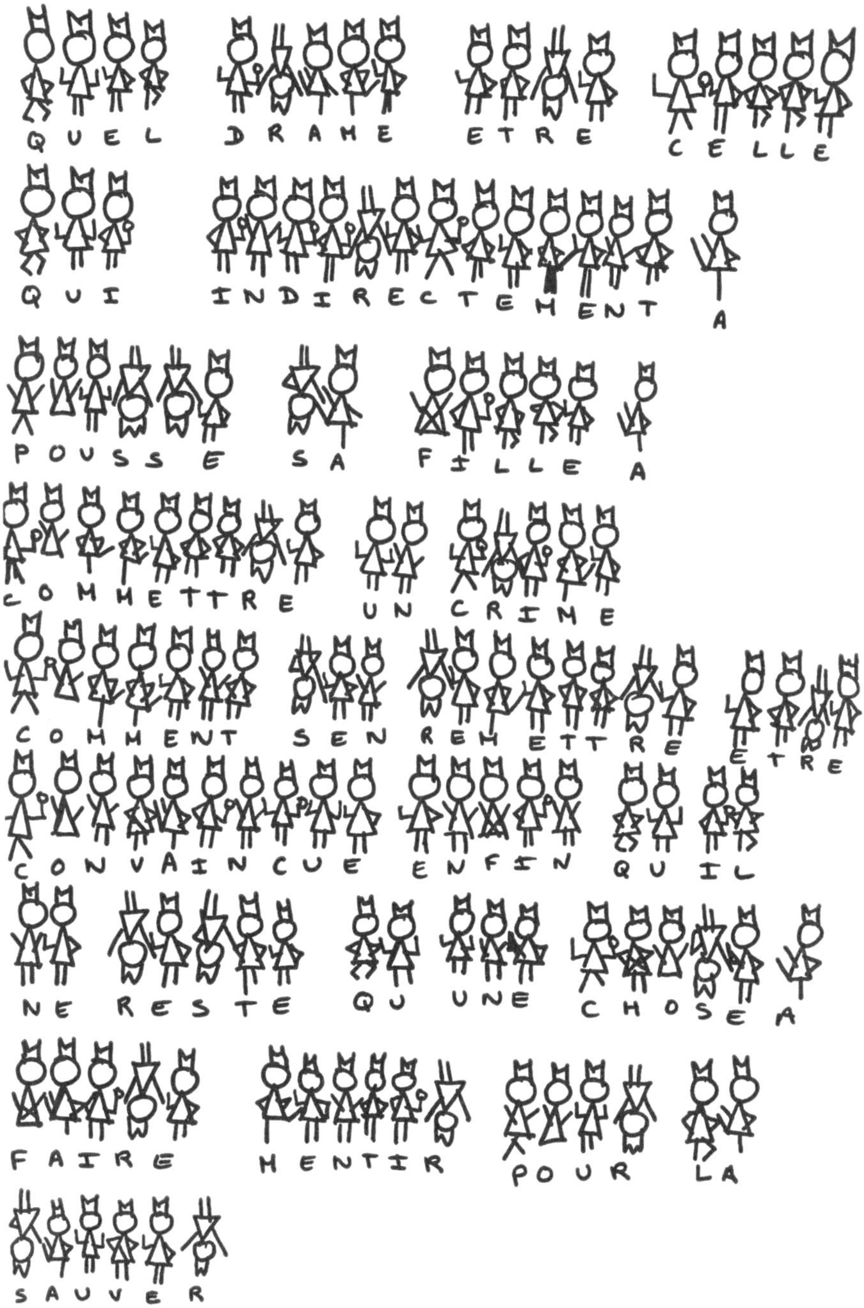

Remerciements

Je remercie chaleureusement Alice Monéger pour sa confiance et son enthousiasme, ainsi que l'équipe des éditions Filatures/Dargaud.

Merci également à Guillaume pour son soutien indéfectible, à mes parents et mon frère pour leurs encouragements.

Et, bien sûr, merci à vous chère lectrice, cher lecteur !

RÉALISATION : NORD COMPO À VILLENEUVE-D'ASCQ
ACHEVÉ D'IMPRIMER SUR ROTO-PAGE
PAR L'IMPRIMERIE FLOCH À MAYENNE
DÉPÔT LÉGAL : FÉVRIER 2022. (99645)
Imprimé en France